을유세계문학전집·83

마쿠나이마

을유세계문학전집 · 83

마쿠나이마

MACUNAÍMA

마리우 지 안드라지 지음 · 임호준 옮김

을유문화사

옮긴이 임호준

서울대학교 서어서문학과를 졸업한 후 스페인 마드리드 대학교에서 스페인 문학 박사 학위를 받았고 뉴욕 대학교(NYU)와 한국예술종합학교에서 영화와 문화 이론을 전공했다. 현재 서울대학교 서어서문학과에 재직하면서 스페인어권 현대 문학과 영화를 가르치고 있다. 뉴욕대학교에서 로버트 스탬 교수의 브라질 영화 수업을 통해 『마쿠나이마』를 처음 접했고 브라질 문화에 관심을 갖게 되었다. 그 후 여러 차례 브라질 전역을 여행했고 포르투갈어를 익혔다. 저서로는 『시네마 슬픈 대륙을 품다: 세계화 시대 라틴아메리카 영화』, 『스페인 영화: 작가주의 전통과 국가 정체성의 재현』, 역서로는 『백 년 동안의 고독』, 『현대 스페인 희곡선』 등이 있다. 브라질 식인주의를 소개한 『즐거운 식인』이라는 연구서를 집필 중이다.

을유세계문학전집 83

마쿠나이마

발행일 · 2016년 5월 30일 초판 1쇄 | 2020년 12월 25일 초판 2쇄
지은이 · 마리우 지 안드라지 | 옮긴이 · 임호준
펴낸이 · 정무영 | 펴낸곳 · (주)을유문화사
창립일 · 1945년 12월 1일 | 주소 · 서울시 마포구 서교동 469-48
전화 · 02-733-8153 | FAX · 02-732-9154 | 홈페이지 · www.eulyoo.co.kr
ISBN 978-89-324-0465-3 04890 978-89-324-0330-4(세트)

• 값은 뒤표지에 표시되어 있습니다.
• 옮긴이와의 협의하에 인지를 붙이지 않습니다.

차례

파울루 프라두에게

Paulo Prado

1. 마쿠나이마

처녀림 깊숙한 곳에서 우리들의 영웅 마쿠나이마가 태어났다. 거무튀튀한 피부의 아이는 밤의 공포와 함께 왔다. 우라리코에라 강의 물소리만 들리던 적막한 침묵 속에 타팡뉴마스 부족의 여자는 못생긴 아이를 낳은 것이다. 이 아이가 나중에 마쿠나이마로 불리게 된다.

그는 어릴 적부터 사고뭉치였다. 무엇보다 아이는 여섯 살이 될 때까지 말을 하지 않았다. 누군가 말을 하라고 다그치면 그는 이렇게 외쳤다.

"아! 귀찮아!"

더 이상의 말은 없었다. 오두막 한구석에 우두커니 앉아 있다가 야자수 줄기로 엮은 침대 위로 올라가거나, 늙수그레한 마나피 형과 건장한 지게 형을 비롯해 다른 사람이 일하는 것을 지켜보곤 했다. 그가 가장 즐기는 취미는 개미의 머리를 떼어 내는 것이었다. 그는 대부분의 시간을 빈둥빈둥 지냈지만 동전이 눈에 들어오면 재빨리 주우러 갔다. 또 온 가족이 옷을 벗고 강에서 목욕할 때도 그는 민첩했다. 그가 물속으로 잠수하여 사라진 후 여자들은 비명을 질렀는데 강에 사는 가재에게 물린 줄 알았다. 오두막에서 소녀들이 귀엽다고 안아 줄 때면 그는 손을 뻗어 소녀들의 몸을 만졌고 소녀들은 화들짝 그에게서 떨어졌다. 남자들에게는 얼굴에 침을 뱉었다. 하지만 노인들에겐 공손했고, 출생과 죽음, 절기, 다산(多産)과 추수, 향락과 전쟁을 위한 부족의 춤과 노래에 열성적으로 동참했다.

잠자러 갈 때는 그물 침대에 올라가기 전, 오줌 누는 것을 잊어버리곤 했다. 자다가 뜨거운 오줌을 내뿜어 바로 밑에 있는 엄마의 그물 침대를 적셨고 모기들은 황급히 달아났다. 그러곤 잠에 빠져 음란한 꿈을 꾸면서 외설적인 말들을 중얼거렸고 이따금 다리로 허공을 차기도 했다.

대낮에 여자들이 수다를 떨 때면 화제는 언제나 영웅의 짓궂은 장난이었다. 여자들은 자기들끼리 죽이 맞아 "쪼그만 것이 벌써 밝혀요!" 하며 웃어 댔지만 나고 왕은 부족 회의에서 우리의 영웅이 영리하다고 선언했다.

마쿠나이마가 여섯 살이 되었을 때 소 방울에 물을 담아 먹였더니 다른 아이들처럼 말을 하기 시작했다. 그러자 그는, 자루를 받쳐 놓고 만디오카* 줄기를 부싯돌로 갈고 있던 엄마에게 당장 자신을 숲으로 산책시켜 달라며 졸랐다. 하지만 그녀는 만디오카를 그대로 둘 수 없었다. 마쿠나이마는 하루 종일 울며 보챘다. 밤이 되어서도 그의 울음은 그치지 않았다. 다음 날 엄마가 일을 시작하기를 졸린 눈으로 기다렸다. 그러고는 줄기를 꼬아 바구니 만드는 일을 그만두고 숲으로 산책시켜 달라고 졸랐다. 엄마는 바구니 만드는 일을 그만둘 수 없었기에 안 된다고 하면서 대신 며느리인 지게의 동거녀에게 어린 마쿠나이마를 데려가라고 했다. 지게의 동거녀는 소파라라는 착한 여자였다. 그녀는 마쿠나이마와 함께 가는 것이 내심 불안했지만 마쿠나이마는 평소와 달리 손을 함부로 놀리지 않고 가만히 있었다. 소파라는 그를 등에 업고서 거대한 백합이 자라고 있는 강가로 갔다. 강물이 노래하듯 흐르고, 물거품 위로 가시 돋친 종려나무 잎들이 뻗어 있는 곳이었다. 멀리 가마우지들이 계곡을 날아다니는 아름다운 풍경이 펼쳐졌다. 소파라가 마쿠나이마를 강기슭에 내려놓자 마쿠나이마는 개미들이 들끓는다며 불평을 하고는 나무들 뒤편의 가려진 공터로 데려가 달라고 했다. 소파라는 그렇게 했다. 사초(沙草)와 토란 뿌리와 자주달개비 사이에 마른 잎들이 깔려 있는 곳으로 그를 데려갔다. 아이를 내려놓자마자 놀랍게도 그는 잘생긴 왕자로 변했다. 두 사람은 함께 시간을 보냈다.

집으로 돌아왔을 때 소파라는 오랫동안 아이를 업고 와서 피곤한 척했다. 그러나 사실은 영웅과 기진맥진할 때까지 사랑을 나눴기 때문이었다. 그녀는 겨우 아이를 그물 침대에 누일 수 있었다. 지게가 강에서 고기를 잡다가 돌아왔을 때 동거녀가 집안일을 전혀 해 놓지 않은 것을 발견했다. 화가 난 지게는 벼룩을 잡고 난 뒤에 그녀를 때리기 시작했다. 소파라는 찍소리 내지 않고 매를 맞았다.

지게는 별다른 의심을 하지 않았고 파인애플 잎으로 밧줄 꼬는 일을 시작했다. 그는 맥(貘)*의 흔적을 발견한 터라 올가미를 만들어서 그놈을 잡으려는 심산이었다. 마쿠나이마가 형에게 밧줄 하나를 달라고 했지만 지게는 아이들의 장난감이 아니라며 주지 않았다. 마쿠나이마는 다시 울음을 터뜨렸고, 밤새 시끄럽게 우는 바람에 사람들은 잠을 설쳐야 했다. 다음 날 올가미 만드는 일을 끝내기 위해 아침 일찍 일어난 지게가 여전히 침울한 마쿠나이마에게 말했다.

"잘 잤냐, 이 떼쟁이야!"

하지만 심술이 난 마쿠나이마는 대답하지 않았다.

"이제 형한테 말 안 하겠다는 거야?"

"나 기분 안 좋아."

"뭣 때문이지?"

그러자 마쿠나이마는 파인애플 잎을 달라고 했다. 지게는 한순간 그를 노려보고는 동거녀더러 아이에게 가져다주라고 했다. 그녀는 그렇게 했다. 마쿠나이마는 고맙다고 말한 후 약초 치료사에게 그것을 가지고 가 밧줄을 만들어 달라고 부탁하면서 밧줄에 담배 연기를 뿜어 달라고 했다.

모든 것이 준비되었을 때 마쿠나이마는 어머니에게 발효된 치차 음료를 달라고 했고, 숲으로 데려가 달라고 졸랐다. 언제나 집안일이 많은 어머니는 아들을 데려다줄 수 없었지만 지게의 동거녀가 시어머니에게 마쿠나이마를 돌보는 일은 자신이 맡겠노라며 나섰다. 그러더니 그를 등에 업고 숲으로 데리고 갔다.

그녀가 아이를 야생 바나나와 거대한 야자수 잎 아래에 내려놓자마자 아이는 점점 자라더니 또다시 잘생긴 왕자로 변했다. 왕자는 덫을 놓고 올 테니 잠시만 기다려 달라 했고 돌아오자마자 그들은 서로 뒤엉켜서 해가 질 때까지 사랑을 나눴다. 동거녀가 밀회를 즐기고 돌아오자마자 맥 잡을 덫을 설치하는 일을 마친 지게가 돌아왔다. 동거녀는 이번에도 집안일을 해 놓았을 리 없었다. 화가 치민 지게는 벼룩을 잡을 새도 없이 그녀를 매질했다. 소파라는 체념한 듯 그의 소나기 매질을 참았다.

다음 날 아침 해가 나무를 비추기도 전에 마쿠나이마는 호들갑을 떨면서 사람들을 깨웠다. 자신이 놓은 덫에 짐승이 잡혔으니 빨리 가 보라고 했다! 하지만 아무도 그 말을 믿지 않았고 느릿느릿 각자의 일과를 시작했다.

분통이 터진 마쿠나이마는 소파라에게 연못가에 가 줄 것을 부탁했다. 그녀가 그곳에 갔더니 정말로 커다란 맥 한 마리가 덫에 걸려 죽어 있었다. 그녀가 이 사실을 알리자 마을 사람들 모두 짐승을 보러 갔고 아이의 신기한 재주에 놀랐다. 지게가 자신의 빈 덫을 가지고 현장에 갔을 때, 사람들은 짐승을 옮기고 있었다. 지게도 그 일을 도왔다. 지게는 고기를 분배할 때 동생에게는 고기를 한 점도 주지 않고 창자만 주었다. 영웅은 창자를 씹으며 복수를 맹세했다.

다음 날 그는 소파라에게 숲으로 데려다 달라고 해서 저녁이 될 때까지 그녀와 시간을 보냈다. 잎에 손을 대자 그는 열정에 불타는 왕자로 변했다. 그들은 또다시 사랑을 나눴다. 그들은 세 번 사랑을 나눈 뒤 좀 더 분위기를 고조시키기 위해 더 깊은 숲으로 들어갔다. 서로 팔꿈치로 치고 옆구리를 간질이기도 했고 모래 속에 서로의 몸을 파묻고 야자수에 불을 붙이는 장난을 쳤는데 매우 자극적이었다. 이번에는 마쿠나이마가 코파이바* 나뭇가지 하나를 들고 거대한 피라녜이라* 나무 뒤에 숨어 있다가 소파라가 따라오자 그녀의 머리를 가지로 내려쳤다. 머리에 상처가 난 그녀는 그의 발밑에 쓰러지면서도 여전히 깔깔거렸다. 이번엔 그녀가 그의 다리를 잡아당겼다. 마쿠나이마는 나뭇가지로 지탱하며 즐거워했다. 그러자 여자는 그의 엄지발가락을 입에 물고는 먹어 버렸다. 마쿠나이마는 쾌락에 겨워 피가 흐르는 자기 발가락으로 그녀의 몸에 문신을 그렸다. 그런 다음 근육을 쭉 펴고는 덩굴식물을 그네처럼 타고 피라녜이라 나무의 가장 높은 가지로 올라갔다. 소파라가 그 뒤를 따랐다. 왕자의 무게 때문에 휜 가지는 그네처럼 되었다. 그녀가 올라오자 두 사람은 하늘에서 시소를 타듯 가지 위에서 사랑을 나눴다. 쾌감에 도취된 마쿠나이마는 소파라와 더욱 과감한 사랑을 나누려 했다. 온 힘을 쏟아 다시 한 번 몸을 솟구치려 하였으나 가지가 부러지는 바람에 두 사람의 몸은 땅바닥에 곤두박질쳤다. 영웅이 정신을 차리고 사방을 둘러보았으나 그녀가 보이지 않았다. 제대로 찾아보기 위해 몸을 일으킨 순간 그의 머리 위로 퓨마의 사나운 울음소리가 정적을 깼다. 혼비백산한 영웅은 몸을 웅크렸고 잡아먹힐 거라는 두려움에 눈을 감았다. 그 순간 깔깔거리는 웃음소리가 들리고 가슴에 침이 튀는 것을 느꼈다. 그녀였다. 마쿠나이마는 돌을 집어 들어 그녀에게 던지기 시작했고 돌에 맞은 그녀의 몸은 피범벅이 되었으나 그녀는 환희의 함성을 질렀다. 결국 돌 하나가 그녀의 입에 명중해 이 세 개가 부러졌다. 그녀가 가지에서 점프하여 영웅의 배에 충돌하듯 뛰어들자 그는 쾌락으로 으르렁거리며 온몸으로 그녀를 감았다. 그리고 다시 한 번 사랑을 나눴다.

그녀가 집에 돌아왔을 때는 이미 밤하늘에 별이 떴을 때였는데 아이를 업고 다녔기 때문에 몹시 피곤하다고 둘러댔다. 하지만 지게는 그 말을 믿지 않았고 다음 날 숲으로 가는 두 사람을 미행하여 마쿠나이마의 변신과 그들의 밀회를 목격했다. 지게는 매우 우둔한 사람이었다. 그는 머리끝까지 화가 났다. 아르마딜로*의 꼬리로 만든 채찍으로 영웅의 엉덩이를 마구 때렸다. 이 소란스러운 난리 법석은 밤새 이어졌고 그 바람에 놀란 새들이 땅에 떨어져 돌이 되었다.

지게가 더 이상 때릴 수 없을 정도로 녹초가 되었을 때 마쿠나이마는 겨우 달아나 밭으로 기어가 선인장 뿌리를 씹었다. 그러자 다시 온전한 몸이 되었다. 지게는 소파라를 그녀의 아버지에게 데려다준 뒤 그물 침대로 가서 실컷 잠을 잤다.

2. 성장기

지게는 매우 우둔한 사람이었다. 그는 다음 날 젊은 여자의 손을 잡고 나타났다. 새로운 동반자 이리키였다. 그녀는 멋 내기를 좋아했는데 헝클어진 머리 속에 생쥐를 숨기고 다녔다. 얼굴은 마코야자와 무환자나무 열매로 칠했고 매일 아침 입술에는 보랏빛 야자나무 열매로 칠하고 그 위에 카에나 레몬을 열심히 문질러 선홍빛으로 만들었다. 그런 다음 머리카락에 발사믹 향수를 뿌리고 흑색과 녹색의 줄이 쳐진 면 망토로 몸을 감쌌다. 그녀는 아름다웠다.

그건 그렇고, 사람들이 마쿠나이마가 잡은 맥으로 포식한 후, 마을에는 기근이 몰아닥쳤다. 사냥을 해야 했지만 아무도 성과를 올리지 못했는데 아르마딜로 한 마리 나타나지 않았던 것이다! 이 기근은 마쿠나이마의 큰형 마나피가 배가 고픈 나머지 돌고래를 잡아먹은 데에서 비롯되었다. 분노한 돌고래의 아버지 마라기가나가 홍수를 불러오자 마을의 옥수수가 모두 썩었다. 사람들은 주린 배를 채우기 위해 무엇이든 먹어야 했으니 만디오카 나무의 질긴 뿌리마저 먹어 버리는 바람에 바비큐 화로는 음식을 굽기 위한 것이 아니라 추위를 피하기 위한 것이 되었다. 낚시 미끼에 쓰는 마른 고기도 더 이상 구워 먹을 것이 없었다.

그러자 마쿠나이마는 장난기가 발동했다. 피아바, 제주, 마트린샹, 제타우라나* 들로 가득한 수초 숲을 발견했다며 쉽게 물고기들을 잡을 수 있을 거라 했다. 그러자 마나피는 말했다.

"수초 숲은 더 이상 없어."

마쿠나이마는 능청스럽게 말했다.

"돈이 묻혀 있는 동굴 옆에서 봤다니까."

"그렇다면 같이 가서 어디에 있는지 말해 줘."

그들은 몰려갔다. 홍수가 난 강둑은 경계가 불분명해서 어디가 육지고, 어디가 물인지 알 수가 없었다. 마나피와 지게는 불어난 물속에서 숨겨진 구덩이를 눈이 빠져라 찾고 또 찾았다. 몸을 숙이고 찾는 동안 흡혈 메기들이 그들의 항문을 공격했고 그들은 손을 뒤로하여 막았지만 그래도 가끔씩 놀라서 펄쩍펄쩍 뛰어야 했다. 마쿠나이마는 그런 광경을 바라보며 속으로 낄낄거렸다. 그도 수초 숲을 찾는 척했지만 물속에 들어가지 않았다. 하지만 형들이 가까이 오면 고개를 숙이고서 힘든 척했기 때문에 형들은 그에게 말했다.

"좀 쉬었다 해, 이 녀석아!"

마쿠나이마는 강둑에 앉아서 모기를 놀라게 하려고 발로 물장구를 쳤다. 그곳에는 온갖 모기가 있었는데, 피를 빨아 먹는 작은 모기, 흰개미 모기, 다리가 긴 모기, 타바노 모기, 마리구이스 모기 등 모든 종류의 모기가 우글거렸다.

땅거미가 질 무렵, 아무것도 찾지 못해 화난 형들이 씩씩거리며 마쿠나이마에게로 왔다. 겁이 난 그는 능청을 떨었다.

"못 찾았어?"

"아무것도!"

"하지만 여기서 수초 숲을 봤다고. 옛날엔 수초 숲이 사람이었잖아. 그래서 자기를 찾는 걸 알고 숨어 버린 거야. 옛날엔 수초 숲이 우리처럼 사람이었다고……." 형제는 마쿠나이마의 말에 감탄했고, 셋은 마을 오두막으로 돌아왔다.

배고픔 때문에 마쿠나이마는 기분이 좋지 않았다. 어느 날 늙은 엄마에게 말했다.

"엄마, 우리 집을 강 건너 물이 없는 쪽으로 데려갈 사람이 없을까? 내가 말할 때까지 눈을 감고 있어 봐."

노파는 아들이 시키는 대로 했다. 마쿠나이마는 그동안 수상 가옥과 함께 화살, 바구니, 망태, 항아리, 광주리, 그물 침대를 강 건너 물이 없는 공터에 고스란히 옮겨 놓았다. 노파가 눈을 떴을 때 모두 그쪽에 있었고 게다가 잡힌 짐승, 물고기, 잘 익은 과일 등 먹을 것이 넘쳐 났다. 그녀는 바나나에 달려들었다.

"미안하지만 엄마, 왜 그렇게 많은 바나나를 따는 거야?"

"지게와 예쁜 이리키 그리고 마나피에게 갖다주려고. 다들 못 먹어서 굶주렸잖아."

마쿠나이마는 얼굴을 찌푸렸다. 못마땅한 표정으로 다시 엄마에게 말했다.

"엄마, 누가 우리 집을 강 건너 좋은 곳으로 옮겼지? 누가 옮겼을까? 그렇게 한번 물어봐!"

노파는 시키는 대로 했다. 그리고 마쿠나이마는 엄마에게 잠시 눈을 감고 있으라고 한 뒤 그동안 모든 것들을 원래 있던 홍수 난 곳으로 다시 옮겨 버렸다. 노파가 눈을 떴을 때 그녀의 판잣집은 원래 자리로 가 있었고 마나피의 집 그리고 지게와 아름다운 이리케의 판잣집 역시 그 옆으로 옮겨진 것을 보았다. 다시 그들은 주린 창자를 잡고 허기를 참아야 하는 상황이 되었다.

그러자 노파는 머리끝까지 화가 났다. 영웅의 팔을 잡더니 어디론가 끌고 갔다. 숲으로 들어서더니 빽빽한 삼림이 우거진 '유다의 은신처'라고 불리는 곳으로 갔고, 거기서 한 레구아* 반을 더 들어가 숲 속 깊숙한 곳으로 갔다. 그곳은 캐슈* 나무가 몇 그루 있고 사방이 숲으로 둘러싸인 곳이었다. 노파는 먹을 것이 전혀 없는 땅바닥에 악동을 내려놓으며 말했다.

"이제 네 엄마는 간다. 넌 이제 여기서 길을 잃은 거야. 아무것도 없으니 더 크지도 못할 거다."

그리고 사라져 버렸다. 혼자 숲 속에 남겨진 마쿠나이마는 눈물이 나려고 했다. 그러나 거기엔 아무도 없었기에 울지 않았다. 기운을 내서 그의 가느다란 휜 다리로 지탱하며 걸음을 옮겼다. 여기저기 헤매기를 일주일, 반려견 파파메우를 거느리고서 고기를 굽고 있는 숲의 주인 쿠루피라를 만났다. 쿠루피라는 야자나무의 새로 돋은 싹에 기거하며 지나가는 사람들에게 담배를 얻어 피우곤 했다. 마쿠나이마는 그에게 말했다.

"할아버지, 고기 좀 줄 수 있어요?"

"물론이지."

쿠루피라가 대답했다. 그는 자기 다리에서 살을 한 점 썰더니 불에 반쯤 구워 아이에게 주면서 물었다.

"그런데 이 숲 속에서 뭘 하는 거니?"

"그냥 돌아다니고 있죠."

"그럴 리가!"

"그렇다니까요. 그냥 돌아다니는 거예요."

마쿠나이마는 형들에게 나쁜 짓을 해서 엄마에게 벌을 받은 이야기를 했다. 그리고 집에서 이곳까지 오는 동안 아무것도 못 먹었다면서 깔깔거리며 웃었다. 쿠루피라가 그를 훑어보더니 염려하듯 말했다.

"넌 이제 어린애가 아니야, 어린애가 아니라니까……. 어른처럼 행동해야지……."

마쿠나이마는 쿠루피라에게 고맙다고 하며, 타팡뉴마스 마을로 돌아가는 길을 가르쳐 달라고 했다. 영웅을 먹어 치우려는 속셈을 품은 쿠루피라는 거짓으로 길을 가르쳐 주었다.

"이쪽으로 가서 저쪽으로 가다가 나무를 지나 왼쪽으로 가거라. 그리고 다시 돌아서 밑을 통과해 왼쪽으로 돈 다음, 오른쪽으로 돌고……."

마쿠나이마는 시키는 대로 가다가 나무 앞에 이르자 다리를 긁으면서 중얼거렸다.

"아! 귀찮아!" 그리고 다시 걸어갔다.

쿠루피라는 길목에서 마쿠나이마가 나타나길 기다렸으나 그는 보이지 않았다……. 그러자 말처럼 사용하는 그의 사슴에 올라타고 옆구리에 박차를 가하면서 소리쳤다.

"내 다리 살! 내 다리 살!"

그러자 영웅의 배 속에 들어 있던 쿠루피라의 고기가 응답했다.

"어떻게 된 거야?"

마쿠나이마는 그길로 내달려 카칭가* 숲으로 줄행랑을 쳤지만, 쿠루피라는 더 빨리 달려 마쿠나이마를 이내 따라잡을 태세였다.

"내 다리 살! 내 다리 살!"

"어떻게 된 거야?"

마쿠나이마는 자포자기 상태가 되었다. 그날은 해가 나다가 소나기가 내리는 날씨였는데, 늙은 태양 베이가 소나기 물방울 속에서 마치 옥수수를 튀기듯 빛을 까불었다. 마쿠나이마는 물웅덩이 근처에 도착해 진흙물을 마시고는 고기를 토해 냈다.

"내 다리 살! 내 다리 살!"

쿠루피라는 계속 소리를 질렀다.

"어떻게 된 거야?" 이제는 고기가 물속에서 응답했다.

마쿠나이마는 다른 방향으로 도망가 남가새* 식물 쪽에 도달하여 그에게서 겨우 벗어날 수 있었다. 한 레구아 반을 가자 개미집 뒤로 노랫소리가 들렸다.

"아쿠티는 대나무로 담배를 피우지." 느린 곡조였다.

거기로 가자 만디오카를 갈아 가루로 만들고 있는 기니피그*가 보였다.

“배고픈데 그것 좀 주면 안 돼요?”

“그러지.” 기니피그가 대답했다. 그러고는 마쿠나이마에게 만디오카를 주면서 물었다.

“여기 카칭가에서 뭘 하는 거지?”

“그냥 돌아다니는 거예요.”

“뭐하러?”

“그냥 돌아다닌다니까요.”

쿠루피라에게 말했던 것처럼 대답하고 깔깔 웃었다. 기니피그가 그를 훑어보더니 염려하듯 말했다.

“아이야, 그러면 안 된다. 아이가 그러면 안 되지. 내가 너의 두뇌에 어울리는 몸을 만들어 주마.”

그러고는 독이 든 만디오카 주스로 채워진 나무통을 아이의 몸에 들이부었다. 놀란 마쿠나이마가 황급히 몸을 돌렸으나 머리만 피할 수 있었다. 나머지 부분은 다 젖을 수밖에 없었다. 영웅은 재채기를 크게 하고는 바닥에 쓰러졌다. 몸에 묻은 물기를 털자 몸이 점점 자라면서 강해지는 것을 느꼈고 어느새 건장한 젊은이의 몸이 되었다. 그러나 주스 세례를 피한 머리는 못생긴 아이의 모양으로 남게 되었다.

마쿠나이마는 고맙다고 인사한 뒤 신나게 노래를 부르며 화살처럼 빨리 고향 마을로 향했다. 밤이 되자 벌레들이 나오기 시작했는데 땅에서는 개미가 줄을 이었고, 물에서는 모기가 들끓었다. 공기 중에는 벌써 고향의 열기가 느껴졌다.

타팡뉴마스 마을의 노파는 멀리서부터 아들의 목소리가 들리자 깜짝 놀랐다. 이윽고 마쿠나이마가 근심스러운 얼굴로 나타나더니 엄마를 향해 말했다.

"엄마, 이빨 하나가 빠지는 꿈을 꾸었어요."

"그건 부모가 죽는다는 꿈인데." 노파가 말했다.

"잘 알죠. 엄마는 살날이 하루밖에 안 남았어요. 왜냐하면 나를 낳았기 때문이죠."

다음 날 형제들이 사냥과 낚시를 하러 나가고, 노파는 밭에 갔을 때 마쿠나이마는 지게의 동반자인 아름다운 이리키와 함께 있게 되었다. 그는 그녀를 달아오르게 하기 위해 잎을 먹는 개미로 변해서 그녀를 깨물었다. 하지만 그녀는 개미를 집어 멀리 던져 버렸다. 그러자 마쿠나이마는 작은 우루쿵* 나무로 변했다. 아름다운 이리키는 웃음을 보이더니 우루쿵 나무 열매를 움켜잡았고 그 염료로 얼굴과 몸을 물들이며 교태를 뽐냈다. 흡족해진 마쿠나이마는 다시 사람으로 변했고 이제는 그녀와 떨어질 수 없는 사이가 되어 버렸다.

형제가 사냥에서 돌아왔을 때 지게는 곧바로 상황을 알아 버렸다. 하지만 마나피가 이제 마쿠나이마는 완전히 성인이 되었으니 어쩔 수 없다고 그를 설득했다. 마나피는 마법사였다. 지게는 오두막이 일용할 양식으로 가득 찬 것을 보았는데, 잘 익은 바나나, 옥수수, 유카, 만디오카 전분, 알루아 음료, 마파라 물고기, 다른 종류의 물고기들, 마라쿠자 식물, 오비에이루 과일, 사포타 열매, 신선한 쿠치아 고기 등 많은 종류의 음식과 음료가 오두막을 가득 채우고 있었다. 지게는 동생과 싸워 봤자 소용없다고 생각하며 아름다운 이리키를 동생에게 넘기기로 했다. 한숨을 쉬더니 벼룩을 잡고는 그물 침대에 누워 버렸다.

다음 날, 아침 일찍 아름다운 이리키와 사랑을 나눈 마쿠나이마는 산책을 나갔다. 페르남부쿠*에 있는 예쁜 돌 왕국을 가로지른 그는 산타렝 시에 이르렀을 때 새끼를 막 출산한 사슴과 마주쳤다.

"이놈을 내가 잡아야지." 그가 말했다. 그리고 어미 사슴을 뒤쫓았다. 어미 사슴은 쉽게 달아났으나 갓 태어난 새끼는 거의 걸을 수 없는 상태였기 때문에 달아나지 못했다. 나무 뒤에 숨어 있던 그가 새끼 사슴의 옆구리를 찌르자 새끼가 큰 소리로 울었다. 달아나던 어미 사슴은 가슴이 미어져 멈춰 섰고, 사랑과 눈물이 가득한 눈으로 새끼를 보면서 조금씩 조금씩 되돌아왔다. 그 순간 영웅은 어미 사슴에게 화살을 쏘았다. 사슴은 쓰러졌고 한동안 허공을 향해 마구 발길질을 하다가 이내 바닥에 쭉 뻗어 버렸다. 영웅은 승리의 노래를 불렀다. 하지만 사슴에게 다가가 자세히 보는 순간 기절할 듯 비명을 질렀다. 그것은 추적의 신 아낭가의 계략이었다……. 죽은 것은 사슴이 아니었다. 마쿠나이마가 쏜 것은 자신의 어머니였다. 그녀는 야자나무와 선인장 가시에 찔리고 할퀸 채 이미 죽어 있었다.

영웅은 실신했다가 정신을 차린 후, 형제들을 부르러 갔다. 세 형제는 통곡했고 치차와 생선 수프만 먹으며 밤을 지새웠다. 새벽이 되자 형제들은 어머니의 시신을 그물 침대에 싸서 파이 지 토칸데이라의 커다란 돌 밑에 묻으러 갔다. 실력 있는 마법사였던 마나피는 묘비에 다음과 같은 그림을 새겼다. 그것은 이런 그림이었다.

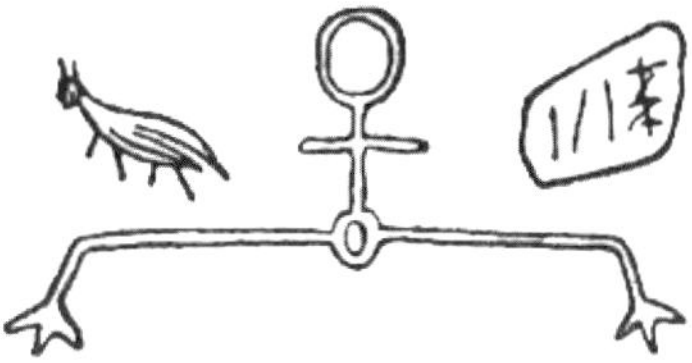

그들은 부족의 규율에 따라 일정 기간 금식했고, 마쿠나이마 역시 영웅답게 어머니를 기리며 금식했다. 죽은 노파의 배는 시간이 가면서 점점 부풀어 올라 우기(雨期)가 끝날 때쯤에는 작은 언덕이 되었다.

마쿠나이마는 이리키에게, 이리키는 마나피에게, 마나피는 지게에게 손을 내밀었고 마침내 그들 넷은 바깥 세계를 향해 떠나기로 했다.

3. 숲의 어머니 씨

강과 호수에서 멀리 떨어져 숲 속의 작은 길을 따라 걷던 넷은 심한 갈증을 느꼈다. 돼지자두라도 따 먹으면 나으련만 주변엔 아무것도 보이지 않았고 나뭇잎을 뚫을 정도의 뜨거운 햇빛만 방랑자의 등을 괴롭혔다. 그들은 마법에 걸린 것처럼 땀을 흘렸고, 그들의 몸은 올리브유에 빠진 것처럼 번들거렸다. 그러나 계속 걸었다. 그러다 밤의 정적 속에서 갑자기 걸음을 멈춘 마쿠나이마는 과장된 몸짓으로 일행에게 경계 신호를 주었다. 모두 자리에 얼어붙은 듯 걸음을 멈추었다. 아무 소리도 들리지 않았다. 그러나 마쿠나이마는 "저기 뭔가가 있어" 하고 속삭였다.

세 형제는 아름다운 이리키를 판야 나무 둥지에 앉히고 숨어 있도록 한 후, 조심스럽게 나아갔다. 태양은 그들의 등을 내리쬐는 데 싫증이 나 있던 참이었다. 풀숲을 헤치며 마쿠나이마가 한 레구아 반을 나아갔을 때 한 여인이 잠자고 있는 모습이 보였다. 그녀는 숲의 어머니 씨였다. 오른쪽 젖가슴이 말라 버린 것으로

미루어 볼 때 그녀는 냐문다 강에서 근원하여 달의 거울이라 불리는 호숫가를 다스리는 여성 부족의 일원임을 알 수 있었다. 얼굴은 예뻤지만 그녀의 몸은 음탕한 짓에 소진되고 제니파푸* 열매로 물들어 있었다.

영웅은 사랑을 나누려고 그녀를 덮쳤다. 그러나 씨는 거부했다. 마쿠나이마가 작은 칼을 꺼내자 그녀는 삼지창으로 그를 찔렀다. 치열한 난투극이 벌어졌고, 두 사람이 지르는 비명이 위로 뻗친 나뭇가지들에 메아리치자 새들은 두려움에 떨었다. 영웅이 싸움에서 밀리기 시작했다. 얼굴을 얻어맞아 코에서 피가 흘렀고 삼지창에 찔린 엉덩이는 큰 부상을 입었다. 그녀는 상처 하나 입지 않았는데 그녀가 주먹을 휘두를 때마다 그의 얼굴은 피로 물들었고 영웅의 비명 소리는 새들을 공포에 떨게 했다. 결국, 이 아마존 여전사를 더 이상 당할 수 없게 된 영웅은 돌아서서 형들을 부르며 도망가기 시작했다.

"도와줘! 내가 여자를 죽이겠어! 도와줘! 내가 여자를 죽이겠어!"

형제들이 달려와 씨를 붙잡았다. 마나피가 뒤에서 그녀의 팔을 잡고 지게는 야자나무 몽둥이로 그녀를 내리쳤다. 그녀는 밀림의 양치식물 위로 힘없이 쓰러졌다. 움직임이 없자 마쿠나이마는 다가가 숲의 어머니와 사랑을 나눴다. 그러자 잉꼬앵무새 무리, 보라색 마코앵무새 무리, 녹색 아마존앵무새 무리 등 온갖 앵무새들이 새로운 숲의 황제에게 경배하려고 몰려왔다.

세 형제는 새로운 동반자와 함께 다시 길을 떠났다. 아마르구라스 강을 피해 플로레스 마을을 가로질러 펠리시다지 폭포 아래를 통과했다. 기쁨의 길에 들어서서 베네수엘라 산맥 아래에 있는 메우 뱀 농장에 이르렀다. 그때부터 마쿠나이마는 신비한 숲 전역을 통치하게 되었는데 씨는 그녀의 삼지창을 가지고 아마존 여전사 무리의 우두머리로서 그를 도왔다.

이제 영웅은 느긋한 생활을 즐겼다. 그물 침대에 누워 게으름을 피우며 설탕개미를 잡거나 유카 치차의 거품을 음미했고 노래를 부르고 싶을 때는 원숭이 창자로 현을 만든 조악한 엉터리 바이올린을 연주했다. 숲은 즐거움으로 메아리쳤고 뱀, 진드기, 모기, 개미와 악의 신들까지 달콤한 자장가에 빠졌다.

밤에는 전투에서 다친 씨가 피를 흘리며 돌아왔고 발사믹 오일을 상처에 바른 뒤 자신의 머리카락으로 짠 그물 침대에 올라왔다. 그들은 서로를 깨물고 간지럽히면서 여러 번 사랑의 행위를 반복했다. 그들은 오랫동안 바짝 붙어서 시시덕거렸다.

씨가 발삼 향을 강하게 풍겨서 향에 중독된 마쿠나이마는 혼미한 상태가 되었다.

"우와! 향이 정말 좋아! 내 이쁜이!"

그는 코를 벌름거리며 냄새를 맡았고 쾌락에 들떠 중얼거렸다. 그의 정신은 점점 혼미해져 갔기에 졸음이 그의 눈꺼풀에 몰려왔다. 그러나 아직 만족할 수 없었던 숲의 어머니는 솜씨 좋게 그물 침대를 흔들었고 두 사람의 몸은 사랑을 할 수 있도록 다시 포개졌다. 졸려서 죽을 지경이었지만 마쿠나이마는 위신을 세우기 위해 다시 사랑을 나눴다. 마침내 씨가 만족스러운 웃음을 보이자, "아! 귀찮아!" 영웅은 불평스럽게 말했다. 그러고는 등을 돌리고 잠을 자려 했다. 하지만 씨는 아직도 더 사랑을 나누길 원해…… 다시 그의 몸을 돌렸고, 또 돌렸다……. 영웅이 완전히 잠에 빠지자 숲의 어머니는 삼지창을 꺼내 그를 콕 찔렀다. 깜짝 놀라 잠이 깬 마쿠나이마는 깔깔 웃었다.

"이건 하지 마, 이 색정녀야!"

"할 거야!"

"잠 좀 자고 하자, 내 사랑……."

"한 번 더 하자."

"아! 귀찮아……."

결국 그들은 한 번 더 사랑을 나눴다.

어느 날 그들은 엄청난 양의 파수아리 음료를 마셨고, 숲의 황제는 완전히 취했다. 그녀는 사랑을 나누기 위해 그를 데려갔지만 행위 도중에도 영웅은 자신이 무엇을 하고 있는지 몰랐다.

"뭐야! 영웅!"

"뭐라니!"

"계속하자고!"

"뭘 계속해!"

"섹스를 하잔 말이야! 하다가 중간에 그만두는 게 어딨어!"

"아! 귀찮아……."

이렇게 취한 적이 없던 마쿠나이마는 연인의 포근한 품속에서 다시 잠에 곯아떨어졌다. 그의 욕망을 다시 불러 깨우기 위해 씨는 방법을 고안했다. 그녀는 숲의 잔가지들을 주워서 다발로 만든 후 그걸로 영웅의 성기와 자신의 성기를 한 번씩 때렸다. 그 요법은 영웅을 다시 달아오르게 했고 그는 발정 난 사자로 변했다. 씨도 마찬가지였다. 그들은 타오르는 열정 속에 사랑을 나누고 또 나눴다.

이렇게 잠을 자지 않는 밤에 그들의 쾌락은 더욱 고조되었다. 가끔씩 하늘의 불붙은 별들이 타는 기름을 땅에 쏟았기 때문에 아무도 그 열기를 견디지 못했고, 온 숲이 불타는 것 같았다. 새들도 둥지에 머물 수 없었다. 모든 새들이 횃대를 떠나 이 가지 저 가지로 날아다녔고 세상의 가장 큰 기적(汽笛)처럼 끝없는 새들의 노랫소리는 여명의 어둠을 산산조각 냈다. 그 소동은 엄청났고, 향기도 더욱 강해졌으며 열기는 더욱 달아올랐다.

마쿠나이마가 그물 침대를 거세게 흔드는 바람에 씨는 멀리 나가떨어졌다. 화가 난 그녀는 그물 침대로 몸을 던져 그의 위에 올라탔다. 그런 식으로 다시 사랑을 나눴다. 환희에 들뜬 그들은 사랑을 나누는 새로운 방법을 개발하곤 했다.

6개월이 채 지나지 않았을 때 숲의 어머니는 피부가 핏빛인 아들을 낳았다. 그 소식을 듣고 바이아, 헤시피, 히우그란지두노르치, 파라이바에서 유명한 물라타 여인들이 몰려왔고 숲의 어머니에게 재앙의 색깔인 붉은색 머리띠를 선물하고 갔다. 왜냐하면 그녀는 모든 크리스마스 제단화(祭壇畵)에서 붉은 띠를 한 여장부로 나타날 것이기 때문이었다. 그 후 그들은 기쁨과 환희 속에 춤을 추고 또 추면서 축구 선수들, 사랑하는 연인들, 장난꾸러기들, 화려한 여자들을 거느리고 고향으로 돌아갔다. 마쿠나이마는 의만(擬娩)* 의 규율대로 한 달 동안 누워 있었지만 금식 조항은 지키지 않았다. 아이는 브라질 북동부 출신답게 넓적한 머리를 가졌는데 마쿠나이마가 매일 머리를 두드리며 아이에게 말하는 바람에 더욱 넓적해졌다.

"아들아, 빨리 자라서 상파울루에 가서 돈을 많이 벌어라."

부족의 모든 여인들이 이 붉은 피부의 아이를 사랑했고 아이에게 많은 것을 주었는데 첫 번째 목욕날에는 아이가 항상 부유하게 살라고 부족의 모든 보석을 주었다. 그들은 투투 마랑바*가 침입하여 아이의 배꼽이나 엄마의 커다란 발가락을 빨아 먹을까 봐, 볼리비아에서 가위를 가져와 아이의 베개 밑에 놓아두었다. 어느 날 밤 투투 마랑바가 정말로 찾아왔는데 가위를 보고 착각한 나머지 가위의 튀어나온 나사를 빨고는 만족해서 돌아갔다. 모든 부족인들이 아이만을 걱정했다. 상파울루로 사람을 보내 아나 프란시스카 지 알메이다 레이치 모라이스가 만든 유명한 양털 구두를 사 오게 했고, 페르남부쿠에 심부름꾼을 보내 킨키나 카쿤다로 더 잘 알려진, 조아키나 레이탕 양이 손으로 만든 '알프스의 장미', '과비로바의 꽃', 그리고 '너로 인한 번민' 브랜드의 레이스를 사 오도록 했다. 그리고 아이가 쓰디쓴 기생충 약을 잘 삼킬 수 있도록 오비두스의 로루 비에이라 자매가 만든 타마린드 음료까지 사 왔다. 더할 나위 없이 좋은 행복한 나날이었다. 하지만 하루는 올빼미 한 마리가 억새로 만든 황제의 횃대에 앉아 불길한 예언을 지껄였다. 놀란 마쿠나이마는 몸을 떨며 모기들을 내쫓았고, 자신도 마음을 진정시키고자 파주아리 음료를 마셨다. 술을 마신 그는 밤새 곯아떨어졌다. 그날 밤, 검은 뱀이 침입하여 젖이 말라 버린 씨의 나머지 한쪽 가슴을 빨았다. 지게는 아이 곁에 어떤 부족 여인도 두지 않았기 때문에 아무도 그것을 보지 못했다. 다음 날, 배고픈 아이는 엄마의 젖을 빨고 또 빨았고 독을 먹은 아이는 큰 숨을 한 번 몰아쉬더니 숨을 거두었다.

부족민들은 바다거북 모양의 관을 짜서 어린 천사를 누인 뒤, 노래를 부르고, 춤을 추고, 파주아리를 마셨고 악의 영혼이 아이의 눈을 파먹지 못하도록 마을 한가운데 관을 묻었다.

의식이 끝나자 장신구를 걸치고 있던 씨가 목걸이에서 유명한 무이라키탕을 꺼내 동반자 마쿠나이마에게 건네주더니 리아나 덩굴로 만든 줄을 타고 하늘로 올라갔다. 지금도 그녀는 아름다운 보석으로 치장한 채 하늘에 살고 있는데 개미로부터 해방되어 반짝이는 별이 되었다. 그것은 베타켄타우루스* 별이다.

다음 날 마쿠나이마가 아들의 무덤에 갔을 때 아이의 몸에서 작은 식물이 솟아 있는 것을 보았다. 조심스럽게 그 식물을 보살폈더니 자라나서 과라나*가 되었다. 이 식물의 열매를 반죽하여 사람들은 많은 병을 고치고 태양이 뜨거울 땐 시원한 음료를 만들어 마신다.

4. 거대한 뱀 카페이-달

다음 날 아침 일찍 영웅은, 영원히 잊을 수 없는 연인 씨에 대한 그리움으로 괴로워하다 아랫입술을 뚫고 거기에 무이라키탕을 매달았다. 눈물을 참을 수 없었던 그는 형제들을 불러 같이 떠나자고 했고, 부족 여인들과 작별하고 형제들과 함께 길을 떠났다. 형제들은 마쿠나이마가 가자는 대로 들개처럼 온 밀림을 정처 없이 돌아다녔다. 선홍색 마코앵무새와 잉꼬앵무새가 형제들을 호위했으며 그들은 가는 곳마다 환영을 받았다. 그럼에도 여전히 슬픔에 잠겨 있던 마쿠나이마는 어느 날 야자나무에 올라갔는데 열매가 그의 마음처럼 보랏빛으로 멍들어 있었다. 나무에 올라간 그는 하늘에서 멋진 씨의 별을 보며 생각에 잠겼다가, "나쁜 사람!" 하고 고통스럽게 내뱉었다. 이렇게 긴 시를 노래하며 상실의 고통을 신에게 호소했다.

사랑의 신이시여, 사랑의 신이시여……!

비를 마르게 하시고,
대양의 바람을 일으켜
구름이 몰려가도록
나의 땅을 휩쓸게 하소서.
하늘에선 단아하고 확실하게
나의 별이 빛나게 하소서
제가 강에서 목욕할 때
거울에 비친 나의 여자와
사랑할 수 있도록
모든 강의 물을 잔잔하게 하소서

이런 식이었다. 그러고는 나무에서 내려와 마나피의 어깨에 기댄 채 흐느꼈고 지게 역시 연민으로 훌쩍이며 영웅이 추울까 봐 모닥불을 지폈다. 마나피 역시 눈물을 삼키면서 잠을 관장하는 아쿠티푸루, 무루쿠투투, 두쿠쿠에게 호소했다.

아쿠티푸루여!
깊이 상처 입은
마쿠나이마를 위해
당신의 잠을 빌려주소서!

두 형제는 영웅의 몸에서 진드기를 잡았고 그를 어르면서 달래주었다. 영웅은 조금씩 울음을 그치더니 깊은 잠에 빠졌다.

다음 날 세 방랑자는 신비한 밀림을 관통하여 계속 걸었는데 마쿠나이마는 항상 마코앵무새와 잉꼬앵무새의 호위를 받았다. 여행을 계속하던 어느 날, 새벽 여명이 밤의 어둠을 몰아내기 시작했을 때 멀리서부터 젊은 여자의 탄식 소리가 들려왔다. 무엇인지 보려고 한 레구아 반을 간 그들은 끊임없이 울고 있는 폭포를 발견했다. 마쿠나이마는 폭포에게 물었다.

"무슨 일이오?"

"아무 일도, 아무 일도 아니에요!"

"뭔가 있는 거 같은데……."

그러자 떨어지는 물이 무슨 일이 일어났는지 말하기 시작했다.

"제 이름은 나이피이고 부족장 메쇼-메쇼이티키의 딸이에요. 아버지의 이름은 우리 말로 살금살금 기어간다는 뜻이죠. 저는 아름다운 소녀라서 이웃의 부족장들이 비단보다 더 고운 내 피부를 보기 위해 나의 그물 침대에 들어오길 원했죠. 하지만 누구든 오기만 하면 나는 그의 힘을 알아보기 위해 물어뜯고 발로 차 버렸죠. 그 바람에 아무도 견디질 못하고 투덜투덜 가 버렸어요.

우리 부족은 아타개미* 떼가 몰려 있는 지하 동굴에 사는 거대한 뱀 카페이의 노예예요. 강둑의 나무들이 노란색으로 자라 꽃이 피면 카페이는 우리 마을에 와서 처녀를 고른 후 해골로 가득한 그의 은신처로 데려가죠.

힘센 남자에게 제 몸을 바칠 준비가 되었을 때, 아침 일찍 불길한 전조를 알리는 부엉이가 제 오두막 주변의 야자나무 가지에서 울었고 그러자 카페이가 나타나 저를 선택했어요. 강가의 나무들은 노란 꽃을 피웠고, 꽃들은 아버지의 젊은 전사였던 티사치의 어깨 위로 눈물처럼 떨어졌지요. 개미 떼가 휩쓸고 간 것처럼 마을엔 정적과 슬픔만 남았어요. 황혼 무렵이 되어 늙은 마법사가 밤의 커튼을 쳤을 때 그것이 제 마지막 자유의 밤이었고 그날 밤 티사치는 떨어진 꽃을 들고 저의 그물 침대로 왔어요. 나는 그를 물었어요.

나의 이빨에 물린 팔뚝에서 피가 솟았지만 그는 신경 쓰지 않았어요. 아니, 아니에요. 사랑의 분노로 신음했지요. 그가 꽃으로 나의 입을 막았기 때문에 더 이상 그를 물 수가 없었어요. 티사치는 나의 그물 침대에 뛰어들었고 나는 그를 받아들였어요.

뚝뚝 떨어지는 피와 노란색 꽃에 취해 미친 듯이 사랑을 나눈 뒤, 나의 전사는 나를 어깨에 짊어지고 강가로 가서 그곳에 숨겨 둔 아라구아네이* 나무로 만든 카누에 나를 태우고선 거대한 뱀의 손아귀를 피해 넓은 장가두 강을 따라 대양을 향해 쏜살같이 나아갔어요.

다음 날 아침 늙은 마법사가 밤의 커튼을 걷었을 때 카페이는 나를 찾으러 왔고 피로 범벅이 된, 텅 빈 그물 침대를 보게 되었죠. 그는 노여움으로 포효하더니 우리를 잡으러 쫓아왔어요. 그는 점점 다가왔고 포효 소리가 더 가까이 들리기 시작하더니 마침내 장가두 강의 물을 가르며 거대한 뱀이 모습을 드러냈어요.

기진맥진한 티사치는 더 이상 노를 저을 수 없었는데 그의 손목에 난 상처에서 피가 멈추지 않고 계속 흘렀기 때문이죠. 우리는 더 이상 도망갈 수 없었어요. 카페이는 나를 낚아채서 머리를 거꾸로 들었어요. 그러고는 달걀로 점을 보더니 내가 이미 티사치에게 몸을 준 것을 알아 버렸어요.

그는 이 세상을 끝장낼 정도로 화를 내며 나를 이 폭포로 만들고 티사치는 데려다가 강가의 식물로 만들어 버렸어요. 저기 바로 밑에 있어요! 나를 향해 손짓하고 있는 아름다운 히아신스예요. 그 식물의 붉은 꽃은 내가 물어뜯은 상처에서 나오는 피인데 이 폭포의 서늘함 때문에 얼어 버렸죠.

카페이는 내 아래에 살면서 내가 티사치와 사랑을 나누는지 항상 감시해요. 행복한 순간은 지나갔어요! 나는 이 바위에 갇힌 채 울면서 다시는 나의 전사 티사치와 사랑을 나눌 수 없는 신세를 영원히 한탄할 거예요…….”

그녀는 말을 멈췄다. 그녀의 눈물 같은 폭포수가 마쿠나이마의 무릎에 튀자 영웅은 감정이 북받쳐 몸을 떨었다.

“만약, 만약…… 만약 그 뱀이 나타난다면, 내가…… 내가 죽여 버리겠어!”

그러자 날카로운 비명 소리가 들렸고 카페이가 물속에서 나타났다. 그것은 거대한 코브라의 형상을 하고 있었다. 그 순간 영웅심에 불탄 마쿠나이마는 자리를 박차고 뛰어올라 괴물을 향해 나아갔다. 카페이는 거대한 입을 열고 사나운 말벌 떼를 구름처럼 토해 냈다. 마쿠나이마는 말벌 떼에 맞서 싸워 모두 죽여 버렸다. 그러자 괴물은 작은 방울이 달린 꼬리를 휘둘렀다. 하지만 그 순간 악취 나는 개미가 영웅의 발뒤꿈치를 물었기 때문에 영웅은 고통으로 몸을 숙였고 그 바람에 꼬리는 영웅을 스치고 지나가 카페이의 얼굴을 강하게 때렸다. 화가 머리끝까지 난 카페이는 영웅의 사타구니를 내려쳤다. 마쿠나이마는 한 걸음 물러서서 뾰족한 돌을 집어 들더니 휙! 집어 던져서 괴물의 머리에 명중시켰다. 괴물의 몸은 커다란 소용돌이를 일으키며 물속에 쓰러졌지만 괴물의 머리는 초점 풀린 눈으로 승자의 발에 입맞춤하려고 다가왔다. 영웅은 기겁을 하고는 형제들과 함께 밀림 속으로 도망쳤다.

"돌아와! 이 작은 악마야, 돌아와!"

괴물의 머리가 소리쳤다. 형제들은 줄행랑을 쳤고 한 레구아 반을 지나고 나서야 뒤를 돌아보았다. 카페이의 머리는 계속 구르면서 형제들을 따라오고 있었다. 그들은 다시 달아났고 녹초가 되어 더 이상 달릴 수 없게 되자 강변에 있는 오렌지 나무로 올라가 괴물의 머리가 계속 따라오는지 살폈다. 머리는 이내 나무 밑에 이르더니 과일 하나만 달라고 했다. 마쿠나이마는 나무를 흔들었다. 머리는 땅에 떨어진 과일 하나를 급히 먹어 치우고는 하나 더 달라고 했다. 지게가 나무를 세게 흔들어 과일을 강물에 떨어뜨렸지만 괴물의 머리는 강물 속으로 들어가려 하지 않았다. 이번에는 마나피가 있는 힘껏 과일을 멀리 던졌고 괴물의 머리가 과일을 주우러 간 순간, 형제들은 나무에서 내려와 줄행랑을 쳤다. 달리고 달려서 한 레구아 반을 갔을 때 카나네이아 학사*가 사는 집이 나타났다. 그 늙은이는 문 앞에 앉아 복잡한 문서를 읽고 있었다. 마쿠나이마가 그에게 말을 걸었다.

"안녕하세요, 학사님?"

"그럭저럭 지내오. 이름 모를 여행자님."

"바람 쐬고 계신 거 맞죠?"

"C'est vrai(맞아요)! 프랑스 사람들은 이렇게 말하죠."

"나중에 또 봬요. 저는 지금 좀 바빠서요……."

그러고는 다시 번개처럼 달려갔다. 숨 한 번 제대로 못 쉬고 카푸테라와 모헤트의 선사 시대 조개껍데기 언덕을 가로질러 달렸다. 조금 더 가자 버려진 집이 나타났다. 안으로 들어가 문을 잠갔다. 그제야 마쿠나이마는 입술에 달아 두었던 무이라키탕이 없어진 것을 깨달았다. 그것은 씨가 남긴 유일한 선물이었기에 마쿠나이마의 실망은 이만저만한 것이 아니었다. 그가 무이라키탕을 찾기 위해 왔던 길로 되돌아가려 하자 형제들이 그를 말렸다. 이내 괴물의 머리가 도착했다. 쿵! 하고 문에 세게 부딪혔다.

"뭐지?"

"문 열어 줘요! 안으로 들어가게!"

여러분 같으면 문을 열었겠는가? 그들 역시 문을 열지 않았고 괴물의 머리는 들어올 수 없었다. 마쿠나이마는 괴물의 머리가 이제 자신의 노예가 되었고, 더 이상 아무에게도 해를 끼칠 수 없게 되었다는 것을 몰랐다. 머리는 한참을 기다렸지만 그들이 결코 문을 열지 않을 것 같자 어떻게 변신하는 것이 좋을지 궁리했다. 물이 된다면 누군가 마셔 버릴 것이고, 모기가 된다면 누군가 모기약을 뿌릴 것이고, 철도가 된다면 누군가 탈선할 것이고, 강이 된다면 누군가 지도에 표시할 터였다……. 그래서 그는 결정했다. "달이 되어야겠다." 그러고 나선 소리 질렀다.

"문 열어 주세요, 여러분! 한 가지 부탁드릴 게 있어요!"

열쇠 구멍을 통해 밖을 살펴본 마쿠나이마가 문을 열려고 하는 지게를 말렸다.

"냅둬!"

지게는 다시 문을 닫았다. 그래서 "냅둬!"라는 말은 다른 사람이 원하는 것을 들어주지 말라는 뜻으로 남게 되었다.

카페이는 그들이 문을 열지 않으리라는 것을 알자 서럽게 한탄하며 거대한 거미에게 자신이 하늘로 올라가는 것을 도와 달라고 부탁했다.

"태양열로 줄이 다 녹을 텐데." 거미가 반대했다.

그러자 괴물 머리는 비단 날개의 개똥지빠귀들에게 태양을 가려서 밤처럼 캄캄하게 해 달라고 부탁했다.

"어두우면 줄이 안 보일 텐데." 다시 거미가 반대했다.

그러자 머리는 안데스의 설원으로 달려가 조롱박에 서리를 담아 와서 그에게 부탁했다.

"한 레구아 반마다 한 방울씩 서리를 놓으면 줄이 얼음처럼 빛날 거예요. 그럼 우린 갈 수 있어요."

"좋아요, 갑시다."

거미는 땅에 줄을 뽑아내기 시작했다. 바람이 불어오자 가벼운 거미줄은 하늘을 향해 곧추섰다. 거미가 그 줄을 타고 올라간 후 줄의 끝에서 서리 한 입을 흘리자 줄은 얼음처럼 빛났다. 그리고 거미는 다시 줄을 뽑어서 타고 올라갔다. 머리는 작별을 고했다.

"여러분! 나중에 만나요. 난 하늘로 올라갑니다!"

머리는 광활한 하늘에 걸려 있는 줄을 먹으면서 올라갔다. 형제들이 문을 열고 그 광경을 쳐다보았다. 카페이는 올라가고 있었다.

"머리 씨, 당신은 진짜 하늘로 올라가나요?"

"으으으음……."

머리는 입을 벌리지 못하고 대답했다. 새벽이 오기 전에 거대한 뱀의 머리는 하늘에 도착했다. 거미줄을 하도 먹어서 몸은 부풀어 있었지만 힘을 썼기 때문에 얼굴은 창백했다. 뱀에게서 나온 땀방울은 이슬이 되어 땅에 떨어졌다. 얼어붙은 줄을 타고 올라갔기 때문에 카페이는 아주 차가웠다. 지금까지 카페이는 무시무시한 물뱀이었지만, 하늘로 올라간 뒤에는 광활한 하늘을 떠도는 달의 머리가 되었다. 이 사건 이후 거미들은 주로 밤에 거미줄을 뽑게 되었다.

다음 날 하루 종일 형제들은 무이라키탕을 찾으러 풀숲과 강변을 헤매며 거기 사는 모든 생물들에게 물어보았다. 이구아나, 아르마딜로, 땅과 나무의 도마뱀, 말벌, 강 제비, 올빼미, 딱따구리, 들닭, 참새와 그의 친구 왕벌, 홀아비 딱정벌레, '탕' 소리를 내는 새와 '타잉' 소리를 내는 그의 친구들, 쥐와 술래잡기 놀이하는 도마뱀, 송어를 먹는 파이체,* 도요새, 모래강변을 다니는 오리에 이르기까지 하나도 빠짐없이 묻고 다녔지만 무이라키탕에 대해 알거나 말해 주는 녀석들은 아무도 없었다.

형제들은 온 길을 다시 돌아가며 훑어보았고 정처 없이 헤맸다. 정적이 감싸자 서러운 절망감이 몰아닥쳤다. 마쿠나이마는 가끔씩 멈춰 서서 슬픈 처지를 한탄했다. 왜 씨를 사랑해서 아이까지 낳았던가! 잠시 동안 멈춰 섰다. 그리고 또 눈물을 흘렸다. 눈물은 그의 얼굴을 타고 흘러내려 그의 가슴 털까지 도달했다. 그러고는 머리를 흔들며 절규했다.

"절대 안 돼, 형들! 첫사랑보다 소중한 것은 없어, 안 그래?"

그들은 다시 길을 떠났다. 가는 곳마다 환영을 받았고, 색색의 잉꼬새와 붉은 앵무새의 호위를 받았다.

어느 날 형제들이 강에서 고기를 잡는 동안 마쿠나이마는 나무 그늘에 누워 있었는데, 그가 날마다 도와 달라고 기도했던 검둥이 목동의 정령*이 마쿠나이마를 도와주기로 했다. 검둥이 목동의 정령은 음악가 굴뚝새를 전령사로 내려보냈다. 갑자기 마쿠나이마는 끊이지 않고 지저귀는 새소리를 들었고 굴뚝새 한 마리가 자신의 무릎에 앉는 것을 보았다. 마쿠나이마가 신경질을 내자 굴뚝새는 화들짝 놀라서 날아올랐다. 그러나 1분도 되지 않아 다시 굴뚝새 울음소리가 들렸고 새가 마쿠나이마의 배에 올라와 앉았다. 이번엔 마쿠나이마도 화를 내지 않았다. 굴뚝새가 너무나 감미롭게 노래했기 때문에 마쿠나이마는 그 노래를 다 알아들을 수 있었다. 굴뚝새는 마쿠나이마가 불운하게도 강가에 있는 오렌지 나무에 올라갈 때 무이라키탕을 잃어버렸고 그 때문에 더 이상 신의 가호를 받지 못하고 있다고 한탄하며 노래했다. 해변에 떨어진 무이라키탕은 거북이 한 마리가 삼켜 버렸고, 그 거북이를 잡은 어부는 신비하게 생긴 그 녹색 돌을 페루 상인 벵시스라우 피에트루 피에트라에게 팔았다고 전해 주었다. 또한 무이라키탕을 소유한 이후로 벵시스라우의 사업은 잘 풀렸고 그는 치에테 강 유역에 자리 잡은 거대 도시 상파울루에서 많은 재산을 불리게 되었다는 것이다.

이렇게 전해 준 굴뚝새는 창공에 글자 하나를 그려 놓고 사라져 버렸다. 형들이 낚시에서 돌아오자 마쿠나이마는 그들을 붙들고 이야기를 시작했다.

"사슴 한 마리를 쫓고 있었는데 갑자기 등줄기에서 서늘한 느낌이 나는 거야. 그래서 손을 넣어 보니 전갈 한 마리가 잡히더라고. 그놈이 모든 진실을 다 얘기해 줬어."

이렇게 허풍을 떤 마쿠나이마는 무이라키탕의 행방에 대한 이야기를 한 뒤, 그걸 찾기 위해 벵시스라우 피에트루 피에트라를 만나러 상파울루로 가기로 결심했다고 말했다.

"난 무이라키탕을 되찾지 않으면 혀가 꼬여. 형들도 함께 가면 좋겠지만 가기 싫어도 할 수 없지 뭐. 좋은 동반자가 아니라면 혼자 가는 게 낫다는 말도 있잖아! 나는 노새처럼 고집이 세서 내 머릿속에 생각 하나가 박히면 빠져나가질 않아. 나는 갈 거야, 설사 굴뚝새…… 아니, 전갈의 거짓말에 빠지는 거라 할지라도."

이렇게 말하고 나서 마쿠나이마는 굴뚝새가 들려준 이야기를 생각하며 깔깔 웃었다. 마나피와 지게는 마쿠나이마를 보호하기 위해 같이 가기로 했다.

5. 식인 거인

다음 날 일찍 마쿠나이마는 보트에 올라타 네그루 강* 하구에 있는 마라파타 섬까지 열심히 노를 저어 갔다. 거기에다 여행에 불필요한 그의 양심을 두고 갈 생각이었다. 섬에 도착하자 독개미들이 먹어 치우지 않도록 10미터나 되는 선인장 머리 위에 양심을 걸어 두었다. 그러고는 형제들이 기다리는 곳으로 가서 그들과 함께 태양의 왼쪽 편을 향해 여행을 시작했다.

급류 옆으로 펼쳐진 가시덤불 숲을 따라 끝없이 펼쳐진 오르막을 오르고, 좁은 협곡을 지나고, 광활한 처녀림을 가로질러 경이로운 내륙을 통과하는 동안 숱한 일들을 겪었다. 마쿠나이마와 형제들은 상파울루로 향했다. 아라구아이아 강*이 그들의 여행을 도왔다. 수많은 모험을 겪는 동안 영웅은 한 푼도 저축하지 않았으나 하늘의 별이 된 아마존의 여전사 씨로부터 물려받은 보물함이 로라이마 동굴 속에 숨겨져 있었다.

마쿠나이마는 여행을 위해 이 보물함에서 옛날 화폐로 쓰였던 카카오 낟알 4천만 개의 40배를 꺼냈다. 그 일부로 수많은 보트를 샀다. 서로 연결된 2백 척의 보트가 거대한 화살처럼 아라구아이아 강 위를 떠가는 모습은 아름다웠다. 마쿠나이마는 맨 앞에 서서 멀리 보이는 도시를 노려보았다. 하늘의 별이 된 씨를 가리키느라 사마귀까지 생긴 손가락을 긁어 가며 생각에 잠겼다. 형제들은 모기떼를 쫓아 가며 이 연결된 2백 척의 보트가 제대로 갈 수 있도록 노를 저었다. 그리고 강에 카카오 낟알을 한 움큼씩 뿌려 배가 붉은 물고기, 황금빛으로 튀어 오르는 물고기, 수다스러운 물고기 등 많은 물고기가 초콜릿을 포식했다.

태양의 열기가 세 형제의 피부를 땀으로 덮었기 때문에 마쿠나이마는 목욕을 해야겠다는 생각을 했다. 그러나 한 조각의 고기를 놓고 싸우느라 가끔씩 1미터 이상씩 물 위로 튀어 오르는 포악한 피라냐*들 때문에 강에서 목욕을 하는 건 불가능한 일이었다. 그때 마쿠나이마는 강 위에 솟아 있는 작은 바위섬 동굴에 물이 고여 있는 것을 발견했다. 물웅덩이는 흡사 거인의 발자국 같은 모양을 하고 있었다. 형제들은 섬에 상륙했고 코를 물속에 담가 보았다. 물이 너무나 차가워 비명을 질렀지만 영웅은 몸을 씻었다. 동굴의 물은 성수(聖水)였다. 물웅덩이는 예수의 제자들이 포교 활동을 하던 시절, 브라질 원주민들에게 예수의 말씀을 전하던 수메 성인의 발자국이었기 때문이다. 영웅이 물에서 나오자 흰 피부와 금발, 푸른 눈을 가진 사람으로 변해 있었다. 성수가 그의 검은 피부를 씻어 낸 것이다. 그를 타팡뉴마스 흑인 부족의 아들로 알아볼 사람이 아무도 없었다.

눈앞에서 기적이 일어나는 것을 본 지게는 그 역시 수메 성인의 성수에 뛰어들었다. 그러나 마쿠나이마의 피부에서 나온 검은색으로 물은 이미 더러워져 있었기 때문에 미친 사람처럼 그가 물을 아무리 몸 곳곳에 끼얹어 보았지만 그의 피부는 구릿빛으로 변했을 뿐이었다. 마쿠나이마가 그를 위로했다.

"지게 형, 백인은 되지 못했지만 검은색은 많이 없어졌잖아. 완전 흑인보단 훨씬 나아."

그러자 이번에는 마나피가 뛰어들었다. 그러나 지게가 이미 성수를 밖으로 튀겨 버렸기 때문에 물이 거의 남아 있지 않았다. 바닥에만 조금 남아 있을 뿐이어서 그는 손바닥과 발바닥에만 물을 적셨다. 그래서 그의 손바닥과 발바닥만 살짝 구릿빛이 되었다. 마쿠나이마가 형을 위로했다.

"슬퍼하지 마, 마나피 형. 슬퍼하지 마. 세상엔 더 슬픈 일도 많아."

세 형제가 태양 아래 서자 흰색, 구릿빛, 검은색으로 그들의 피부는 재밌는 광경을 연출했다. 밀림에 사는 사람들이 그들을 신기하다는 듯 쳐다보았다. 눈이 튀어나온 검은색 카이만, 큰 카이만, 노란색의 뱃살 처진 악어 등 모든 종류의 악어가 물 밖으로 눈을 꺼냈다. 강가의 나무숲에서는 미모사,* 팔손이나무,* 야생 면, 거대한 아룸 백합 등 식물들도 형제들을 쳐다보았다. 여우원숭이, 짖는원숭이, 다람쥐원숭이, 마모셋,* 비단털원숭이 등 모든 종류의 브라질 원숭이들도 부러운 눈으로 쳐다보았다. 그리고 크리오요 개똥지빠귀, 붉은배지빠귀, 흉내지빠귀, 노래 부르는 지빠귀, 기침하는 지빠귀 — 언제 기침하는지는 모르는 — 흰색 개똥지빠귀 등 모든 종류의 개똥지빠귀는 너무 놀라 한동안 넋을 잃었다가 이내 경외의 소리로 지저귀기 시작했다. 마쿠나이마는 이런 호들갑이 싫었다. 손으로 엉덩이를 치더니 자연 생물들에게 소리쳤다.

"잘 봤으니 이젠 돌아가!"

그러자 생물들은 뿔뿔이 흩어져 자신의 삶 속으로 돌아갔고, 형제들은 다시 길을 떠났다.

하지만 형제들이 치에테 강 유역에 들어서자 뇌물이 횡행했고, 카카오는 더 이상 화폐로 쓰이지 않고 대신 다음과 같이 불리는 것들 — 동전, 지폐, 금, 달러, 금화, 은화, 금액, 돈, 거액, 동(銅), 잔돈, 거스름돈, 푼, 전(錢), 냥 — 이 있었다. 2만 카카오 낟알을 주고도 스타킹 벨트 하나 살 수 없었다. 이렇게 되자 마쿠나이마는 풀이 죽었다. 영웅도 먹고살려면 일을 해야 할 것 같았다. 또다시 이렇게 중얼거렸다.

"아! 귀찮아!"

모든 것을 때려치우고 다시 고향으로 돌아가 그냥 팔자 좋게 살까 하는 생각이 들었다. 그러나 마나피가 이렇게 말했다.

"멍청한 생각은 집어치워. 게 한 마리 죽는다고 무리가 다 슬퍼하진 않아. 기운 내! 내가 도와줄 테니……."

상파울루에 도착했을 때 배도 채우고 계획을 완수하기 위해 약간의 보물을 처분해 80콘투*를 마련했다. 마나피는 마법사였다. 하지만 80콘투는 큰돈이 아니었다. 영웅은 생각에 잠겼다가 형제들에게 이야기했다.

"인내심을 가져. 이걸로 당장은 해결될 거야. 말을 잡으려는 사람도 처음엔 한 발짝씩 다가가는 거야."

그 돈으로 마쿠나이마와 형제들은 연명할 수 있었다.

어느 추운 날 저녁 무렵 형제들은 치에테 강 유역에 펼쳐져 있는 상파울루 근교에 도착했다. 그때까지 영웅과 동행해 주었던 마코앵무새와 잉꼬앵무새가 이별을 고했다. 아름다운 깃털의 새들은 영웅의 머리 위를 한 바퀴 돌더니 북쪽의 고향으로 날아가 버렸다.

형제들은 황제야자수, 기름야자수, 선홍색 야자수, 공작야자수, 치즈 맛 나는 야자수, 양배추 모양의 야자수 등 키 큰 야자수 나무숲으로 보이는 사바나에 들어섰는데, 그것은 야자 열매를 맺은 야자나무라기보다는 거대한 연기 장식처럼 보였다. 모든 별들이 구름 낀 축축한 하늘에서 내려와 그들을 도시로 인도했다. 별들은 마쿠나이마에게 다시 한 번 씨를 생각나게 했다. 마쿠나이마는 사랑을 나누기 위해 씨가 자신의 머리카락으로 만들었던 마법 그물 침대를 잊을 수 없었다. 도시에서 씨를 볼 수 있을까 싶어 그녀를 찾았으나 거리에는 고운 피부의 백인 여자들로 넘쳐 났다! 마쿠나이마는 욕망을 참느라 신음했다. 그는 지나가는 여자들과 스치게 되면 그녀들의 아름다움에 넋을 잃고는, "마니! 마니! 만디오카의 딸들……"이라고 달콤하게 속삭였다. 결국 세 명의 여자를 골랐다. 그러고는 파라나구아라 산보다 더 높은 오두막에 펼쳐진 이상한 그물 침대에서 그녀들과 사랑을 나눴다. 그물 침대가 지나치게 딱딱했던 마쿠나이마는 사랑을 나눈 후 그녀들의 몸을 포개 놓고 그 위에서 잠이 들었다. 그는 그날 밤 4백 냥이나 써 버렸다.

영웅의 머릿속은 매우 혼란스러웠다. 그는 무서운 오두막집 사이로 다니는 이상한 동물의 울음소리가 거리에서 들려오는 통에 잠을 깼다. 불길한 외팔이 원숭이가 영웅이 자고 있는 높은 오두막까지 기어오르고 있었다. 병에 걸린 듯 킁킁 신음 소리를 내며 동물은 움직였고, 기이한 소음을 만드는 유령들과 마법에 홀린 절뚝발이 난쟁이들의 악마적 기운이 감돌았다. 하지만 그 옆 동굴에서는 만디오카의 딸임에 틀림없는, 백옥 같은 피부의 아름다운 여자들이 끝도 없이 나오고 있었다……. 이 새로운 환경에서 영웅은 정신을 차릴 수 없었다. 여자들은 깔깔 웃어 가며 긴 팔의 원숭이가 아니라 실은 엘리베이터라고 가르쳐 주었다. 또 아침 일찍부터 들려오는 휘파람 소리, 신음 소리, 으르렁대는 소리가 벨, 호루라기, 자동차의 클랙슨, 버저, 사이렌 소리라고 했다. 그리고 회갈색 퓨마는 자동차이고, 연기를 내뿜는 거대한 곰은 트럭, 전차, 버스라고 알려 주었다.

이 모두가 기계였고 도시 안에 있는 모든 것이 기계라는 것이었다! 영웅은 잠자코 이야기를 들었다. 가끔씩 전율을 느꼈다. 정말 그럴까 하는 의심이 들 때도 있었지만 꼼짝 않고 귀를 기울였다. 그리고 만디오카의 딸들이 역시 기계라고 말하는, 물의 어머니보다 더 아름다운 목소리를 가진 여신(女神) 같은 인물을 부러움과 경외심으로 바라보았다.

그는 만디오카의 딸들 위에 군림하는 황제가 되기 위해 기계라는 여신과 동침하기로 결심했다. 그러자 세 여성은 기겁을 하며 사실 그녀가 여신이라는 것은 오래된 거짓말이고, 아무도 기계와 사랑을 나눌 수 없으며, 만일 그렇게 한다면 죽을 것이라고 말했다. 영웅이 너무 여자를 좋아해서 기계를 여신이라고 거짓말했다는 것이다. 기계는 사람을 위해 발명된 것이고, 사람은 자연의 힘인 전기, 불, 물, 바람, 연기 등을 활용하여 기계를 움직인다고 이야기해 주었다. 하지만 당신들은 영웅이 그 말을 곧이곧대로 믿었다고 생각하는가? 천만에! 침대에서 일어난 그는 오른쪽 팔을 접고 그 상박을 왼손으로 짚었다. 그러고는 세 창녀를 향해 경멸의 표정을 담아 오른쪽 손목을 안으로 꺾었다. 그리고 그 즉시 자리를 떠났다. 사람들이 말하길, 이 순간 마쿠나이마는 훗날 브라질에서 유행하게 되는 몸짓 욕설을 발명한 것이다.

마쿠나이마는 형제들과 같이 살기 위해 아파트 한 채를 구했다. 첫날 밤 파울리스타 거리의 창녀들과 동침한 대가로 그의 입에는 종양이 가득 자리 잡았다. 마쿠나이마가 고통으로 신음하자 마나피는 작은 예배당의 열쇠를 훔쳐 그것을 빨도록 시켰다. 영웅은 열쇠를 빨고 또 빨았다. 그러자 입안이 깨끗이 나았다. 과연 마나피는 마법사였다. 마쿠나이마는 일주일 내내 먹지도 않고, 여자들과 동침하지도 않고, 아무 결실도 없이 기계에 대해 숙고하면서 보냈다. 인간이 기계를 조종하는데 기계가 사람을 죽인다니! 놀랍게도 만디오카의 아들들은 마술이나 완력을 쓰지 않고 또 원하지도 않았으면서 기계의 주인이 되었다. 그렇다면 이 불행은 무엇인가? 그는 설명할 수 없었다. 이런 생각은 그에게 향수를 불러일으켰는데 높은 곳에 위치한 발코니에서 형들과 함께 있던 어느 날 밤 마쿠나이마는 결론을 내렸다.

"만디오카의 아들들이 기계와의 싸움에서 이길 수는 없어. 하지만 기계 역시 인간을 이길 수 없지. 이건 무승부야!"

그는 논리에 익숙하지 않았으므로 다른 결론에는 도달할 수 없었다. 하지만 그는 혼란스러워하면서도, 기계는 그리 아름다운 모양으로 만들어지지 않은 것이 현실이기 때문에 인간의 통제를 벗어나 신이 될 수도 있겠다는 생각이 들었다. 그의 머릿속을 혼란스럽게 하는 수많은 생각 중에서 한 가지가 어둠 속의 광선처럼 비쳤다. 인간이 기계이고 기계가 곧 인간이라는 것. 그는 큰 웃음을 터뜨렸다. 자신이 다시 자유롭다는 것을 깨달았고 이에 큰 만족감을 느꼈다. 이내 지게 형을 전화기로 만드는 데 성공했다. 그리고 나이트클럽에 전화를 걸어 바닷가재 요리와 프랑스 디저트를 시켰다.

다음 날, 전날의 과음은 마쿠나이마를 동요하게 만들었다. 다시 무이라키탕 생각이 났다. 그는 즉시 행동에 옮기기로 했으니 일격에 뱀을 잡는 일이기 때문이다. 벵시스라우 피에트루 피에트라는 마라냥 거리 끝에 파카엠부 계곡을 향해 있는 숲으로 둘러싸인 멋진 구역에 살고 있었다. 마쿠나이마는 그를 알아 두기 위해 혼자 가겠노라고 마나피 형에게 말했다. 마나피는 그 부자 상인이 뾰족한 굽이 있는 신발을 신기 때문에 만약 신(神)이 그에게 어떤 신호를 준다면 그가 마쿠나이마를 발견하게 되고 그러면 마쿠나이마가 위험해질 수 있으므로 혼자 가는 것에 반대했다. 그 부자 상인은 의심할 바 없이 사악하고 위험한 인물이었다. 그는 바로 인간을 잡아먹는 식인 거인이었다……! 마쿠나이마는 이런 말을 들으려 하지 않았다.

"그래도 가야겠어. 사람들이 날 알아보면 경배하겠지. 또 몰라보면 어때!"

결국 마나피는 동생과 함께 가기로 했다.

거부(巨富)의 집 뒤에는 모든 종류의 과일을 맺는 키 큰 나무가 있었는데 망고, 암바렐라,* 아구아카테, 파인애플, 스타 애플, 사포딜라,* 수리남 체리, 잠보 열매, 배, 바나나, 구아야바, 흑인 여자의 생식기 냄새가 나는 두리안*이 열렸다. 두 형제는 배가 고픈 상태였다. 그들은 개미들이 잘라 낸 이파리로 몸을 위장하고 나무의 가장 낮은 가지에 올라가 여러 종류의 과일로 포식했다. 마나피가 마쿠나이마에게 말했다.

"혹시 예쁜 새소리를 들어도 절대 대답하지 마. 대답하면 우린 이별하는 거야."

영웅은 그러겠노라고 머리를 끄덕였다. 마나피는 입으로 불어서 화살을 쏘았고 마쿠나이마는 그의 뒤에서 떨어지는 것들을 주웠다. 흰목꼬리원숭이, 비단털원숭이, 메추리, 봉관조(鳳冠鳥), 부시파울,* 거취조(巨嘴鳥) 등이 화살을 맞고 비명을 지르며 떨어졌다. 달콤한 낮잠을 자고 있던 피에트루 피에트라가 큰 소리에 잠을 깨어 무슨 일이 있는가 보러 왔다. 피에트루 피에트라는 거인으로서 사람을 먹는 괴물이었다. 그는 자기 집 대문 앞에 서서 참새 소리를 냈다.

"오고로! 오고로! 오고로!"

참새 소리는 멀리서 들려오는 듯했고 마쿠나이마는 응답했다.

"오고로! 오고로! 오고로!"

위험을 직감한 마나피가 소리쳤다.

"숨어야 해, 동생!"

그 말을 듣자 마쿠나이마는 죽은 동물들과 개미들 더미 뒤에 웅크리며 잎으로 몸을 가렸다. 거인이 냄새를 맡고 다가왔다.

"누가 대답했지?"

"아무도 모르지!"

마나피가 대답했다. 열세 번이나 똑같은 문답이 반복된 후 거인이 말했다.

"분명 사람이었어. 누구였는지 보여 줘."

마나피는 죽은 원숭이를 던졌고 거인은 그걸 먹어 치웠다. 그러고는 다시 말했다.

"분명히 사람이었어. 누구였는지 보여 줘."

거인은 숨겨져 있던 영웅의 새끼손가락을 발견하고 그 방향을 향해 표창을 던졌다. "으악" 하는 비명 소리가 들리더니 가슴에 표창을 맞은 마쿠나이마가 앞으로 쓰러졌다. 거인은 마나피에게 말했다.

"내가 맞힌 사람을 끌고 와."

마나피가 원숭이, 부시파울, 장닭, 야생 메추리 등 떨어져 있던 동물을 가져오자 거인은 이내 삼켜 버린 뒤 자신이 맞힌 인간을 가져오라고 했다. 영웅을 내주지 않으려고 마나피는 그가 잡은 짐승들을 가져갔다. 꽤 오래 이런 실랑이가 계속되었고 그사이 마쿠나이마는 죽어 버렸다. 마침내 거인은 분노하며 으르렁댔다.

"마나피, 이 조무래기! 그런 속임수는 이제 됐어! 내가 맞힌 놈을 가져오지 않으면 널 죽여 버리겠어!"

마나피는 동생의 몸을 내주지 않으려고, 이번엔 그가 잡은 짐승 여섯 종류, 즉 흰목꼬리원숭이, 비단털원숭이, 메추리, 봉관조, 부시파울, 거취조를 한꺼번에 던지며 외쳤다.

"여섯 가지를 드세요!"

거인은 격노했다. 마나피가 몸을 숨겼던 아카푸라나, 티크,* 안젤림, 카라라 나무를 차례로 뽑아 버리더니 그에게로 다가왔다.

"여기서 당장 꺼져. 이 더러운 놈아! 나한테 걸리면 악어든, 개미든, 개든 모두 뼈를 못 추려. 빨리 꺼져. 이 사기꾼아!"

겁에 질린 마나피는 거인을 땅바닥에 넘어지게 했다. 이렇게 해서 마나피와 거인은 '속임수의 향연'이라는 게임을 발명했다.

하지만 마쿠나이마를 발견한 거인은 화를 가라앉혔다.

"바로 이놈이야."

그는 죽은 마쿠나이마의 다리 하나를 잡더니 질질 끌면서 집 안으로 들어가 버렸다. 마나피는 절망하며 나무 위에서 내려왔다. 동생의 시체를 따라가던 그에게 캄브지키라고 불리는 작은 개미가 다가와 말을 걸었다.

"여기서 뭐하는 거야? 친구."

"동생을 죽인 거인을 따라가고 있지."

"나도 같이 갈게."

이렇게 해서 한패가 된 개미는 끌려가던 마쿠나이마의 시체가 바닥과 나뭇가지에 남겨 놓은 피를 모두 핥아 먹었다.

거인의 집 안으로 들어선 마나피와 개미는 홀과 식당을 가로질러 그릇을 모아 놓은 방을 지나고 테라스로 나와 지하실로 내려가는 계단 앞에서 멈췄다. 마나피가 촛대에 불을 붙이자 깜깜했던 계단이 밝아져 내려갈 수 있었다. 지하실 문은 잠겨 있었고 마지막 계단에 마쿠나이마의 핏방울이 떨어져 있었다. 마나피가 코를 문지르더니 개미에게 물었다.

"이제 어쩌지?"

그러자 잠긴 문 밑으로 진드기 즐레즐레기가 나와서 마나피에게 물었다.

"이제 어쩌지라니? 무슨 일이야, 친구?"

"내 동생을 죽인 거인을 뒤쫓는 중이었어."

즐레즐레기가 말했다.

"좋아. 그렇다면 눈을 감아, 친구."

마나피는 눈을 감았다.

"이제 눈을 떠, 친구."

마나피가 눈을 뜨자 즐레즐레기는 열쇠로 변해 있었다. 마나피는 바닥에 있던 열쇠를 집어 들어 문을 열었다. 즐레즐레기는 다시 진드기로 변했고 마나피에게 요령을 알려 주었다.

"저 위에 있는 포도주로 거인을 취하게 만들어."

즐레즐레기는 사라졌다. 마나피는 포도주 열 병을 내려 마개를 열고 향기가 풍기도록 했다. 그것은 키안티*라는 유명한 포도주였다. 마나피는 포도주를 들고 술 마시는 바처럼 꾸며진 다른 방으로 갔다. 거인은 그곳에 있었는데, 그의 옆에는 여느 때처럼 긴 파이프로 담배를 피우는 탐욕스럽고 늙은 부인 세이우시가 누워 있었다. 마나피는 거인에게 포도주를 부어 주고 부인에게는 아카라* 산(產) 독한 담배를 붙여 주었다. 그러자 부부는 다른 세상으로 접어든 듯했다.

영웅은 가로 20조각, 세로 30조각으로 토막 난 채 끓고 있는 스튜 요리 냄비 속에 담겨 있었다. 마나피는 동생의 고기와 뼈 조각들을 꺼내 열기가 식도록 시멘트 바닥에 흩뿌려 놓았다. 고기와 뼈가 차가워지자 캄브지키 개미가 아까 핥아서 흡수했던 마쿠나이마의 피를 그 위에 뿌렸다. 마나피는 바나나 잎에다 피투성이 조각들을 잘 싼 후 배낭 속에 고이 넣어서 집으로 가지고 왔다.

돌아오자마자 마나피는 배낭을 발밑에 두고 연기를 불어넣었다. 그러자 마쿠나이마는 소생하여 바나나 잎 사이에서 일어나기 시작했다. 하지만 힘이 없었다. 마나피는 동생에게 과라나 음료를 마시게 했고 그것을 마시자 마쿠나이마는 완전히 원기를 회복했다. 모기를 쫓더니 이렇게 물었다.

"도대체 무슨 일이 일어난 거야?"

"내가 경고했잖아. 어떤 새소리에도 대답하지 말라고! 그토록 신신당부했건만!"

다음 날 마쿠나이마가 잠에서 깨어났을 때 성홍열에 휩싸였지만 하루 종일 신열 속에서도 벵시스라우 피에트루 페에트라를 죽이기 위해선 무기가 있어야겠다고 생각했다. 병에서 회복되자마자 그는 영국인 상점으로 달려가 스미스-웨슨 권총을 달라고 했다.

영국인 주인이 말했다.

"음, 우리 집 권총은 아직 완벽하지 않아요. 하지만 다른 것들이 있는지 한번 봅시다."

그러고는 마쿠나이마를 권총 나무 아래로 데려가 이렇게 설명했다.

"여기서 기다리다가 좋은 권총이 떨어지면 받아요. 절대로 땅바닥에 떨어지게 하면 안 됩니다. 알겠죠?"

"알겠습니다!"

영국인이 권총 나무를 사정없이 흔들자 권총 한 자루가 떨어졌다. 영국인은 말했다.

"이건 좋은 거예요."

마쿠나이마는 그에게 감사를 표하고 권총을 가져왔다. 그는 다른 사람들 앞에서 자신이 영어를 잘하는 척했지만 사실은 'Sweetheart'라는 말도 모를 정도였다. 오히려 그의 형제들이 영어를 조금 할 줄 알았다. 마나피는 자신도 권총과 위스키를 사러 가겠다고 했다. 마쿠나이마는 형에게 충고했다.

"형의 영어 실력으로는 어림도 없어. 나도 꽤 고생했다고. 형이 총알을 달라고 하면 레몬을 줄 게 틀림없어. 차라리 내가 가는 게 낫겠어."

이렇게 해서 마쿠나이마는 다시 영국인 상점으로 갔다. 주인은 다시 그를 권총 나무 아래로 데려갔고 미친 듯이 나무를 흔들었지만 이번엔 권총이 떨어지지 않았다. 그래서 이번엔 총알 나무 아래로 갔고 나무를 흔들자 총알이 비 오듯 떨어졌다. 마쿠나이마는 원하는 만큼 총알을 집었다.

"이제 위스키를 주세요." 그가 말했다.

위스키 나무 아래로 간 그들이 나무를 흔들자 두 박스의 위스키가 떨어졌고 마쿠나이마는 그것을 공중에서 받았다. 영국인 주인에게 고마움을 표한 후 숙소로 돌아왔다. 집에 돌아오자 마쿠나이마는 위스키 박스를 침대 밑에 숨기고 형에게 둘러대러 갔다.

"내가 영어로 총과 위스키를 달라고 했더니 아무것도 남아 있지 않았어. 개미 떼가 상점을 습격해서 하나도 남김없이 다 먹어 치운 거야. 하지만 총알을 겨우 구해 올 수 있었지. 지금 형에게 내 권총을 맡길 거야. 누군가 나를 죽이려 하면 형이 한 방 먹여 줘."

그러고는 지게 형을 다시 전화로 변하게 해서 거인에게 전화를 걸었고 그의 어머니 성기까지 들먹이며 온갖 욕설을 퍼부었다.

6. 프랑스 여자와 거인

마나피는 커피를 좋아했고, 지게는 자는 것을 좋아했다. 마쿠나이마는 셋이 지낼 수 있는 야자나무 잎 오두막을 짓자고 했지만 그 일은 결코 이루어지지 않았다. 왜냐하면 일은 하지 않고 지게는 하루 종일 잠만 잤고 마나피는 계속 커피만 마셔 댔기 때문이다. 영웅은 화가 났다. 숟가락 하나를 잡아 작은 벌레로 만든 다음 그것에게 말했다.

"넌 이제 커피 가루 속에 숨어 있다가 마나피 형이 커피를 마시려고 하면 입을 깨물어 버려!"

다음엔 솜뭉치 하나를 흰 도마뱀 새끼로 만들었다.

"넌 그물 침대 안에 숨어 있다가 지게 형이 낮잠을 자러 오면 피를 빨아 먹어!"

커피 한 잔을 이미 마신 마나피가 또 한 잔의 커피를 마시려 하자 벌레는 그의 혀를 물었다.

"아야!" 마나피가 소리 질렀다. 마쿠나이마는 간교하게 말했다.

"어디 아파, 형? 작은 벌레 정도는 물어도 아프지 않던데."

마나피는 버럭 화를 냈다. 작은 벌레를 집어 멀리 던지면서 소리 질렀다.

"꺼져 버려, 벌레 새끼야!"

그때 지게가 자다 깬 얼굴로 들어왔다. 흰 도마뱀 새끼가 어찌나 피를 많이 빨아 먹었던지 얼굴이 핑크색이 되어 있었다.

"아파 죽겠네!" 지게가 소리쳤다.

마쿠나이마는 말했다.

"형, 많이 아파? 나는 도마뱀이 물어도 하나 아프지 않고 오히려 좋을 때도 있던데."

지게는 도마뱀을 집어 멀리 던지면서 말했다.

"이 흡혈귀야, 다신 오지 마!"

그제야 형들은 오두막을 지으러 밖으로 나갔다. 마나피와 지게가 한쪽에 서자, 마쿠나이마는 다른 쪽에 서서 형들이 던져 주는 벽돌을 받았다. 화가 풀리지 않은 마나피와 지게는 동생에게 복수하려 했다. 그러나 마쿠나이마는 전혀 경계하지 않았다. 좋아! 지게가 벽돌 하나를 집어 들어 가죽 공으로 만든 뒤 마나피에게 넘기자 마나피는 능란하게 발로 차서 마쿠나이마의 코에 정통으로 맞혔다.

"으악!" 영웅이 비명을 질렀다.

형들이 신나서 말했다.

"그걸로 아프다고 동생? 겨우 공에 맞은 건데 뭘 그래?"

마쿠나이마는 성질이 나서 공을 멀리 걷어차 버렸다.

"썩 꺼져 버려! 이 자식아!"

그러고는 형들에게 말했다.

"더 이상 오두막 짓지 말자. 이걸로 끝이야."

그는 벽돌, 돌, 타일, 연장 들을 불개미 떼의 구름으로 만들었고, 그것들은 상파울루 하늘에 사흘 동안 짙게 드리워져 있었다. 마나피가 던진 벌레 새끼는 캄피나스에 떨어졌다. 지게가 던진 도마뱀 새끼 역시 그 근처에 떨어졌다. 마쿠나이마가 차 버린 공은 풀밭에 떨어졌다. 이렇게 해서 마나피는 커피 벌레를 도입했고, 지게는 면 구더기를 발명했으며, 마쿠나이마는 축구를 발명했다. 이것이 바로 브라질의 3대 역병(疫病)이다.

다음 날 마음은 언제나 씨를 그리워하는 중에도 영웅은 거인을 기다리는 게 쓸데없는 짓이라는 것을 감지했다. 왜냐하면 이제 벵시스라우는 마쿠나이마를 잘 알아서 마라냥 거리에 다시 나타나지 않을 것이기 때문이었다. 머리를 굴리고 굴린 결과, 오후 3시쯤에 좋은 생각이 떠올랐다. 거인을 속일 계획이었다. 그는 지게 형을 전화기로 변신시킨 뒤 대나무 관을 숨구멍에 연결하여 거인에게 전화를 걸어서는 한 프랑스 여인이 기계 사업에 대해 상담을 하고 싶다고 말했다. 거인은 좋은 생각이라며 즉시 집으로 오라고 했다. 그는 늙은 부인 세이우시와 두 딸이 외출하고 없는 동안 사업에 대해 좀 더 자유롭게 이야기하자고 했다.

마쿠나이마는 집주인에게 두어 벌의 여성복, 립스틱, 비단 스타킹, 향수 뿌린 속옷, 향기 좋은 풀에 절인 벨트, 목이 깊게 파인 파출리 향의 가운, 흰 레이스가 달린 장갑을 빌린 후에 바나나 나무의 싹을 잘라 가슴에 넣어 봉긋하게 만들었다. 마지막으로 보라색 나무의 이슬로 눈 화장을 해서 선정적으로 보이게 했다. 모든 치장을 끝낸 뒤에는 아카시아 향으로 온몸을 적셨다. 이렇게 해서 영웅은 아주 천박하고 섹시한 프랑스 여자로 변했는데 가짜 가슴이 흘러내리지 않도록 소나무 잔가지로 단단히 붙들어 맸다. 그런 다음 벵시스라우 피에트루 피에트라의 궁전 같은 집으로 향했다. 벵시스라우 피에트루 피에트라는 사람을 먹어 치우는 거인이었다.

집을 나온 마쿠나이마는 가위 같은 꼬리가 달린 벌새 한 마리를 만났다. 그는 불길한 전조(前兆)가 싫어 그냥 가려고 했지만 벌새에게 약속한 것이 생각나 새 앞에서 신의 가호를 빈 후에 길을 재촉했다.

이윽고 거인의 집에 도착했을 때 대문 앞에서 그를 기다리고 있는 식인 거인을 발견했다. 반갑게 인사하며 격식을 차린 후에 거인은 프랑스 여인의 옷에 붙은 진드기를 떼어 내고는 그녀를 붉은 월계수 빛이 비치는 화려한 거실로 데려갔다. 바닥은 붉은색과 금색의 인도수자목* 카펫이 깔려 있었고 흰색의 유명한 마라냥 그물 침대가 걸려 있었다. 중앙에 놓인 멋진 자카란다 원목 테이블은 바나나 잎 섬유로 짠 흰 테이블보가 씌워져 있었고 브레비스* 산 분홍과 흰색의 냄비들과 벨렝*산 자기가 놓여 있었다. 쿠나니강의 동굴에서 가져온 납작한 광주리 안에는 김 나는 요리들이 접시에 담겨 있었는데 후추와 조미료로 향을 낸 걸쭉한 타피오카 새우 수프, 콘티넨털 냉장 보관소에서 밤새 얼린 인육(人肉) 수프, 악어의 정강이뼈로 만든 스튜, 그리고 옥수수 죽이었다. 술도 여러 종류가 있었는데 이키토스산 푸로 데 이카, 미나스산 포르투 와인, 80년 묵은 카이수마,* 차게 저장된 상파울루산 샴페인, 3일 동안 비를 맞은 제니파푸 열매에서 뽑은 유명한 음료도 있었다. 그리고 예술품처럼 화려하게 장식된 디저트들이 있었는데 몬치알레그리 원산에 날카로운 펜으로 무늬가 그려진 검은 조롱박 안에는 팔시 초콜릿과 히우그란지의 비스킷이 수북하게 쌓여 있었다.

프랑스 여인은 그물 침대에 걸터앉더니 우아한 표정을 지으며 음식을 먹기 시작했다. 이내 식탐을 발휘해서 배 터지게 먹었다. 그리고 소화를 돕기 위해 푸루 한 잔을 마신 뒤 본론으로 들어갔다. 거인에게 악어 모양의 무이라키탕을 가지고 있는지 단도직입적으로 물었다. 거인은 방 안으로 들어가더니 조개 하나를 손에 들고 돌아왔다. 그 속에서 거인은 녹색의 돌을 꺼냈다. 무이라키탕이었다! 마쿠나이마는 갑작스럽게 등골이 서늘해지는 것을 느꼈고 감정이 북받쳐 눈물이 나올 뻔했다. 하지만 침착하게 거인에게 그 돌을 팔지 않겠느냐고 물었다. 벵시스라우 피에트루 피에트라는 의뭉스럽게 윙크를 던지며 돌을 팔 생각도 없고 줄 수도 없다고 했다. 프랑스 여인은 그 돌을 빌려 달라고 했다. 벵시스라우 피에트루 피에트라는 다시 의뭉스러운 윙크 짓을 하며 빌려줄 수 없다고 했다.

"당신은 내가 그런 두 번의 웃음으로 이 돌을 내줄 거라고 믿으시오? 어림없지!"

"하지만 전 그 돌을 정말로 원하거든요……."

"원하는 거야 당신 자유지!"

"그러지 말고 내게 팔아요."

"팔다니 당치 않은 소리지. 나는 수집가거든."

그는 다시 방 안으로 들어가더니 엥비라* 섬유로 만든 큰 바구니에 돌을 한가득 담아서 나타났다. 터키옥, 에메랄드, 녹주석, 반짝이는 조약돌, 바늘처럼 생긴 철물, 물방울 모양의 감람석, 강옥, 청금석, 비둘기 알을 닮은 석영, 다이아몬드일 가능성이 있는 유리 조각, 도끼머리와 칼처럼 생긴 섬록암, 화살촉처럼 생긴 부싯돌, 서아프리카 상아, 그리스 기둥, 이집트 여신상, 기아나의 황금, 새처럼 생긴 이구아페의 돌, 알레그리의 작은 강에서 주운 오팔, 구루피 강의 루비와 석류석, 가르사스 강의 시금석, 요곡 석영, 부파부수산 전기석, 피리아 강에서 주워 온 타이타늄, 마카쿠 강 연안에서 채취한 보크사이트, 피라바스산 석회석, 카메타산 진주, 칼라마리산 암면 조각, 이런 귀한 돌들이 가득 담겨 있었다.

거인은 프랑스 여인에게 자신이 유명한 돌 수집가라고 떠벌렸다. 물론 프랑스 여인은 영웅 마쿠나이마였다. 거인은 자신의 컬렉션 중에 가장 소중한 것이 악어 모양의 무이라키탕인데, 자시우루아 호숫가에서 이카미아바 왕비로부터 엄청난 돈을 주고 산 것이라고 했다. 모두 거인이 지어낸 거짓말이었다. 그는 그물 침대에 앉으며 프랑스 여인에게 바짝 다가와 그녀의 귀에 속삭이길 자신은 화끈한 사람이라며 돌을 팔거나 빌려줄 순 없지만 "경우에 따라서는……"이라고 말했다. 물론 거인이 원하는 건 그녀와 사랑을 나누는 것이었다. 영웅은 '경우에 따라서는……'이 무슨 뜻인지 알아차렸고 난처한 상황에 처했음을 알았다. "정말 나를 프랑스 창녀로 아는 건가? 이 무례한 놈 같으니라고!" 그는 정원으로 뛰어나갔다. 그러자 거인도 허겁지겁 따라 나왔다. 영웅은 재빨리 달아나 작은 나무 뒤에 몸을 숨기려 하다가 흑인 여자아이를 발견했다.

"카테리나, 거기서 비켜!"

그러나 카테리나는 꿈쩍도 하지 않았다. 영웅은 화가 나서 다시 외쳤다.

"카테리나, 거기서 비키지 않으면 때려 줄 거야!"

하지만 흑인 아이는 계속 꿈쩍 않고 있었다. 영웅은 그 아이의 뺨에 따귀를 날렸는데 손이 철커덕 붙어 버리고 말았다.

"카테리나, 손을 놓아 줘. 안 그러면 또 한 대 날리겠어!"

알고 보니 카테리나는 야자나무 왁스로 만든 끈끈이 인형으로 거인이 가져다 놓은 것이었다. 화가 난 영웅은 다른 손으로 한 대 더 때렸는데 이번에는 그 손마저 붙어 버리고 말았다.

"카테리나! 카테리나! 손을 놓아줘! 그렇지 않으면 이번엔 발로 한 방 먹여 줄 거야!"

그는 발로 힘껏 걷어찼고 그러자 발마저 인형에 붙어 버렸다. 결국 그는 손과 발이 모두 끈끈이 인형에 붙어 버리는 신세가 되고 말았다.

그때 거인이 큰 자루를 들고 나타났다. 그는 프랑스 여자를 구출해 준 다음 자루에 대고 외쳤다.

"자루야, 입을 열어라. 너의 큰 입을 열란 말이야!"

자루는 입을 열었고 거인은 그 속에 영웅을 집어넣었다. 자루의 입이 닫히자 거인은 자루를 들고 집으로 돌아왔다. 프랑스 여자는 위급 상황에 대비하여 핸드백 대신에 입으로 불어서 발사하는 화살이 담긴 예쁜 통을 지참하고 있었다. 거인은 자루를 문 앞에 내려놓고 화살통을 자신의 돌 컬렉션에 두기 위해 안으로 들어갔다. 그런데 그 화살통은 악취 나는 섬유로 짜여 있었다. 거인은 의심스러운 표정으로 물었다. "네 엄마도 너처럼 뚱뚱하고 냄새가 나니?" 그리고 즐거운 듯 눈웃음을 지었다. 그는 화살통을 그녀의 아들로 착각한 것이다.

물론 그 프랑스 여인은 영웅 마쿠나이마였다. 그는 자루 안에서 거인의 질문을 들었을 때 두려움으로 온몸이 떨렸다. "아마도 벵시스라우는 내가 무지개 아래를 걸어서 여자로 바뀐 줄 아는 모양이야! 세상에 이럴 수가! 그걸 믿다니!" 그는 비단면화 나무의 뿌리에서 추출한 가루를 입으로 뿌려 자루를 묶은 밧줄을 느슨하게 한 다음 자루에서 빠져나왔다. 도망치려는 순간, 물을 무서워하지 말라고 샤레우라는 물고기 이름을 붙인 거인의 개가 마쿠나이마의 냄새를 맡고 따라왔다. 혼비백산한 그는 정신없이 달렸고 개도 그를 추격했다. 그가 필사적으로 달아나자 개도 필사적으로 따라왔다. 그와 개는 칼라보수 봉을 지나 가우자라 미림 방향으로 접어들었고 다시 동쪽으로 돌아왔다. 이타마라카에서 마쿠나이마는 조금 여유를 가지고 산샤 공주의 무덤에서 뿌리가 나왔다고 전해지는 재스민 망고 여섯 개를 먹었다. 그러고는 남서쪽으로 방향을 틀어 바르바세나 봉우리로 올라갔다가 비탈길에서 젖소 몇 마리를 발견하고는 우유를 얻어 마시기 위해 멈췄다. 힘들이지 않고 젖소 쪽으로 다가갔을 때 마쿠나이마는 젖소가 매우 용감한 구제라종(種)인 것을 알았다. 젖소가 우유를 주지 않으려 하자 마쿠나이마는 다음과 같이 기도했다.

성모 마리아 님, 나자레
저를 긍휼히 여겨 주시옵소서
젖소가 저를 좋아하도록 하여
유순하게 젖을 주게 하옵소서

젖소는 재밌다고 하더니 그에게 젖을 주었고, 영웅은 우유를 얻어먹은 후 다시 남쪽으로 달아났다. 그는 파라나 강을 건너 팜파스까지 갔는데 나무에 올라가 숨으려 했지만 그럴 때마다 개가 따라와 나무 밑에서 짖어 댔기 때문에 나무는 별 도움이 되지 않았다. 그래서 "나무야, 꺼져라!" 하고 외치며 밤나무, 통카콩, 피들우드 등을 볼 때마다 그냥 지나쳤다.

이스피리투산투 주의 세라 시(市)를 지날 때 전혀 이해할 수 없는 그림이 새겨진 바위에 부딪혀 머리가 박살 날 뻔했다. 그 아래 돈이 묻혀 있는 게 분명했다. 그러나 머뭇거릴 시간이 없던 그는 바나나우 섬의 모래 언덕을 향해 쏜살같이 내달렸다. 마침내 그는 높이가 30미터나 되는 거대한 개미집을 발견했는데 바닥에 거의 닿을 만한 곳에 눈처럼 생긴 입구가 입을 벌리고 있었고 그는 그 안으로 뛰어들었다. 그러고는 꼭대기 바로 밑에 몸을 숨겼다. 개는 입구 앞에서 그를 기다리고 있었다.

그때 벵시스라우가 나타났고 개미집 앞에서 기다리는 개를 만났다. 프랑스 여인은 급히 뛰어드느라 입구 앞에 은팔찌를 떨어뜨렸고 거인이 그것을 발견했다. "내 보물이 여기 있었군." 그러고는 샤레우를 돌려보냈다. 거인은 황금 종려를 뿌리째 뽑은 후에 어린 싹을 꺾어서 개미집 안으로 밀어 넣었다. 그것으로 프랑스 창녀를 끌어낼 요량이었으나 그는 가지에 걸리지 않았다. 다리를 벌리며 요리조리 피했다. 여자가 나오지 않자 거인은 평소에 자신이 후추 대용으로 쓰던 불개미를 잡아왔다. 그리고 그것을 개미집 안에 집어넣고 여자를 물도록 시켰으나 이번에도 영웅은 잘 피했다. 거인은 화가 머리끝까지 나서 복수를 맹세했다.

"널 꼭 잡고 말겠어. 이번엔 자라라카 독사를 가져오마!"

그 말을 듣자 영웅은 얼어붙었다. 왜냐하면 자라라카 독사는 아무도 당할 자가 없었기 때문이다. 그는 거인에게 소리쳤다.

"잠깐만 기다리세요! 곧 나갈게요!" 시간을 벌기 위해, 자신의 가슴을 불룩하게 만들었던 바나나 나무의 싹을 꺼내 개미집 밖으로 던지며 말했다.

"우선 이걸 버려 줘요!"

분기탱천한 거인은 바나나 싹을 멀리 던져 버렸다. 마쿠나이마는 그의 분노를 감지할 수 있었다. 이번엔 목이 깊게 파인 가운을 벗어 밖으로 던지며 말했다.

"이번엔 이걸 버려 주세요"

거인은 옷을 더 멀리 던져 버렸다. 마쿠나이마는 허리 벨트, 구두 등 많은 장신구를 밖으로 던졌다. 그러자 거인은 씩씩거리면서 어떤 물건인지 확인도 하지 않고 마구 멀리 던져 버렸다. 그때 영웅은 침착한 목소리로 구멍에 대고 말했다.

"이젠 이 냄새나는 조롱박을 최대한 멀리 던져 주세요."

화가 나 있던 거인은 영웅의 엉덩이를 불룩하게 해 주던 조롱박을 까마득하게 멀리 던져 버리면서 그것이 무엇인지 보지도 않았다. 그 후 영웅은 평범한 남자의 모양을 하고 개미집을 빠져나와 길가의 데이지 꽃을 꺾으며 집으로 돌아왔지만 거인은 프랑스 여인을 기다리며 개미집 옆에서 몇 달을 보냈다.

영웅은 집으로 돌아와 개와 고양이로부터 위안을 받았다. 그동안 고생이 심해서 피부는 생채기투성이였고 눈은 충혈되어 있었다. 너무 배가 고팠으므로 마세이오의 버섯튀김과 마라조의 마른 오리 그리고 다른 요리를 마구 먹어 치웠다. 그러고는 푹 쉬었다.

마쿠나이마는 완전히 낙담했다. 거인은 엄청난 컬렉션을 가지고 있었음에 비해 자신은 아무것도 없었다. 질투심에 마른땀이 흘렀지만 그렇다고 돌을 수집할 생각은 들지 않았다. 고향 마을의 바위산, 정글, 좁은 비탈길에는 그런 돌들이 널려 있었기 때문이었다. 이 돌들은 이미 전생에 꿀벌, 개미, 모기, 진드기, 동물, 새, 남자, 여자, 어린 여자아이로 살아 있던 것들이었다. 옮기기에도 무거운 이 돌들을 왜 다시 모으겠는가! 마쿠나이마는 기지개를 켜며 다시 중얼거렸다.

"아! 귀찮아!"

머리를 숙이고 잠시 생각한 후에 자신이 좋아하는 욕지거리를 수집하기로 결심했다. 그리고 곧 실행에 옮겼는데, 현대어는 물론

이고 그리스어와 라틴어에서 쓰던 것까지 욕이란 욕은 다 모으기 시작했다. 이탈리아어가 가장 완벽했는데 특별한 날에 쓰는 것부터 1년 내내 쓰는 것 등 삶의 모든 상황에서 인간의 감정을 표현하는 수많은 욕들이 모였다. 하나하나가 주옥같은 표현이었다. 하지만 이 컬렉션의 가장 압권은 힌디어 표현 중 하나인데 도저히 입에 담을 수도 없는 것이었다.

7. 마쿰바 의식

마쿠나이마의 기분은 최악이었다. 무엇보다 무이라키탕을 되찾지 못한 것이 그를 분통 터지게 만들었다. 가장 좋은 시나리오는 거인을 죽이는 것이었다……. 그래서 도시를 벗어나 자신의 힘을 실험해 보기로 했다. 한 레구아 반쯤 숲으로 들어가니 끝이 보이지 않을 만큼 높은 페로바* 나무가 한 그루 있었다. 그는 나무를 넘어뜨리려는 듯 있는 힘껏 몸통을 밀었지만 바람결에 잎이 조금 흔들렸을 뿐이었다. "나는 아직 힘이 없어." 마쿠나이마는 자성했다. 자신의 연약함을 처절하게 인정하는 의미로 크로 쥐의 날카로운 앞니를 뽑아서 자신의 다리를 찔러 피를 낸 후 피를 뚝뚝 흘리며 집으로 돌아왔다. 게다가 자신의 힘이 부족하다는 생각에 사로잡힌 나머지 돌아오는 길에 구멍에 빠져 머리를 크게 박았다. 극심한 고통을 느끼는 순간 별이 보였고 그 속에서 하늘로 올라가 달이 된 카페이가 나타났는데, 달은 안개 속에서 기울고 있었다.

"달이 기울기 시작할 땐 중요한 일을 하면 안 돼." 마쿠나이마는 중얼거렸다. 이 생각은 그에게 얼마간의 위안을 주었다.

다음 날은 엄청나게 추웠지만 영웅은 다시는 실수 없이 거인에게 복수할 것을 맹세하고 자신의 몸을 몽둥이로 때렸다. 그랬더니 열이 나서 따뜻해졌다. 하지만 여전히 힘이 부족했기 때문에 거인은 두려운 존재였고 아프리카에서 온 강력한 악마 에슈의 도움을 받으려고, 마침 그를 기리기 위해 마쿰바* 의식이 열리는 리우로 가기 위해 기차를 탔다.

때는 6월이라 상당히 추웠다. 마쿰바 의식은, 필적할 자 없는 유명한 마법사이자 성자들의 어머니이며 기타리스트이기도 한 시아타 무당의 구역 안에 있는 망게에서 열렸다. 참석자들에게 의무적으로 부과된 싸구려 술 한 병을 옆에 끼고 마쿠나이마는 그녀의 구역에 밤 8시에 도착했다. 온갖 사람들이 도착해 있었는데 가난한 사람, 변호사, 웨이터, 미장이, 공금을 횡령한 국회 의원 등 많은 사람들과 함께 의식은 이미 시작해 있었다. 마쿠나이마는 다른 사람들처럼 신발과 양말을 벗고 벌집의 양초와 아사쿠 식물의 마른 뿌리로 만든 장식물을 목에 걸었다. 그는 방에서 날아오는 모기떼를 쫓아내며 사람들로 북적이는 홀로 가서는 다리 세 개짜리 의자에 아무 말 없이 앉아 있는 마쿰바 사제들에게 경의를 표했다. 시아타 무당은 수백 년의 고생이 얼굴 주름에 새겨진 흑인 노파였는데 수북이 자란 백발은 그녀의 작은 머리 위에 둘린 후광처럼 보였다. 뼈다귀밖에 남지 않은 그녀는 옆에 아무도 보이지 않는 듯 땅바닥에서 몸을 흔들어 댔다.

12월의 마쿰바 의식 때 받들어지는 콘세이상 성모의 아들인 옥

슝의 어린 아들이 의식에 참석한 선원들, 기자들, 살찐 고양이들, 창녀들, 관료들, 많은 공무원들에게 불 켜진 양초를 나눠 주고는 작은 홀을 밝히던 가스등을 꺼 버렸다. 그러고는 성인들에게 예를 올리는 것으로 마쿰바 의식의 하이라이트가 시작되었다. 구체적으로 설명하자면, 가장 앞에는 북을 치는 오강의 검둥이 아들이 있었고, 올렐레 후이 바르보사라는 전통 가요 가수가 있었다. 검둥이가 치는 정확한 리듬의 북소리에 따라 모든 의식이 진행되었다. 벽은 꽃 모양의 벽지로 치장되어 있었고 촛불에 비친 사람들의 그림자는 방황하는 유령처럼 보였다. 북소리가 울리고 나서 시아타 무당이 입장했는데 그녀의 몸은 움직임이 없었지만 입술은 무언가를 계속 흥얼거리고 있었다. 이윽고 변호사들, 선원들, 돌팔이 의사들, 시인들, 영웅 마쿠나이마, 도둑놈들, 포르투갈 좀도둑들이 그녀의 뒤를 따르며 춤을 추면서 그녀의 노래에 답가를 불렀다. 예를 들면 이런 식이었다.

"모두 경배합시다……!"

시아타 무당이 경배해야 할 성인의 이름을 노래로 불렀다.

"오! 올로룽 성자여!"

사람들은 이에 화답했다.

"모두 경배합시다……!"

시아타 무당은 계속했다.

"오! 보투 투쿠시 성자여!"

사람들이 화답했다.

"모두 경배합시다……!"

시아타 무당의 가느다란 노래는 계속 이어졌다.

"오! 이에만자! 아남부루쿠! 오숨! 물을 지배하는 세 분이시여!"

"모두 경배합시다……!"

그러다 갑자기 시아타 무당이 멈추더니 큰 몸짓으로 소리쳤다.

"에슈야, 나오너라!"

에슈는 절름발이 악마로 아주 포악한 놈이지만 복수를 위해서는 도움이 될 수 있었다. 사람들 사이에 동요가 일었다.

"움! 에슈! 우리의 아버지 에슈!" 악마의 이름은 밤을 두 동강 내듯 충격적인 울림으로 들려왔다. 의식은 계속되었다.

"오, 오, 오! 나고 왕이시여!"

"모두 경배합시다……!"

가느다란 목소리로 노래는 계속되었다.

"오! 바루 성자여!"

"모두 경배합시다……!"

가끔씩 시아타 무당은 멈췄다가 커다란 몸짓으로 소리쳤다.

"에슈야, 나오너라!"

에슈는 절름발이 악령이었고 사람들은 고통으로 울부짖었다.

"움! 에슈! 우리 아버지 에슈!"

사람들이 에슈를 부르짖는 소리가 천둥처럼 퍼지면서 밤을 지배했다.

"오, 오샬라 성자여!"

"모두 경배합시다……!"

이렇게 계속되었다. 그들은 마쿰바 달력에 있는 모든 성자인 사랑을 관장하는 보투 브랑쿠, 샹고, 오물루, 이로쿠 오쇼시, 성난 어머니 성자인 보이우나, 성교 때 힘을 주는 오바탈라에게 경배했다. 그리고 일단 의식이 끝났다.

시아타 무당은 다시 구석에 있는 다리 세 개짜리 의자에 앉았고, 마쿠나이마와 땀에 흠뻑 젖은 의사들, 제빵사들, 기술자들, 경찰들, 하녀들, 살인자들은 자기 촛불을 가져다가 무당이 앉은 의자 주변에 내려놓았다. 촛불은 미동도 없이 걸터앉은 시아타 무당의 그림자를 천장에 새겨 놓았다. 땀에 흠뻑 젖은 사람들이 옷을 하나씩 벗었는데 그들의 몸에 밴 싸구려 향수 냄새, 생선 냄새, 오물 냄새로 방 안에선 악취가 풍겼다. 모두 돌아가며 술을 마셨는데 이때 마쿠나이마는 처음으로 카샤사라는 끔찍한 맛의 술을 마셨다. 그는 입술을 쩝쩝거리고 혓바닥을 날름거리며 한 잔을 마시고는 껄껄 웃음을 터뜨렸다.

술을 마시는 중이나 마신 후에도 성자의 가호를 비는 노래는 계속됐다. 모두들 성자가 그날 밤에 나타나 주기를 쉬지 않고 빌었다. 하지만 어느 성자도 그때까지 마쿰바 의식에 나타나지 않았다. 시아타 무당이 주관하는 마쿰바 의식은 대중들을 현혹시키기 위해 가짜 샹고 성자, 오쇼시 성자가 나타나는 그런 사기가 아니었다. 아무런 속임수 없이 진짜 성자를 불러오는 것이었다. 시아타 무당은 자신의 의식에 조금의 부정도 용납하지 않았지만 그의 의식에 오궁 성자나 에슈가 나타난 지는 열두 달이 넘어가고 있었다. 모든 참석자들이 오궁 성자가 나타나 주길 바랐지만 피에트루 피에트라에 대한 복수심으로 불타는 마쿠나이마는 에슈가 나타나길 바라고 있었다. 사람들은 술을 나눠 마시며 어떤 사람은 무릎을 꿇고 또 어떤 사람은 방 안에서 거의 옷을 벗은 상태로 돌아가며 노래를 불렀고 자신의 성자가 나타나길 기다렸다.

자정이 되자 사람들은 염소를 잡으러 갔고 염소의 머리와 다리를 제단 위에 올려놓았다. 제단 위에는 조개껍데기로 눈과 입을 만들어 붙인 에슈의 모양이 개미집 위에 놓여 있었다. 무당에게 바친 염소는 뿔을 갈아서 만든 가루와 싸움닭의 발톱 조각으로 적절히 간이 되어 있었다. 성인들의 어머니가 희생 제물에게 경의를 표한 후 세 번 자신의 몸으로 제물을 타 넘었다. 그러자 장사꾼들, 독서광들, 다리털을 민 사람들, 학자들, 은행가들, 모든 사람들이 제단 주위를 돌면서 춤을 추고 노래를 불렀다.

밤바 춤을 춥시다
나오너라 아루에
몽지 공고
나오너라 오로보
에!

뭉군자여!
얼마나 맛있는지!
냐만자도 나오세요
겡게 아버지여
에……!

왁자지껄 떠들면서 그들은 희생 제물을 먹어 치웠다. 다른 사람의 술을 마시는 것은 금지되었기 때문에 저마다 자신의 술병에 사탕수수로 만든 독한 술을 담아 끝없이 마셨다. 마쿠나이마는 엄청나게 큰 너털웃음을 터뜨리더니 제단 위에 포도주를 부었다. 그것은 극도의 행복감에 대한 표현이었고, 모든 사람은 그날의 성인이 바로 그라고 생각했다. 하지만 그는 아니었다.

갑자기 한 여자가 중간에 끼어들더니 흐느끼는 듯한 신음 소리와 함께 처음 듣는 노래를 불렀고 일순간 모두는 입을 다물고 전율에 휩싸였다. 흔들리는 촛불에 의해 천장에 비친 여자의 그림자는 몸을 꿈틀거리는 괴물처럼 보였다. 그것은 에슈였다! 오강은 새로운 리듬의 노래에 맞추기 위해 안간힘을 쓰며 봉고를 두드렸다. 그 즉흥적이고 규칙 없는 리듬의 노래는 분노와 광기의 절정이었다. 화장을 덕지덕지 처바른 폴란드 여자가 무대 중앙에서 살덩어리를 흔들자 옷이 풀어 헤쳐지며 알몸이 드러났다. 그녀의 젖가슴이 서서히 흔들리자 이윽고 허리와 어깨가 따라 움직였다. 그러고는 그녀의 얼굴에서 번쩍하고 번개가 치는 듯했다. 빨간 머리의 그녀는 노래를 부르고 또 불렀다. 마침내 그녀의 입에서 거품이 흐르면서 밤의 적막을 찢는 괴성이 뿜어져 나왔다. 그녀에게 성자가 도착한 순간이었다. 그녀의 몸이 단단히 굳어졌다.

신성한 침묵의 시간이 지났다. 이윽고 시아타 무당이 삼각 다리의 의자에서 일어났는데 그 의자의 소유자는 이미 바뀌어 있었다. 무당은 비틀거리며 앞으로 걸어 나왔고 오강은 그녀의 걸음에 맞춰 북을 쳤다. 다른 사람들은 모두 분위기에 압도되어 미동도 없이 벽 앞에 서 있었다. 오직 시아타 무당만 제단 중앙에 몸이 굳은 채 누워 있는 폴란드 여자를 향해 비틀거리며 나아갔다. 무당이 옷을 벗어젖히자 깡마른 알몸이 드러났고 은으로 장식된 목걸이, 팔찌, 귀걸이만 그녀의 몸에 남았다. 오강의 북소리에 따라 그녀는 희생된 염소의 응고된 피를 취해서 폴란드 여자의 머리에 발랐다. 신선한 피가 공급되자 굳어 있던 몸이 신음 소리를 내며 경련을 일으키기 시작했고 요오드 냄새가 사방에 진동했다. 그러자 무당은 에슈에게 바치는 신성한 기도송을 부르기 시작했는데 그것은 감미롭지만 불길하게 들렸다.

무당이 노래를 마치자 폴란드 여자는 눈을 떴고 조금 전과는 전혀 다르게 움직이기 시작했다. 이제는 더 이상 창녀 같은 여자가 아닌 성인(聖人) 에슈로 부활했다. 마쿰바 의식에 좀처럼 나타나지 않던 에슈가 드디어 찾아온 것이다!

무당과 에슈는 오강의 북소리에 맞춰 즉흥적이고 흥겨운 춤을 추었다. 뼈다귀만 남은 깡마른 몸과 거대한 젖가슴의 뚱뚱한 몸은 묘한 조화를 이루었다. 다른 사람들도 모두 옷을 벗었고 위대한 에슈의 아들로 선택되기를 바랐다. 엄청난 춤 의식이 진행되는 동안 마쿠나이마는 에슈 마녀에게 벵시스라우 피에트루 피에트라가 고꾸라지게 해 달라고 빌고 싶은 간절한 마음에 사로잡혔다. 한순간 도저히 그 간절함을 제지할 수 없었다. 무대 중앙으로 달려 나온 그는 에슈를 넘어뜨리고 그 위에서 승리의 정사(情事)를 감행했다. 에슈의 새로운 아들로 등극하는 순간이었다. 모두가 마쿠나이마를 악마의 새로운 아들로 인정하고 그를 경외했다. 그는 이카의 새로운 아들이 되는 영예를 안은 것이다.

의식이 끝나자 악마는 삼각 다리의 권좌에 앉았고 참석자들이 그녀에게 경외를 드리는 순서가 진행되었다. 도둑놈, 상원 의원, 농부, 흑인, 축구 선수 등 모든 사람들이 오렌지색 먼지를 일으키며 다가와서는 악마의 무릎과 온몸에 키스하며 경의를 표했다. 붉은 머리의 폴란드 여자는 경련을 일으키며 입에서 거품을 내뿜었고, 사람들은 복을 받으려고 성호를 그으며 집게손가락을 거품으로 적셨다. 악마는 흐느끼는 듯 웃는 듯 기묘한 신음 소리를 토해 냈는데 그는 이제 더 이상 폴란드 여자가 아니었다. 그는 만인의 아버지이자 어머니, 대부이자 대모로서 마쿰바 의식의 가장 중요한 인물인 에슈였다.

모두가 키스와 경외, 축복의 위대한 의식에 참여한 후 드디어 자신의 소원을 말하는 시간이 되었다. 한 푸줏간 주인이 자신의 집에서 파는 오염된 고기를 사람들이 사게 해 달라고 부탁하자 에슈는 그렇게 하겠노라고 했다. 한 농부가 자신의 경작지에서 곡식을 먹는 개미와 말라리아를 없애 달라고 하자 에슈는 웃으면서 그 청을 거절했다. 한 호색한(好色漢)이 학교 선생님이 되어 결혼할 수 있도록 해 달라고 하자 에슈는 동의했다. 한 의사가 포르투갈어를 우아하게 쓰는 능력을 달라고 하자 에슈는 거절했다. 이런 식이었다. 드디어 악마의 새로운 아들 마쿠나이마의 차례가 왔다. 그는 말했다.

"저는 아주 괴로운 상황에 빠져 있어서 아버지에게 부탁드리러 왔습니다."

"이름이 뭐지?"

에슈가 물었다.

"영웅 마쿠나이마입니다."

"음……."

악마는 잠시 멈칫했다.

"마로 시작하는 이름은 불길한데……."

그렇게 말하면서도 에슈는 마쿠나이마에게 애정을 보이며 어떻게든 도와주겠다고 했다. 왜냐하면 그의 아들이었기 때문이다. 영웅은 에슈에게 사람을 잡아먹는 식인 거인 벵시스라우 피에트루 피에트라를 혼내 주고 싶다고 했다.

이후에 전개된 상황은 구경꾼들을 경악하게 만들었다. 에슈는 파계(破戒)한 사제의 축복을 받은 방취목(防臭木)* 가지 세 개를 꺾어 공중에 흔들더니 자신의 몸에 성호를 긋고 벵시스라우 피에트루 피에트라를 벌하기 위해 거인이 자신의 몸속에 들어오게 해 달라고 기도했다. 잠시 기다리자 과연 거인의 자아(自我)가 폴란드 여자로 체현(體現)된 에슈의 몸속으로 들어왔다. 에슈가 마쿠나이마에게 자신의 몸을 한 대 치라고 하자 영웅은 에슈의 몸을 사정없이 곤봉으로 내리쳤다. 때리고 또 때리자 에슈는 비명을 질렀다.

제발 살려 줘!

아파 죽겠어! 아파 죽겠어!

나도 가정이 있다고!

아파 죽겠어! 아파 죽겠어!

얼마나 얻어맞았는지 입과 코와 귀에서 피를 쏟으며 기절했고 바닥에 쓰러졌다. 처참한 장면이었다……. 마쿠나이마가 거인의 분신, 즉 에슈의 몸을 끓는 소금물에 집어넣자 엄청난 수증기를 뿜어냈다. 거인의 분신이 정신을 차리자 이번엔 쐐기풀밭에서 한겨울의 안데스 산맥까지 유리 조각이 깔린 길을 맨발로 걷게 했다. 발에는 유리 조각이 박혀 피가 철철 흘렀고 얼굴은 쐐기풀에 처참하게 긁혔다. 거인은 극도의 피로로 허덕거렸고 살을 에는 추위에 몸을 떨었다. 정말로 끔찍한 광경이었다. 그런 다음 마쿠나이마는 거인의 분신이 황소의 뿔에 받히게 했고, 야생마의 발길질에 차이게 했으며, 악어에게 물리게 했고, 4만 마리의 불개미에게 40번씩 물리게 했다. 피범벅이 된 에슈의 몸은 고통스럽게 뒤틀렸다. 그의 발바닥은 물집으로 가득했고, 다리는 물린 자국투성이였으며, 4만 마리의 불개미에게 40번씩 물린 피부는 성한 곳이 없었고, 야생마의 발길질에 얻어맞은 머리통은 거대하게 부풀어 올랐으며, 날카로운 뿔에 찔린 배에는 구멍이 생겼다. 그 구멍에서는 참을 수 없을 정도로 역한 냄새가 났다. 에슈는 신음했다.

제발 살려 줘!
아파 죽겠어! 아파 죽겠어!
나도 가정이 있다고!
아파 죽겠어! 아파 죽겠어!

이런 식으로 마쿠나이마는 오랫동안 고문했는데 벵시스라우 피에트루 피에트라는 에슈의 몸 안에서 죽지 않고 버텨야 했다. 더 이상 새로운 방식의 고문을 생각할 수 없을 때에야 영웅의 복수는 끝났다. 정신을 잃고 바닥에 쓰러진 거인의 분신은 희미하게 숨을 쉴 뿐이었다. 피로감의 정적이 흘렀다. 이 모든 것이 처참한 광경이었다.

그 시간 멀리 상파울루 마라냥 거리에 있는 거인의 집에서는 끊임없는 구급 행렬이 이어졌다. 구급차와 함께 의사들이 도착했는데 모두 필사적이었다. 벵시스라우 피에트루 피에트라는 엄청난 양의 피를 흘렸고, 고통으로 신음했다. 의사들은 배에 난 구멍과 머리의 골절, 성한 곳이라곤 한 군데도 없는 거인의 몸을 보고 경악했다.

마쿰바 의식은 공포의 침묵 속에 계속되었다. 시아타 무당이 다시 위엄 있게 의식을 진행하였고, 최고의 악마 기도문을 낭송하기 시작했다. 그것은 한 마디만 틀려도 바로 죽음을 맞게 되는 최고로 불경스러운 기도문이었다. 우리 아버지 에슈의 기도문은 바로 이런 것이었다.

"저 아래 지옥의 13층에 기거하는 에슈 아버지! 당신을 찬양하옵나이다!"

"찬양하옵니다! 찬양하옵니다!"

"에슈 아버지, 당신의 노예 왕국에서 하신 것처럼 언제나 당신 뜻대로 우리를 이끄소서! 아멘!"

"에슈의 왕국에 영광이 있기를!"

"에슈의 아들에게도 영광이 있기를!"

마쿠나이마는 감사를 표했다. 시아타 무당은 이렇게 끝맺었다.

"옛날 옛적에 노예 왕자가 우리 아버지 에슈가 되어 영원히 우리를 이끄시리로다. 아멘!"

"영원히 우리를 이끄리시로다. 아멘!"

사람들이 반복했다.

에슈의 몸은 상처에서 빠르게 회복되어 갔다. 럼주가 폴란드 여자의 몸 구석구석에 퍼지자 모든 상처가 기적처럼 사라졌다. 갑자기 엄청난 소음과 함께 송진 타는 냄새가 진동하더니 폴란드 여자가 입에서 흑옥(黑玉) 반지를 뱉어 냈다. 그와 동시에 그 붉은 머리의 뚱뚱한 여자는 정신이 깨었고 매우 피로한 듯 보였다. 거기엔 이제 평범한 폴란드 여자가 있을 뿐이었다. 에슈는 이미 사라졌다.

의식의 마무리 순서로 모두 파티를 벌였다. 질 좋은 하몽을 먹었고 흥겹게 삼바를 추었다. 모두가 거리낌 없는 자유와 억제할 수 없는 기쁨을 누렸다. 모든 의식이 끝나자 그들은 다시 일상으로 돌아갔다. 마쿰바 의식에 참석했던 마쿠나이마와 그의 친구들인 자이미 오발리, 도도, 마누 반데이라, 블라이시 센드라르스, 아센수 페레이라, 하울 보프, 안토니우 벤투 등 모두는 새벽이 되어서야 집으로 돌아갔다.

8. 태양 베이

길을 가던 마쿠나이마는 볼루망이라는 키 큰 나무와 마주쳤다. 나뭇가지에는 까치 한 마리가 앉아 있었는데 영웅을 보자 목청이 찢어져라 큰 소리로 환영의 노래를 불렀다. "누가 오는지 보렴! 누가 오는지 보렴!" 고마움을 표하기 위해 나무 위를 올려다본 마쿠나이마는 볼루망 가지에 과일이 가득 달려 있는 것을 보았다. 오랜 시간 아무것도 먹지 않았던 영웅은 배가 고팠는데 오렌지, 레몬, 큰 사포테, 작은 사포테, 바쿠리, 살구, 파인애플, 망고, 수박, 포도 등 과일을 보자 식욕이 솟았다.

"볼루망, 내게 과일 하나만 줘."

마쿠나이마가 요청했다.

하지만 나무는 아무것도 주지 않았다. 그러자 영웅은 두 번 소리쳤다.

"보이오오, 보이오오! 키자마 키주!"

그러자 과일이 우수수 떨어졌고 영웅은 포식을 했다. 볼루망은 화가 났다. 영웅의 몸을 번쩍 들어 올리더니 구아나바라 만(灣) 반대쪽에 있는, 사막으로 이루어진 무인도를 향해 던져 버렸다. 그 섬은 유럽인들이 도착하던 시절 네덜란드인과 함께 온 알라모아 요정이 살았던 이후로 아무도 살지 않고 버려져 있었다. 마쿠나이마는 너무나 피곤했기 때문에 섬으로 날아가는 동안 잠이 들었다. 잠이 든 채로 그는 커다란 콘도르가 꼭대기에 앉아 있는 향기로운 야자나무 아래로 떨어졌다.

때마침 콘도르가 용변을 봤기 때문에 영웅은 더러운 배설물로 덮이고 말았다. 새벽녘이라 날씨가 쌀쌀했다. 그제야 영웅은 잠에서 깨어 배설물을 털며 일어났다. 그는 바위섬 어딘가의 동굴에 돈이 파묻혀 있을지 모른다 생각하고 섬을 둘러보았다. 하지만 섬에는 동굴도 없었고, 네덜란드인들이 묻어 둔 금은보화도 없었다. 있는 것이라곤 붉은 개미 떼뿐이었다.

그때 새벽 별인 카이우아노기가 머리 위로 지나갔다. 고단한 삶에 지친 마쿠나이마는 자신을 하늘로 데려가 달라고 요청했다. 카이우아노기가 다가갔을 때 영웅에게서 심한 악취가 풍겼다.

"으악! 가서 씻기나 해!"

영웅에게 소리치고는 사라졌다.

이렇게 해서 브라질 사람들이 유럽 출신 이민자들에게 말하곤 하는 '가서 씻기나 해'라는 표현이 만들어졌다.

얼마 지나지 않아 달 카페이가 지나갔다. 마쿠나이마는 달에게 소리쳤다.

"축복을 내려 주세요! 달님이시여!"

"음……."

이것이 달의 대답이었다. 그러자 마쿠나이마는 달에게 마라조 섬으로 데려다 달라고 부탁했다. 카페이는 마쿠나이마에게 다가갔다. 그러자 이번엔 더 심한 악취가 났다.

"가서 씻기나 해!"

카페이도 이렇게 말하고는 가 버렸다. 이 표현은 완전히 굳어졌다. 마쿠나이마는 달에게 몸을 녹이게 불이라도 가져다 달라고 했다.

"그건 내 이웃한테 부탁해!"

멀리서 대양을 가로지르는 카누를 타고 서서히 나타나기 시작한 태양을 두고 한 말이었다. 이내 달은 가 버렸다.

마쿠나이마는 추위에 몸을 떨었고, 콘도르는 계속 영웅의 머리 위에 똥을 쌌다. 그 섬은 너무 작은 데다 바위밖에 없어서 피할 곳이 없었다. 드디어 붉은 얼굴에 땀범벅이 된 베이가 도착했다. 그녀는 태양 베이였다. 마쿠나이마에겐 매우 좋은 소식이었는데 왜냐하면 멀리 마쿠나이마의 집에서는 태양이 핥아 먹을 수 있도록 만디오카 빵을 선물해 왔기 때문이다.

베이는 난체 열매로 칠한 자신의 뗏목에 마쿠나이마를 태우더니 집으로 데리고 가서 자신의 세 딸에게 영웅을 깨끗이 씻기고 벼룩을 잡아 주도록 했고 그의 손톱에 더러운 것이 끼지 않았는지 검사하라고 했다. 덕분에 마쿠나이마는 말끔해졌다. 베이의 얼굴이 워낙 붉은색이었고 땀을 많이 흘리고 있었기 때문에 마쿠나이마는 그 늙은 여자가 불쌍한 사람들을 도와주는 선한 태양이라고 의심하지 않았다. 영웅은 깨끗이 씻었지만 여전히 추위로 떨고 있었기 때문에 그녀에게 열기를 몰아오도록 부탁했다. 베이는 태양이었고 그녀는 마쿠나이마를 자신의 사위로 삼을까 생각 중이었다. 그러나 아직 이른 아침이었기 때문에 그녀는 기력이 없었고 아무에게도 열기를 줄 수 없었다. 마쿠나이마가 기다리다가 지칠까 봐 그녀는 딸들로 하여금 영웅의 몸을 끊임없이 간지럽히며 애무하도록 했다.

영웅은 간지러움으로 몸을 비틀면서도 큰 웃음을 터뜨리며 좋아했다. 그녀들이 애무를 멈추자 더 해 달라고 조르며 다가올 쾌락에 미리 즐거워했다. 베이는 영웅이 아주 뻔뻔스러운 타입이라는 것을 알아채고 화가 났다. 이제 그녀는 자신의 열로 남을 덥혀 줄 기분이 아니었다. 그러자 딸들은 엄마의 사지를 잡아 단단히 붙들어 맸고 마쿠나이마는 늙은 여자의 아랫배를 몇 대 때렸다. 그러자 여자는 불방귀를 뿜었고 이로써 모든 사람은 따뜻해질 수 있었다.

더운 열기가 뗏목마저 밀어 버리면서 뗏목은 깨끗한 물 위를 순조롭게 나아갈 수 있었다. 마쿠나이마는 뗏목에 누워 도마뱀처럼 기분 좋게 푸른 바다의 햇볕을 쬐었다. 평화스러운 정적이 펼쳐졌다…….

"아! 귀찮아!"

영웅은 기지개를 켰다. 파도치는 소리밖에 들리지 않았다. 행복한 권태감이 온몸을 타고 흘렀다. 가장 어린 딸이 엄마가 아프리카에서 가져다준 염소 가죽 북을 두드리고 있었다. 대양은 광활하게 펼쳐져 있었고 하늘에는 구름 한 점 없었다. 마쿠나이마가 손가락을 깍지 껴서 뒷머리에 베고 있는 동안 큰딸은 흡혈 파리를 쫓아냈다. 셋째 딸이 땋은 머리채 끝으로 마쿠나이마의 배를 간지럽히자 영웅은 쾌감으로 몸을 떨었다. 포만한 행복감은 그로 하여금 실실 웃게 만들었는데 다음과 같은 노래를 부를 때에만 웃음이 멈췄다.

내가 죽는 날 울지 마시게
아무 슬픔 없이 세상을 떠날 거니까.
— 만두 사라라.*

내 아버지는 망명을 떠났고
내 어머니는 가련한 삶을 살았구나.
— 만두 사라라…….

아버지는 내게 말하셨지.
"절대 사랑을 하지 마라!"
— 만두 사라라.

어머니는 내 목에 걸어 주셨네
고통으로 만든 목걸이를!
— 만두 사라라…….

아르마딜로는 이빨 빠진 입으로
무덤을 파 놓았네.
— 만두 사라라…….

불행한 자들 중에서
가장 불행한 자를 위해
— 만두 사라라…….

기분은 최고였다……. 베이가 적당한 속도로 밀어 주는 뗏목 위에 드러누운 마쿠나이마의 피부는 유리 같은 바다의 소금 조각과 함께 금빛으로 빛났고 딸들은 그의 몸을 간지럽히고 있었다.

"아! 마쿠나이마가 우리 장난을 좋아하나 봐!"

"그럼! 이 예쁜 것들!"

그는 환호했다. 흡족한 웃음을 지으면서 편안히 눈을 감자 사르르 잠이 몰려왔다.

베이가 더 이상 배를 고요하게 밀어 줄 수 없었을 때 마쿠나이마는 잠에서 깨어났다. 저 멀리 장밋빛의 초고층 건물이 보였다. 뗏목은 리우데자네이루의 부자들이 사는 해안에 접근하고 있었다. 해안에는 브라질 나무*들이 심어진 큰 공원이 있었고 그 옆으로는 화려한 궁전이 보였다. 그 막다른 길은 리우 브랑쿠 가(街)로, 베이와 그녀의 세 딸이 살고 있는 곳이었다.

베이는 마쿠나이마가 좋은 사위가 되어 줄 것으로 생각하고 있었다. 그녀가 읽은 설화에 의하면, 마쿠나이마는 영웅이었고 자신에게 많은 만디오카 빵을 선물했기 때문이었다.

"나의 사위여, 내 딸 중 한 명과 결혼하게나. 나는 자네에게 유럽과 프랑스와 바이아*를 지참금으로 주겠네. 그 대신 자네는 절대로 아내 외에 다른 여자와 사랑을 하면 안 되네."

마쿠나이마는 그녀에게 감사를 표하면서 그녀가 말한 대로 하겠노라고 약속했다. 그러자 베이는 마쿠나이마에게 뗏목을 벗어나 다른 여자들과 놀아나지 말 것을 다시 한 번 상기시킨 다음 하루를 마감하기 위해 자신의 세 딸을 데리고 가 버렸다. 물론 마쿠나이마는 이번에도 약속을 꼭 지키겠노라고 약속했다. 하지만 베이와 세 딸이 숲으로 사라지자마자 마쿠나이마는 밖으로 나가 다른 여자를 유혹하고픈 강렬한 욕망에 휩싸였다. 그는 마음을 다스리려고 담배에 불을 붙였다. 하지만 그의 욕망은 더욱 타올랐다. 멀리 나무 아래에 한 무리의 날라리 여자들이 자신들의 아름다움과 재능을 뽐내며 노닐고 있었다.

"불은 확실히 모든 걸 쉽게 먹어 버린단 말이야!"

마쿠나이마는 소리쳤다.

"여자 한 명이 날 망쳐 버릴 만큼 난 그렇게 나약한 인간이 아니지."

갑자기 그의 머릿속에 좋은 생각이 떠올랐다. 그는 뗏목에 꼿꼿이 서더니 그의 조국을 향해 팔을 벌리면서 장엄하게 외쳤다.

"건강은 없고 불개미는 많도다! 이것이 브라질의 문제로다!"*

그러더니 뗏목을 박차고 나가 한때 정권의 두목이었던 성 안토니우 동상에 경의를 표한 후 여자들 속으로 뛰어 들어갔다. 이내 생선 냄새를 풍기는 어부 출신의 포르투갈 여자와 눈이 맞았다. 마쿠나이마가 그녀에게 윙크를 하자 여자는 화답했고, 둘은 즐기기 위해 뗏목으로 왔다. 그러고는 즐기고 또 즐겼다.

새벽이 되어 날 밝힐 준비를 하기 위해 베이와 그녀의 딸들이 돌아왔을 때 딸들이 먼저 마쿠나이마에게 달려갔다. 그리고 마쿠나이마가 포르투갈 여자와 그때까지도 서로 껴안고 즐기고 있는 것을 보았다. 세 딸은 기가 막혔다.

"영웅이라더니, 무슨 짓이에요! 엄마가 다른 여자와 놀아나지 말라고 그렇게 얘기했잖아요!"

"너무 울적해서 그랬어요."

영웅이 대답했다.

"울적하긴 뭐가 울적해요! 엄마한테 벌 받을 준비나 하세요!"

머리끝까지 화가 치민 그들은 어머니에게 일렀다.

"엄마, 당신의 사위가 한 짓을 보세요! 날이 어두워지자마자 이 인간은 뗏목을 뛰쳐나가 여자 한 명을 데려왔어요. 그러고는 더 이상 할 수 없을 때까지 즐겼어요. 지금도 둘이 시시덕대고 있어요!"

딸들의 말을 듣자 격노한 태양은 다음과 같이 말했다.

"이런 망할 놈이 있나! 내가 다른 여자와 놀아나지 말라고 했잖아! …… 여자와 놀아나는 것도 모자라 나의 뗏목에 여자를 들이다니! 게다가 지금도 정신 못 차리고 놀고 있단 말야!"

"전 정말 울적했단 말이에요!"

마쿠나이마는 같은 말을 반복했다.

"자네가 나에게 복종했다면 내 딸과 결혼할 수 있었을 것이고,

넌 영원히 젊고 잘생긴 얼굴로 남아 있었을 것이야. 하지만 이제부터는 자네도 다른 사람들과 마찬가지로 한순간만 젊음을 누릴 것이고 그 후에는 늙어 갈 거야."

마쿠나이마는 울고 싶어졌다. 그는 한숨을 쉬었다.

"이걸 미리 알았더라면……."

"후회해도 아무 소용 없어. 자네는 정말이지 뻰뻰스러운 사람이야! 내 딸을 절대로 자네에게 넘길 수 없네. 절대로!"

그러자 마쿠나이마는 오기가 발동했다.

"그럼 저도 당신 딸을 원하지 않아요. 세 딸을 다 줘도 안 받겠어요! 아시겠어요?"

그러자 태양은 세 딸을 데리고 호텔로 가 버렸고, 마쿠나이마는 뗏목에서 포르투갈 여자와 잠이 들었다.

동이 트기 한 시간 전, 태양과 그의 딸들은 부둣가를 산책하다 마쿠나이마와 포르투갈 여자가 잠자고 있는 것을 보았다. 태양은 두 사람을 깨운 뒤 마쿠나이마에게 부싯돌 바토를 주었다. 바토는 원할 때 불을 피울 수 있는 돌이었다. 그것을 주고는 태양과 세 딸은 길을 재촉했다.

날이 밝자 마쿠나이마는 도시 곳곳을 돌아다니며 포르투갈 여자와 사랑을 나눴다. 밤에는 플라멩구 공원 벤치에서 잠이 들었는데 그때 무서운 괴물이 그들 앞에 나타났다. 그는 미아니케-테이베 괴물로 영웅을 먹어 치우기 위해 온 것이었다. 그는 손가락으로 숨을 쉬고, 배꼽으로 소리를 듣고, 젖꼭지에 눈이 달려 있는 괴물이었다. 입은 두 개였는데 다리의 접는 부분에 숨어 있었다. 이 괴물의 지독한 악취가 마쿠나이마를 깨웠고, 그를 보자마자 마쿠나이마는 플라멩구 공원 밖으로 번개같이 도망갔다. 미아니케-테이베 괴물은 포르투갈 여자를 먹어 치우고 가 버렸다.

다음 날 마쿠나이마는 더 이상 공화국의 수도에 머물 마음이 없어졌다. 태양이 준 부싯돌 바토를 신문에 난 사진 한 장과 바꾼 뒤 치에테 강 오두막집을 향해 떠났다.

9. 아마존 여인들에게 보내는 편지

친애하는 나의 아마존 여인들에게

1926년 5월 30일, 상파울루에서

여러분은 이 편지의 훌륭한 문장과 박식함에 놀랄 것이다. 우주에서 가장 큰 도시로 엄청난 수의 사람들이 살고 있는 상파울루에서 너희들은 야만인을 의미하는 '이카미아바'로 불리지 않고 아마조나로 불린다. 그것은 고대 헬라인들의 전통에 나오는 용맹하고 말 잘 타는 전사들을 일컫는 말이다. 이런 박식한 지식을 과시하는 게 조금 거북하지만, 고대의 순수함과 전통 덕분에 너희들은 영웅스럽고 유명한 존재로 남을 수 있는 것이다.

하지만 나는 별로 중요하지 않은 것으로 너희들의 시간을 낭비하거나 너희들의 머리를 혼란스럽게 하지 않을 것이다. 곧장 우리가 여기에서 겪은 일을 들려주겠다.

우리에게 아주 불행한 일이 닥쳐서 너희들을 떠난 지 채 닷새가 되지 않았을 때였다. 작년 5월 15일 날씨가 매우 좋았던 어느 날 밤, 어떤 사람들은 무라키탕, 어원적으로 봤을 때 끝에서 세 번째 음절에 악센트가 있다고 믿는 박식한 사람들은 무이라키탄 또는 무라케이탕 — 웃지 말 것! — 그리고 어떤 사람들은 무이라키탕이라 부르는 부적을 잃어버리고 말았다. 너희들에게는 유스타키오관만큼이나 익숙한 이 단어가 여기에선 거의 알려지지 않았단다. 이 문명화된 도시에서 전사(戰士)들은 경찰, 순경, 의경, 권투 선수, 폭도, 반란자 등으로 불린다. 게으르고 상스러운 사람들이 이런 어처구니없는 신조어들을 쓰기 때문에 좋은 포르투갈어가 오염되는 거야. 하지만 우리는 늘 표준 포르투갈어를 쓰도록 하자. 너희들이 흥미롭게 생각할 만한 것은 이곳의 전사들은 아내로 삼을 만한 씩씩하고 용감한 여자를 찾는 것이 아니라, 상스러운 사람들이 지폐라고 부르는 종잇조각을 주면 금방 유순해지고 말을 잘 듣는 여자를 좋아한다는 거야. 지폐는 오늘날 우리가 영광스럽게 소속되어 있는 문명의 이력서 같은 것이라고 볼 수 있지. 그래서 라틴어만 듣는 너희 황제의 귀에 거슬리는 무이라키탕이라는 말은 이곳의 전사들이나 여기에 사는 사람들 사이에서 알려지지 않은 말이란다. 후이 바르보사 박사가 인용한, 선하고 늙은 루이스 지소자 사제의 말에 의하면 "교양 면으로나 학식 면에서 뛰어난 시민들"은 무이라키탕이 아시아에서 온 보석이라면서 손가락으로 열심히 닦았대.

아마도 형이상학의 영향으로 또는 지그문트 프로이트 박사 — 프로이트로 읽어야 해 — 가 천사가 나타나는 꿈을 통해 설명했듯,

향수 어린 리비도에 자극받아 도마뱀 모양을 한 우리의 무이라키탕을 잃어버렸기 때문에 우리는 아직도 낙담하고 있단다. 그 천사 덕분에 우리는 잃어버린 부적이 페루 부왕청의 신하이자, 페르남부쿠의 카발칸티스처럼 플로렌티나 출신인 벵시스라우 피에트루 피에트라 박사의 손에 있다는 것을 알게 되었지. 그 박사가 이 유명한 도시에 살고 있다는 것을 알기 때문에 우리는 잃어버린 부적을 찾기 위해 늦지 않게 출발할 것이다.

벵시스라우 박사와 우리의 관계는 더 이상 좋을 수 없을 정도로 좋기 때문에 머잖아 부적을 찾았다는 기쁜 소식을 너희들에게 틀림없이 전해 줄 수 있을 것이다. 그렇게 된다면 너희들은 우리를 축하해 주리라 믿는다. 하지만 친애하는 부하들이여! 너희들의 황제인 나는 곤란한 상황에 처해 있다. 우리가 가져온 보물은 돈으로 환산될 수 있는데 카카오 값이 폭락한 데다 교환 가치가 일정하지 않아 그 값이 왔다 갔다 하기 때문이야.

게다가 이곳 여자들은 큰 몽둥이*에 감탄하며 섹스를 좋아하지만 공짜로 하는 것이 아니라 추잡한 지폐의 소나기, 거만한 샴페인 분수, 그리고 바닷가재라는 상스러운 이름의 괴물처럼 생긴 음식에 감동해야만 섹스를 시작하지. 바닷가재는 대단한 괴물이야! 배 밑바닥처럼 윤이 나는 딱딱한 껍질에 튀어나온 팔과 촉수, 노처럼 생긴 꼬리를 가진 복잡한 모양의 이 괴물은 세브르*산 도자기에 담겨 나오는데 값을 헤아릴 수 없는 클레오파트라의 시신을 싣고 나일 강을 떠다니는 갤리선을 상상하게 한단다.

클레오파트라를 말할 땐 악센트 위치를 조심해야 해. 아마도 너희들은 고전의 가르침에 따라 현대식으로 발음하는 것에 거부감을 느낄지 모른다. 사실 이건 몇몇 언어학자들이 밥맛없는 프랑스 것들을 하도 발음하다 보니 별생각 없이 그렇게 한 것에 불과해.

하지만 어쨌든 바닷가재라는 괴물은 가장 까다롭고 세심한 입맛을 사로잡았고, 이곳 여자들은 이것만 먹여 주면 곧장 침대로 뛰어들지. 그래서 여러분은 이 괴물이 얼마나 비싼지 이해할 수 있을 거야. 이건 정말 비싼 음식이라서 어떤 것은 60콘투에 팔리는데 우리들의 전통 화폐로 환산하면 8천만 카카오 낟알에 해당하는 거야. 그래서 너희들은 우리가 이런 어려운 여자들과 자기 위해 얼마나 많은 돈을 썼는지, 그래서 지금은 이 상스러운 금속이 부족한 상태에 있다는 걸 이해할 수 있을 거야. 우리도 돈을 아끼기 위해 불타오르는 욕망을 억누르며 금욕적으로 살려고 노력은 했단다. 하지만 이렇게 경탄할 만한 여성들의 매력과 구애 앞에서 어찌 참을 수 있었겠는가!

화려한 옷과 반짝이는 보석은 그녀들의 도도함과 우아함을 한껏 높여 주어 미와 패션에 관해서라면 아무도 그녀들을 따라갈 수 없단다. 이렇게 멋진 외모의 그녀들은 잠자리에서도 워낙 다양한 테크닉을 보여 주기 때문에 그것들을 일일이 열거하려면 황제와 부하들 사이에 요구되는 예의범절이 깨어지게 된다. 얼마나 사랑스러운지! 얼마나 우아한지! 얼마나 멋진지! 거만스러운 포즈와 상대방을 압도하는 열정! 우린 부적을 되찾아야 한다는 생각을 잊진 않지만 그녀들만 보면 정신이 나가 버린단다.

유명한 아마존 여인들이여! 너희들도 그녀들의 잠자리 기술과 다양한 자질을 배울 필요가 있다. 그러자면 너희들의 자랑인 겸양의 미덕을 잠시 잊고 현란한 키스로 성욕이 불타오르게 하여, 영광스러운 황홀함의 단계, 즉 이탈리아 사람들이 말하는 '암컷 향취'의 섬세한 힘을 보여 주어야 한다.

이왕 이 미묘한 주제에 대해 이야기가 나온 이상 너희들에게 도움이 되는 몇 가지 정보를 더 주겠다. 상파울루 여인들은 매우 아름답고 현명할 뿐만 아니라 신이 자신에게 부여한 자질과 우월함에 만족하지 않는단다. 늘 자신에 대해 신경 쓰기 때문에 선조 대의 문명에서부터 발전해 온 여성 예술과 과학 중에 지구 상에서 가장 세련되고 우아한 것을 구하기 전에는 절대로 사용하지 않는다. 그래서 스스로를 구유럽의 연인, 특히 프랑스의 연인이라 여기고 너희들과는 매우 다른 방식으로 시간을 보내는 것을 배운단다. 늘 자신을 다듬고 섬세한 방법으로 용모를 다듬으며 시간을 보내는 걸 좋아하지. 비슷한 부류의 사람들과 극장에 다니는 걸 좋아하는데 사실 아무 하는 일도 없단다. 낮에는 풀이 죽어서 기운 없어 보이지만 밤만 되면 오르페우스의 팔에 안겨 사랑을 나누느라 잠시도 짬이 없지. 하지만 나의 여인들이여, 너희들이 알아야 할 것은 이곳에서의 밤과 낮은 전투와 관련된 너희들의 밤낮 개념과 다르다는 것이야. 여기 사람들의 낮은 너희들의 정오에 시작하고, 밤은 너희들이 한창 꿀잠을 자고 있을 때 시작한다.

이 모든 것을 상파울루 여인들은 프랑스 여인들에게 배운 것이다. 사실 이들은 손톱을 기르고 다듬는 것만 배운 것이 아니야. 이들은 남편 몰래 바람피우는 것도 전수받았지. 다음 이야기로 넘어

가자.

헤어스타일에 대해서도 할 애기가 많다. 이곳 여자들의 스타일은 고결한 로마 귀족 여자들의 구식 스타일이 아니라 비극적 운명을 맞은 안티누스* 같은 고대 그리스 전사들의 짧은 머리 스타일을 선호하지. 지금까지의 내 애기를 잘 들었다면 너희들은 여기에서 왜 긴 머리가 잘 어울리지 않는지 이해할 거야. 상파울루의 멋진 남자들은 여자들의 머리채를 잡고 힘으로 굴복시키는 게 아니라 돈과 바닷가재로 구슬리기 때문이지. 그래서 긴 머리 스타일은 촌스럽다고 하는 거야. 게다가 짧은 머리 스타일은 너희들이 가진 긴 머리에 붙어 사는 많은 벌레들이 살 집을 없애기 때문에 액운을 막아 준다고도 해. 상파울루 여인들은 프랑스 루이 15세 시절의 화려함과 방탕함만 배운 게 아냐. 세계의 가장 험한 곳들로부터도 그들의 가장 매력적인 것을 가져왔지. 예를 들면 일본의 작은 발, 인도의 루비, 미국의 콧대 높음, 그리고 세계 각지의 지식과 보물들을 수입해 온 거야.

그리고 지금 이곳에서 호탕한 지배자로 군림하고 있는 폴란드 출신 여자들에 대해 너희들에게 대강 얘기해 주려고 해. 그들은 몸가짐이 과묵한 편인데 대양의 모래보다 더 수가 많아. 그들은 너희들처럼 함께 사는 남자들을 노예처럼 부리며 살고 있지. 그래서 남자들은 자신들을 남자라 부르지 않고 '갸르송'*이라고 부르는데 그들은 매우 예의 바르고 조용히 처신하고 옷도 늘 같은 것으로 단정하게 입는단다.

이 여자들은 매춘굴 또는 '관용의 구역'으로 불리는 곳에 같이 살고 있지. '관용의 구역' 같은 용어는 정확하고 확실한 용어를 쓰려는 우리의 고집이 아니었다면 상파울루 사건 뉴스에 나오지 않았을 거야. 너희들처럼 이 여인들 역시 한 무리를 이루고 있지만 너희들과는 외모, 생활 양식, 생각이 전혀 다르단다. 그래서 너희들에게 말했듯이 오로지 밤에만 활동하는 그들은 화성(火星)에 관심을 갖거나 오른쪽 유방을 잘라 버리지도 않고 오로지 수성(水星)에 구애하는 데만 관심이 있지.* 그들의 가슴으로 말할 것 같으면, 축 늘어진 거대한 열매 같은 유방은 유혹하는 데 직접 쓰이진 않지만 수많은 남자를 한껏 달아오르게 만드는 어렵고 힘든 작업에 요긴하게 쓰인단다.

이 사랑스러운 괴물들이 너희들과 해부학적으로 더욱더 다른 것은, 그들의 뇌는 머리가 아닌 가랑이 사이에 있다는 것이고, 심장은 서정 시인들이 잘 말했듯 손에 가지고 다닌다는 거야.

그들은 세계 각지를 여행했고 교육을 많이 받았기 때문에 수많은 외국어를 유창하게 구사하지. 그들 모두는 항상 친절하고 순종적이지만 그들 내부에는 엄청난 다양함이 있단다. 몇몇은 금발, 몇몇은 갈색 머리, 어떤 여자는 비쩍 말랐지만, 어떤 여자는 드럼통이야. 하지만 많은 수와 다양성에도 불구하고 그들은 전부 한 나라에서 온 것처럼 보인단다. 여기에 더해 그들 모두는, 부당하게도 '프랑스 여자'라는 이름으로 불리지. 우리는 이 여자들이 모두 폴란드에서 왔다고는 믿지 않아. 사실은 스페인, 이탈리아, 독일, 터키, 아르헨티나, 페루 등 지구의 북반구, 남반구 가리지 않고 사람 많은 곳 전부에서 왔지.

아마존 여인들이여! 너희들도 우리와 같은 생각일 거라 믿는다. 이 여인들 몇몇을 너희들이 살고 있는 우리의 제국에 초대하여 살도록 하자. 그러면 너희들도 그들로부터 현대적이고 방탕한 삶의 방식을 배워 너희 황제의 부를 더욱 늘릴 수 있을 것이다. 하지만 너희들이 굳이 겸양의 미덕을 버리고 싶지 않더라도 너희들이 그들과 함께 있는 것만으로도 우리가 장차 우리의 셀바 왕국으로 돌아갔을 때 — 고전학자들의 가르침에 따른다면 처녀림 왕국이라고 해야 할 것이다 — 삶의 방식을 바꾸는 데 큰 도움을 줄 것이다.

이 중요한 문제의 결론을 내리기 위해 우리는 너희에게 위험을 경고해야 하는데, 만약 우리가 왕국을 떠나 있는 지금, 이 여자들을 우리 밀림에 들이면서 현명한 남자들도 같이 들이지 않는다면 큰 위험을 초래할 수 있다는 것이다. 이 여자들은 극도로 방탕하고 자제력이 없기 때문에 너희들이 살고 있는 환경에 들어가서 외로움과 권태감 속에 만족을 느끼지 못한다면 그동안 익혀 온 지식과 기술을 잊어버리지 않으려고 사라구아, 타피리,* 칸지루* 등 야생 동물을 활용하는 극한 행동을 할지도 모른다. 게다가 만약 우리의 부하인 너희들이, 다정한 시인 사포가 핑크빛 레스보스 섬에서 다른 여자들과 즐겼던, 인간의 잠재적 가능성 면에서 보면 절대 비판할 수 없는, 경직된 도덕의 메스로는 더더욱 비판이 불가능한, 그런 불경한 쾌락을 폴란드 여자들로부터 배운다면 너희 과업이 완수된 것으로 알고 뿌듯한 성취감을 느껴야 마땅하다.

너희가 보듯이 우리는 전위적인 도시 상파울루에 있는 기간을 잘 활용했는데 우리가 부적을 잃어버렸을 때 이 불멸의 라틴 문명의 가장 중요한 원리를 배우기 위해 노력과 돈을 아끼지 않았다. 왜냐하면 우리가 처녀림의 왕국으로 돌아갈 때 우리의 삶에 도움을 주고 우주에서 가장 교양 있는 우리 민족의 혈통이 더욱 전파되도록 도와줄 개선책을 마련해야 했기 때문이다. 그래서 우리의 왕국, 우리의 영토에 이 고귀한 도시와 유사한 것을 세울 수 있도록 이 도시에 대해 더 이야기하겠다.

우리가 생겨난 라틴 세계의 수도, 카이사르의 도시, 로마의 전통적인 형태를 따라 상파울루 역시 일곱 개의 언덕에 건설되었다. 이 도시의 발에는 가느다랗게 쉬지 않고 흘러가는 치에테 강의 림프관이 키스하고 있다. 물은 풍족하고 기후는 아헨*이나 안트베르펜*과 유사한 데다 땅은 비옥하고 광활해서, 세 가지 특급 조건 아래 도시 생태계는 자연 발생적으로 생겨났다고 말한다.

도시는 아름답고 시민의 삶은 즐겁다. 희귀한 동상들이 세워져 있고 멋진 가로등이 비추는 좁은 길들이 세밀하게 도시를 구획하고 있어 사람들이 한곳에 밀집되는 것을 막고 있다. 그 결과, 미나스제라이스 주 정부의 의원과 공직자들이 선거를 통해 중요한 일을 결정할 때 장중한 수사와 멋진 스타일의 웅변으로 모두의 찬사와 존경을 모으는 한편, 자기들에게 유리하도록 주민 수를 마음대로 늘리는 모방할 수 없는 술수를 가능하게 하지.

위에서 이야기한 구역에는 종이 쓰레기와 과일 껍질들이 널브러져 있고, 천 개 이상의 병원균을 담은 미세 먼지가 매일 날아다니면서 많은 사람을 죽이고 있다. 이렇게 해서 우리의 선배들은 인구 문제를 해결했다. 벌레들이 빈민들의 비참한 삶을 먹어 치우기 때문에 실직자들과 노동자들이 쌓이는 것을 막고 있어 결국 늘 같은 수의 사람들만 남게 되는 거지. 먼지는 행인들이 길을 걸을 때 발밑에서 올라오는 것뿐만이 아니야. '자동차', '전차' — 어떤 사람들은 '본드'라는 이상한 말을 쓰기도 하는데 분명 영어에서 온 거라고 봐 — 같은 굉장한 소음을 내는 기계들이 엄청난 먼지를 일으키지. 부지런한 시청 공무원들은 '공공 청소원'이라는 이름으로, '달의 친절한 침묵 속에서'* 청색 작업복을 입고 단조롭게 일하는 유인원 같은 가공할 괴물들을 고용했는데 이들이 원통의 빗자루로 길을 쓰는 바람에 바닥의 먼지가 아스팔트에 피어오르고 잠자던 벌레들이 놀라서 깨어나 활발하게 움직이도록 만든다. 이런 심야의 청소는 도둑이나 불량배의 활동을 방해하지 않도록 가로등이 멀찌감치 배치된 거리의 희미한 불빛 아래서 벌어진다.

물론 우리가 이들의 관습을 배울 필요는 없다. 우리는 태생적으로 잘 정돈되고 평화로운 기질을 타고났기 때문에 이들과 맞지 않는다. 하지만 상파울루 관리들을 비난만 할 수 없는 것은, 이들의 사악한 술수와 영악한 기술은 우리도 배울 필요가 있기 때문이야. 상파울루 사람들은 전투의 쓴맛을 즐기는 강인함과 대범함을 갖췄지. 모든 사람들이 머리에서 발끝까지 무장을 하고 끊임없이 개인 전투와 집단 전투에 참가한다. 전사로 불리는 수십만의 영웅들이 전장에서 쓰러지는 것은 흔한 일이야.

이런 이유로 상파울루에는 호전적인 경찰들이 셀 수 없이 많은데 이들은 부유해 보이는 하얀 건물에 살지. 이들은 우리 나라에

지천으로 널려 있는 금의 가치가 떨어지지 않도록 대중들이 너무 많은 재산을 갖지 못하게 조정하는 역할을 한단다. 이런 열정으로 그들은 번쩍이는 제복을 입고 퍼레이드를 벌이거나, 우리가 아직 소개받지 못한 에우제니아가 직접 설계한 체육관에 다니거나, 혹은 극장이나 영화관에서 돌아오는 방심한 부르주아들을 괴롭히거나 차를 타고 수도를 에워싼 채소밭들을 돌아다니며 돈을 낭비하고 있지. 또 경찰들은 상파울루의 젊은 주부들과 놀아나기도 하는데 그들은 페드로 2세 공원과 빛의 정원 등에 자신들의 아지트를 만들어 놓고 낮 시간을 마음껏 즐긴단다. 이 경찰들의 인건비가 너무 많아져서 감당할 수 없는 수준이 되면 부패한 정부는 이들을 거인 식인종들이 우글대는 멀고 황량한 곳으로 보내 그들의 먹잇감이 되도록 하지. 이것은 무기명 비밀 투표를 통해 국민들의 동의와 승인을 얻어 진행되는 데다 국가적인 오락거리도 되기 때문에 비난받지 않고 지속되어 왔다. 식인종들은 경찰들을 잡아서 구운 다음에 독일식으로 먹는다. 황량한 땅에 떨어진 그들의 뼈는 나중에 커피 나무가 자라는 데 더할 수 없이 좋은 비료가 된다.

이렇게 해서 상파울루 사람들은 완벽한 '질서와 진보'* 속에 살면서 번영하지. 이들은 훌륭한 병원을 만들어 놓고 남아메리카의 미나스제이라스, 파라이바, 페루, 볼리비아, 칠레, 파라과이의 한센병 환자들을 유치하여 이 병원에 근무하는, 퇴폐성이 의심스러운 여자 간호사들로 하여금 서비스를 받도록 한단다. 환자들이 하도 몰려오는 바람에, 로마 시대 영웅적인 전사들의 맥박을 물려받은 스포츠맨들이 마라톤을 하거나 승마를 즐기는 지방 도로와 도시의 길은 더욱 활력을 얻는다.

하지만 나의 여인들이여! 이 위대한 나라에선 아직도 박멸되어야 할 질병과 벌레들이 곳곳에서 들끓고 있다! 모든 것이 끝도 없는 재앙을 부르고, 우리는 질병과 벌레에 의해 좀먹고 있다. 짧게 얘기해서, 우리는 또다시 영국이나 미국의 식민지가 될 것이다! …… 그래서 우리는 이 나라에서 유일하게 추진력이 있어 증기 기관이라고 불리는 상파울루 사람들이 영원히 기억될 수 있도록 이 나라의 재앙을 묻어 버릴 수 있는 글귀를 만들었던 것이다.

건강은 없고 불개미는 많도다!
이것이 브라질의 문제로다!

이 글귀는 유럽에 있는 유명한 기관 부탄탕 연구소를 우리가 방문했을 때 VIP 방명록에 써 놓은 것이다.

상파울루 사람들은 50층, 100층 또는 그 이상의 높은 건물에 사는데 온갖 종류의 모기가 거기까지 떼를 지어 올라가 사람들을 즐겁게 해 준다. 모기들은 밀림에 사는 주민들이 사랑을 나누기 전 쐐기풀로 자극을 주듯이 높은 건물에 사는 남녀의 중요한 부위들을 알맞게 찔러서 더 이상의 자극이 필요 없게 해 준단다. 긴 다리의 모기들은 최음 역할을 너무나 잘 수행해서 찢어지게 가난한 마을에서도 매년 셀 수 없이 많은 시끄러운 아이들이 태어난다. '이탈리아 꼬마들'이라고 불리는 이 아이들은 돈 많은 권력자들이 소유한 공장에서 일꾼으로 일하거나 부자들의 향기로운 휴식을 위해 노예처럼 봉사하게 되지.

백만장자들은 도시 주변에 1만 2천 개의 실크 공장을 세웠는데 공장 귀퉁이에는 자카란다 나무와 거북이 가죽으로 꾸민 세계에서 가장 유명한 커피숍들이 있단다.

정부가 있는 궁전은 아드리아 해의 여왕 스타일로, 온통 금으로 치장되어 있다. 해 질 무렵이면 많은 부인을 거느린 대통령이 최고급 가죽으로 덧대고 은으로 장식한 마차에 타고 자비로운 웃음을 머금으며 산책을 나간다.

아마존 여인들이여! 이 편지가 너무 길어지지만 않는다면 더 많은 대단한 이야기를 들려줄 수 있을 텐데……. 하지만 꼭 말해야 할 것은 확신하건대 이 도시가 세상에서 가장 아름다운 도시라는 점이다. 이 도시의 사람들에 대해선 이미 앞에서 칭찬한 바 있다. 그러나 이 사람들의 독특한 점에 대해 입을 닫는다면 그건 도리가 아니다. 이들의 지적 표현력은 엄청나게 풍부해서 한 언어로는 말을 하고 다른 언어로는 글을 쓴다는 사실을 알게 될 것이다. 우리는 이렇게 좋은 곳에 처음 왔기 때문에 이 지역의 사람들을 파악하고 풍습을 익혀야 하는 과제를 가졌다. 우리가 받은 놀라움과 경탄 중에 이들의 특이한 언어 사용이 있다. 상파울루 사람들은 일상 대화에서 쉽게 알아듣기 힘든 알쏭달쏭한 말들을 사용하는데 가끔 구성진 욕설이 섞이기도 하고 성적인 표현들도 자주 등장한다. 우리는 이런 표현들을 열심히 힘들게 배웠지만, 돌아가면 너희들에게 기꺼이 가르쳐 주겠다. 이들은 말할 때는 상스럽고 저속한 표현들을 쓰지만 펜을 잡기만 하면 갑자기 로마 시인이 되어 완전히 다른 언어로 베르길리우스의 시 같은 고급 표현을 쓴단다. 감미로운 언어로 은총이 가득한 찬미의 말을 늘어놓을 때면 카몽이스*가 되는 거야! 이 두 가지 언어가 조화롭게 공존하며 거의 모든 필요를 충족시켜 주지만 가끔은 그렇지 못할 때도 있단다. 이때는 도시 구석구석에서 들려오듯, 매우 음악적이고 즐거운 정통 이탈리아어가 언어 사용을 도와준다. 우리는 많은 시간을 투자한 끝에, '브라질'이란 이름에서 알파벳 'z'의 사용과 대명사 'se'의 용법에 대해 완전히 이해할 수 있게 되었단다. 또한 우리는 많은 이중 언어 책들을 입수했고, 소형 『'라루스' 사전』도 갖게 되었다. 그리하여 성서의 구절이나 철학자의 유명한 말들을 라틴어로 읊을 수 있게 되었다.

마지막으로 아마존 여인들이여, 이 빛나는 문명의 정점에 있는 위대한 도시의 맨 꼭대기에는 정치가라고 불리는 사람들이 있다는 것을 알아야 한다. 정치가라는 멋진 이름을 들어 본 적이 없는 너희들에겐 이 말이 괴물처럼 들릴 것이다. 사실 이들은 엄청난 과감성, 지혜, 정직함, 도덕성을 지녔기 때문에 괴물이 맞다. 이들은 사람과 매우 닮았지만 사실은 저 멀리 외계의 왕국에서 왔으며 인간과는 다른 족속들이다. 이들 모두는 한 명의 황제에게 충성하는데 그는 사람들로부터 대부(大父)라 불리는 왕으로서 모든 외국 사람들이 인정했고 내 눈으로도 확인한, 세상에서 가장 아름다운 도시 리우데자네이루에 살고 있다.

마지막으로 사랑하는 나의 아마존 여인들이여, 우리는 우리에게 부과된 의무 때문에 고향인 처녀림을 떠나 계속되는 고행을 겪으며 많은 고통을 참아 왔다는 것을 생각해 주기 바란다. 비록 이곳의 모든 것은 즐겁고 모험심을 불러일으키지만 잃어버린 부적 때문에 우리는 전혀 마음의 평안을 누리지 못한 채 다리 뻗고 쉬지도 못하고 있다. 반복해서 말하지만 벵시스라우 박사와 우리의 관계는 더 이상 좋을 수가 없다. 협상은 이미 시작되었으며 순조롭게 진행되고 있다. 너희들은 앞에서 우리가 언급한 축하의 선물을 미리 보내는 게 좋을 것이다. 너희들의 검소한 황제는 조금의 선물에도 기뻐할 것이다. 카카오 낟알로 채운 카누 2백 척을 보낼 수 없다면 1백 척도 좋다. 그것도 안 되면 50척도 좋다!

너희들의 건강과 우애를 비는 황제의 축복을 받을지어다. 비록 갈겨쓴 글씨지만 이 편지를 금과옥조로 여기고 그대로 실천하기 바란다. 그리고 축하의 선물과 폴란드 창녀는 절대 잊으면 안 된다.

씨가 너희들을 보호하길.

황제, 마쿠나이마.

10. 파우이-포돌리, 무툼 아버지

엄청난 구타를 당했던 벵시스라우 피에트루 피에트라는 몇 달 동안 붕대에 싸인 채 누워 있어야 했다. 아픈 와중에도 거인은 무이라키탕을 달팽이 껍데기 속에 넣어 자신의 침대에 깔고 있었기 때문에 마쿠나이마는 그것을 되찾을 방법이 없었다. 죽음을 불러온다는 흰개미를 거인의 슬리퍼에 넣을 생각도 해 보았지만, 거인은 발이 거꾸로 달려 있어 슬리퍼를 신지 않았다. 마쿠나이마는 자신의 무기력함에 괴로워하면서 하루 종일 침대에 누워 럼주를 마시고 베이주*를 씹으며 보냈다. 그 무렵 유명한 원주민 안토니우가 '신의 어머니'라 불리는 여자와 함께 마쿠나이마를 찾아왔다. 그들은 영웅에게 위로의 말을 건네더니 아직 물고기도 아니고 맥(貘)도 아닌 마쿠나이마의 모습이 원래대로 돌아올 수 있게 해 달라고 신에게 기도했다. 이렇게 해서 마쿠나이마는 바이아 주 일대에서 많은 신자들을 모으고 있는 카라이모냐가 종교에 들어가게 되었다.

마쿠나이마는 거인이 나타나길 기다리는 동안, 말할 때는 브라질어를, 쓸 때는 포르투갈어를 사용하는 법을 익혔다. 그는 사실상 거의 모든 것의 이름을 알게 되었다. 브라질 사람들이 자선을 위해 '꽃의 날'이라고 지정한 공휴일에 거대한 모기떼가 그의 공부를 방해했기 때문에 그는 새로운 아이디어도 얻을 겸 도시로 갔다. 별별 것이 다 있었다. 상점마다 멈춰 서서 쇼윈도를 구경했는데 한 윈도에서 지구에 대홍수가 몰려와 모두가 대피했던 에레레산에서 가져온 듯 보이는 신기한 물건을 발견하고는 주의 깊게 살펴보았다. 다시 걸음을 옮겨 이곳저곳 산책하던 마쿠나이마는 장미꽃을 광주리에 담아 팔러 다니는 소녀를 만났다. 소녀가 장미 한 송이를 마쿠나이마의 옷깃에 꽂으며 이렇게 말했다.

"1미우헤이스*만 주세요."

마쿠나이마는 잠시 당황했는데 왜냐하면 여자아이가 장미를 꽂은 부분을 뭐라고 하는지 생각나지 않았기 때문이다. 그곳은 단춧구멍이었다. 그는 기억을 뒤지고 뒤졌지만 그곳을 뭐라고 하는지 들어 본 기억이 없었다. 그 구멍을 부르는 적당한 이름을 찾으려 했으나 세상에 존재하는 다른 구멍들과 혼동되어 소녀 앞에서 갑자기 부끄러워졌다. 동공(洞空)이라는 문어체의 말이 있지만 사람들은 아무도 그런 말을 쓰지 않았다. 그는 생각하고 또 생각했으나 도저히 그 이름을 기억해 낼 방법이 없다는 것을 알았다. 상베르나르두에 살고 있는 코스미 교수에게 물어볼 생각도 했으나 소녀를 만난 지레이타 거리에서 한참 떨어진 곳이었다. 할 수 없이 그는 소녀에게 돈을 지불한 후 떠듬떠듬 말했다. "아가씨는 오늘 나의 하루를 완전히 망쳐 놓았소. 다시는 내…… 내…… 똥꾸에 꽃을 꽂지 마세요!"

이 말이 자신의 입에서 튀어나오자 그는 충격을 받았다. 상스럽기 그지없는 말을 내뱉은 것이었다. 그러나 소녀는 똥꾸라는 말이 상스럽다 생각하지 않았고 영웅이 부끄러워하며 사라지자 혼자 그 말을 중얼거리며 즐거워했다. "똥꾸……라고?" 그리고 "똥꾸…… 똥꾸……" 하며 반복해서 중얼거렸다. 그녀는 그 말이 유행어라고 생각했다. 그래서 만나는 사람마다 똥꾸에 장미 한 송이를 꽂지 않겠느냐고 물었다. 어떤 사람은 그러겠다고 했고, 어떤 사람은 절대 그러지 않겠다고 했다. 다른 꽃 파는 소녀들도 이 말을 재미있어 하며 따라 하기 시작했다. 아무도 단춧구멍이라고 하지 않았고 똥꾸라는 말만 들려왔다.

마음이 착잡해진 마쿠나이마는 일주일 내내 먹지도 않았고, 섹스도 하지 않았고, 잠도 자지 않았다. 오로지 그 구멍의 이름이 무엇인가만 생각했다. 다른 사람에게 물어볼까도 생각했으나 무식함을 드러내는 것이 부끄러워 가만히 있는 게 나을 것 같았다. 남부 십자가의 날이기도 한 일요일이 왔다. 그날은 브라질 사람들이 좀 더 즐기기 위해 새롭게 축제일로 지정한 날이기도 했다. 아침부터 모카에선 퍼레이드가 펼쳐졌고 정오엔 코라상 교회에서 야외 미사가 진행되었다. 오후 5시엔 항젤 페스타나 거리에서 떠들썩한 가장행렬이 있었고 밤에는 15가(街)에서 국회 의원과 실업자들의 시위가 벌어진 후에 이피랑가에서 불꽃놀이가 펼쳐졌다. 마쿠나이마도 기분 전환을 위해 불꽃놀이를 구경할 겸 공원으로 향했다.

집을 나선 지 얼마 지나지 않아 그는 금발의 예쁜 소녀와 마주쳤다. 소녀는 진정한 만디오카의 딸로서 온통 흰색으로 치장했으며 데이지 꽃으로 덮인 빨간 파나마모자를 쓰고 있었다. 그녀의 이름은 프로일라인이었고 곁에는 아무도 없었다. 마쿠나이마와 소녀는 한순간에 눈이 맞았고 함께 공원으로 갔다. 공원은 아름다웠다. 여러 개의 분수가 물을 뿜어내는 것을 전깃불이 비추고 있었는데 황홀한 광경에 매료된 사람들은 터져 나오는 탄성을 참기 위해 서로 손을 잡았다. 소녀가 마쿠나이마의 손을 잡자 그는 달콤하게 속삭였다.

"당신은…… 만디오카의 딸이야!"

감동한 독일 소녀는 울음을 터뜨렸다. 그러고는 마쿠나이마에게 자신의 모자에 있는 데이지 꽃 한 송이를 그의 똥꾸에 꽂아도 되겠느냐고 물어보았다. 그 말을 듣는 순간 마쿠나이마는 경악하며 화를 낼 뻔했으나 이내 그녀가 매우 총명하다는 것을 깨달았다. 마쿠나이마는 껄껄 웃었다.

하지만 '똥꾸'라는 말은 문어체와 구어체 언어를 모두 사용하는 박식한 잡지에도 이미 등장한 터였다. 강경증(强硬症), 생략법, 중략법, 환유법, 비유법, 음운 도치, 음절 결합, 어두음 첨가, 어미음 탈락, 단어 탈락, 민중 어원학 등 모든 문법에 의해 받아들여진 것이다. 단춧구멍이라는 말은 비록 중세의 문헌에는 없지만 최고의 학자들이 증명하듯 대중들의 언어유희를 거쳐 똥꾸로 변화한 것이다.

그때 물라토* 한 명이 동상 위로 올라가더니 남부 십자가 날의 의미를 사람들에게 열정적으로 설명하기 시작했다. 밤하늘은 구름 한 점 없이 청명했고 달도 아직 뜨지 않고 있었다. 물라토는 하늘의 여러 별자리를 가리켰고 사람들은 하늘에서 자신들의 친근한 인물을 볼 수 있었다. 나무의 아버지, 새의 아버지, 사냥의 아버지, 부모님, 형제들, 어머니들, 아버지들, 이모들, 고모들, 처제들, 아가씨들, 청년들 등 이 모든 별자리들이 건강은 많고 불개미는 없는 하늘 위, 사악함은 없고 행복만 있는 곳에서 선명하게 반짝이고 있었다. 마쿠나이마는 이 웅변가가 돈을 걷기 위해 떠드는 기나긴 이야기에 동의하면서 귀를 쫑긋 세우고 흥미롭게 들었다. 하지만 그가 인물들의 별자리를 설명한 직후, 남부 십자가의 별자리를 가리킬 때는 반대하지 않을 수 없었다. 그 별자리는 그가 잘 알고 있는, 하늘 저쪽 평원에 살고 있는 무툼 아버지였기 때문이다. 물라토의 거짓말에 화가 난 그는 즉각 소리쳤다.

"그건 아니야!"

"…… 여러분." 물라토는 계속 설명을 이어 갔다. "저기 타오르는 눈물처럼 빛나는 네 개의 별은 고귀한 시인이 말한 것처럼 신성한 전통의 십자가로서……."

"그게 아니야!"

"쉬!"

"가장 신성한 상징으로서……."

"그게 아니라니까!"

"다들 그렇게 믿고 있는데!"

"꺼져!"

"쉬…… 쉬……!"

"가장 신성하고 경이로우며 사랑해 마지않는 우리 조국은 저기 신비롭게 빛나는 십자가로서……."

"그게 아니라고 했잖아!"

"저기 보다시피……."

"거짓말하지 말란 말이야!"

"멋있게 은으로 장식되어……."

"그게 아니야!"

"그게 아니야!" 다른 사람들도 함께 소리쳤다.

격앙된 사람들은 마쿠나이마를 따라 "그게 아니야"를 외치면서 동상 위에 있던 물라토를 끌어 내렸다. 사람들은 그의 멱살을 잡고 실랑이를 벌였다. 분노로 치를 떨던 마쿠나이마는 이런 소동에 아랑곳하지 않았다. 한순간 동상 위로 올라가더니 무툼 아버지에 대한 이야기를 시작했다.

"신사 숙녀 여러분! 그게 아닙니다! 저기 네 개의 별은 무툼 아버지입니다! 하늘의 광활한 평야에서 빛나고 있는 저 별은 맹세코 무툼 아버지입니다! …… 동물들이 아직 사람이 되지 못했을 때 거대한 숲이 생겨났습니다. 그때 동서(同壻) 간인 두 사람이 서로 멀리 살고 있었습니다. 그중 한 사람이 카망-파빈키로, 마법사였습니다. 하루는 카망-파빈키의 동서가 사냥을 나갔다가 숲에 들어가게 되었습니다. 그곳에서 사냥을 하다 무툼 아버지와 그의 친구 카마이우아를 만났습니다. 무툼 아버지는 파우이-포돌리라고 불리죠. 그는 아카푸* 나무의 가장 높은 가지에 올라가서 쉬던 중이었습니다. 카망-파빈키의 동서는 마을로 돌아와 그의 아내에게 파우이-포돌리와 그의 친구를 만났노라고 말했습니다.

그때는 아주 옛날이어서 무툼 아버지는 우리와 같은 사람이었습니다. 카망-파빈키의 동서는 그의 아내에게 말하길, 파우이-포돌리를 죽이려고 입으로 부는 화살을 겨누었으나 그가 쉬고 있는 아카푸 나무 꼭대기까지 도달하지 못했다고 했습니다. 그래서 이번에는 대나무 촉이 달린 프라쿠바 나무로 만든 화살을 들고 메기를 잡으러 나갔습니다. 그가 나가고 얼마 되지 않아 카망-파빈키가 동서의 오두막에 찾아와 이렇게 물었습니다.

'처제, 자네 남편이 뭐라고 하던가?'

그러자 그녀는 무툼 아버지가 아카푸 나무 꼭대기에 올라가 그 위에 진을 치고 있노라 전해 주었습니다. 다음 날 아침 일찍 집을 나선 카망-파빈키는 아직도 나무 위에 앉아 평소의 습관처럼 휘파람을 불고 있는 파우이-포돌리와 그의 친구 카마이우아를 발견했습니다. 마법사 카망-파빈키는 커다란 검은 불개미로 변해서 줄기를 타고 올라가기 시작했습니다. 그러자 불개미를 발견한 무툼 아버지는 개미를 향해 입으로 엄청난 바람을 불었습니다. 제트 바람을 맞은 불개미 마법사는 나무에서 떨어져 바닥에 나뒹굴었습니다. 그러자 이번엔 오팔라라고 부르는 작은 개미로 변신하여 살금살금 기어 올랐습니다. 하지만 이번에도 개미를 발견한 무툼 아버지는 작은 바람을 내뿜었고 또다시 개미는 가지에서 떨어졌습니다. 결국 카망-파빈키는 메기라고 불리는 아주 작은 불개미로 변신하여 파우이-포돌리의 눈에 띄지 않게 올라가는 데 성공했고 몸을 말아서 그의 오른쪽 콧구멍으로 들어가 콱! 하고 회심의 침 한 방을 놓았습니다. 으악! 사람 살려! 그 순간 파우이-포돌리는 자지러질 듯한 고통으로 하늘 높이 튀어 올랐고 엄청난 재채기를 하는 바람에 메기는 멀리 날려 갔습니다. 이때 마법사는 얼마나 놀랐는지 개미의 몸에서 빠져나올 생각조차 하지 못했습니다. 이것이 오늘날까지 불개미가 우리 민족 옆에 바글거리게 된 이유입니다.

건강은 없고 불개미는 많도다!
이것이 브라질의 문제로다!

이야기를 다시 이어 가겠습니다. 다음 날 무툼 아버지는 하늘로 올라가기로 했습니다. 우리 나라의 불개미를 더 이상 견딜 수 없었기 때문이죠. 그는 친구인 반딧불이에게 자신이 가는 길을 비추어 달라고 부탁했습니다. 반딧불이 쿠나바가 앞서가며 길을 비춰주기로 했고 동생에게도 도와 달라고 했습니다. 동생은 아버지에게, 아버지는 어머니에게, 어머니는 경찰관과 형사들을 포함해 알고 있는 모든 이들에게 부탁하여 모이도록 했습니다. 그리하여 수많은 반딧불이들이 구름을 만들어 앞길을 훤히 비추었고 그렇게 하늘로 올라갈 수 있었습니다. 그런데 하늘에 올라가자 모두들 그곳을 좋아했습니다. 그래서 반딧불이들은 땅으로 내려오지 않고 하늘의 광야에 그냥 남아 있기로 했습니다. 이것이 여러분이 보시듯 하늘을 가로지르는 은하수입니다. 무툼 아버지도 그들과 함께 올라가 거기에 남았죠. 여러분! 저기 빛나는 네 개의 별은 십자가가 아닙니다. 절대 아니에요! 그건 파우이-포돌리, 무툼 아버지입니다! 파우이-포돌리, 무툼 아버지라고요! …… 이상입니다!"

지친 마쿠나이마는 연설을 마쳤다. 그러자 군중들이 웅성거리기 시작했다. 이 행복의 소리는 땅의 사람들을 넘어 광활한 하늘에 별로 떠 있는 새의 아버지들, 물고기의 아버지들, 벌레의 아버지들, 나무의 아버지들을 더욱더 빛나게 했다. 경외의 눈으로 하늘의 별자리 사람들을 쳐다보던 상파울루 사람들은 황홀한 행복감에 젖었다. 원래는 사람이었던 존재들이 나중에 정령으로 변하여 모든 생물들을 태어나게 했으며 지금은 하늘의 별이 되어 있는 것이었다.

이제 사실을 깨닫고 깊이 감동받은 군중은 살아 있는 별을 가슴에 품고 자리를 떠났다. 아무도 더 이상 남부 십자가나 불빛이 비치는 분수에 관심을 두지 않았다. 그들은 집에 돌아가면 침대 시트에 방수 천을 대고 자야겠다고 생각했다. 불을 가지고 놀았기 때문에 잠자는 동안 오줌을 쌀까 봐 걱정스러웠기 때문이다……. 집으로 돌아간 그들은 깊은 잠에 빠졌고 세상은 다시 어둠에 잠겼다.

마쿠나이마는 동상 위에 혼자 남았다. 그 역시 감동을 받았다. 하늘을 올려다보았다. 남부 십자가라니! 턱도 없는 소리였다. 그것은 파우이-포돌리였고 오늘따라 더 선명하게 보였다……. 파우이-포돌리가 웃으며 그에게 감사의 뜻을 표했다. 갑자기 쉭 하는 기차의 기적 같은 소리가 한참 동안 들렸다. 그것은 기차의 기적이 아닌 바람 소리였고 강한 바람은 공원의 모든 빛을 앗아 가버렸다. 그때 무툼 아버지가 조용히 날개를 펄럭이며 나타나 영웅에게 작별을 고했다. 마쿠나이마가 감사의 뜻을 표하려 했지만 그는 갑자기 광활한 하늘을 뒤덮기 시작한 구름들 사이로 이내 사라져 버렸다.

11. 늙은 세이우시

다음 날 영웅은 심한 감기와 함께 잠에서 깨어났다. 밤에도 열기가 지속되었지만 그는 옷을 입은 채 잠을 잤는데 돌풍 카루비아나가 옷을 벗고 자는 사람에게 불어닥친다는 말을 듣고 겁이 났기 때문이다. 하지만 전날 밤 성공적인 대중 연설의 기억은 여전히 그를 흐뭇하게 했다. 사람들에게 더 많은 이야기를 해 주어야겠다는 조바심 때문에 감기를 앓고 있는 보름 동안 안달을 냈다. 몸이 다 나았을 때는 이른 아침이었고 낮에 그런 이야기를 하는 사람에게는 기니피그의 꼬리가 생긴다는 전설이 떠올랐다. 그래서 형들과 함께 사냥이나 가기로 하고 길을 떠났다. 그들이 건강의 숲에 이르렀을 때 영웅이 말했다.

"여기가 좋겠어."

형제들에게 안전한 곳에 있으라고 한 뒤 숲에 불을 놓고 자신도 몸을 숨긴 채 사슴이 나오기를 기다렸다. 하지만 불이 꺼질 때까지 사슴은 나타나지 않았다. 악어라도 나왔을까? 숲 사슴이든, 들판 사슴이든 코빼기도 보이지 않았고 불에 그슬린 쥐 두 마리만 나왔다. 할 수 없이 영웅은 쥐를 잡았고 형들도 부르지 않은 채 쥐들을 먹어 치우고 집으로 돌아왔다.

집에 온 그는 옆집 사람들, 주부들, 하녀들, 종업원들, 타이피스트들, 학생들, 직원들, 하급 공무원들 등 모든 이웃들에게 사냥하러 가서 사슴 두 마리를 잡았노라고 말했다.

"숲 사슴은 아니고 들판 사슴이었어요. 두 마리를 잡아서 형들과 나눠 먹었죠. 여러분들에게도 주려고 큰 고기 조각을 들고 오다가 모퉁이에서 넘어지는 바람에 바닥에 떨어뜨렸는데 개가 다 먹어 버렸어요."

이웃들은 그의 이야기를 의심했고 영웅을 믿지 않았다. 그래서 마나피와 지게가 도착했을 때 이웃들은 정말로 마쿠나이마가 들사슴 두 마리를 잡았는지 물었다. 거짓말할 줄 모르던 형제는 그 말을 듣고 노발대발했다.

"무슨 소리예요? 마쿠나이마가 사슴을 잡다니요! 숲에는 사슴 코빼기도 없었어요! 그건 새빨간 거짓말이에요. 마쿠나이마는 산불에 반쯤 익은 쥐 두 마리를 잡아먹었을 뿐이에요."

마쿠나이마의 거짓말에 속았다고 생각한 이웃들은 화가 나서 그의 방을 찾아가 해명을 요구했다. 마쿠나이마는 파파야 줄기로 만든 피리를 불고 있었다. 불기를 멈춘 그는 피리의 입 대는 부분을 가다듬으며 태연하게 천천히 말했다.

"아니, 여러분! 제 방에서 무얼 하시는 겁니까! …… 이건 좋지 않은 일이에요!"

모두가 한목소리로 그에게 물었다.

"사냥 가서 뭘 잡았는지 사실대로 말해 봐요!"

"사슴 두 마리를 잡았죠."

그러자 하인들, 종업원들, 학생들, 하급 관료들, 모든 이웃들이 실소를 터뜨렸다. 마쿠나이마는 피리의 입 대는 부분을 계속 다듬었다. 집주인이 팔짱을 끼고 마쿠나이마에게 따졌다.

"아니, 그슬린 쥐 두 마리를 잡아 놓고 사슴 두 마리라고 우기는 거요?"

그 말을 듣자 마쿠나이마는 자리에서 벌떡 일어나더니 그녀의 눈을 똑바로 주시하며 말했다.

"거짓말했어요."

너무나도 당당한 마쿠나이마의 태도에 이웃들은 안드레와 같은 표정이 되었고 아무 말 없이 그 자리를 떠났다. 안드레는 이웃인데 항상 목석같은 표정을 하고 다니는 사람이었다. 마나피와 지게는 동생의 뻔뻔함에 아연실색했다. 마나피가 그에게 말했다.

"왜 거짓말을 한 거야, 영웅!"

"일부러 그런 건 아니야……. 어떤 일이 벌어졌는지 이야기하는데 나도 모르게 지어내고 있었어."

마쿠나이마는 피리를 한쪽에 치워 놓고 목청을 가다듬더니 노래를 부르기 시작했다. 오후 내내 구슬픈 노래를 불렀는데 얼마나 노래가 구슬펐는지 한 소절 부를 때마다 그의 눈에는 눈물이 맺혔다. 흐느낌 때문에 더 이상 부를 수 없을 때 그의 노래는 멈췄다. 밖에는 흐린 하늘에 해가 지고 있었다. 마쿠나이마에게 씨는 잊을 수 없는 사람이었고 그녀를 생각하면 항상 눈물이 났다. 형들을 불러 기분을 풀어 달라고 부탁했다. 지게와 마나피는 침대 위 마쿠나이마 옆에 앉았고, 셋은 숲의 어머니에 대해서 오랫동안 이야기했다. 두 형제는 마쿠나이마의 향수를 달래 주기 위해 우라리코에라 강의 가파른 협곡, 신들, 안개, 동굴, 숲에 대해 이야기했다. 그곳은 그들이 태어난 고향 마을로, 요람 위에서 그들이 처음 웃은 곳이었다. 5백 가지나 넘는 새들이 하루 종일 지저귀는 곳에서 그물 침대에 누워 게으르게 살던 시절을 이야기했다. 그곳의 동식물은 셀 수 없이 많았는데, 수만 가지의 동물이 우글거리는 그곳에는 수백만 그루의 나무가 우거져 있었다……. 하루는 수염 난 백인 남자가 영국인들의 땅으로부터 감기를 자루에 담아와 온 부족에게 퍼뜨렸다. 마쿠나이마는 독감에 걸려 울면서 기침하던 옛날을 생각했다. 그 후에 감기는 검은 개미와 벌들의 둥지로 옮겨 갔다. 우기가 다가오면 그늘에선 더위가 누그러졌고 사람들은 노래 부르며 일했다. 그러는 동안 그들의 어머니는 거대한 흑개미의 아버지라 불리는 풀밭 언덕에서 푹 쉬었다……. "아! 귀찮아!" 고향 이야기를 하는 동안 세 형제에겐 우라리코에라 강의 물소리가 들리는 듯했다. 거기서 얼마나 편하게 살았던가……. 영웅은 침대에 벌렁 누워 눈물을 흘렸다.

울적한 기분이 사라지자 마쿠나이마는 모기를 쫓았고 뭔가 장난치고 싶은 생각이 들었다. 그는 오스트레일리아에서 온 최신 장난으로 거인의 어머니를 골려 줄 생각을 했다. 지게 형을 전화기로 만들었으나 지게는 영웅의 사슴 거짓말로 영웅의 능력을 불신하던 상황이라 전화기가 작동하지 않았다. 전화기는 망가진 것처럼 보였다. 그러자 마쿠나이마는 잠이나 푹 자면서 좋은 꿈을 꾸기 위해 담뱃잎을 말아 피운 뒤 기분 좋게 잠자리에 들었다.

다음 날 마쿠나이마는 형들에게 복수할 생각으로 다시 계략을 짰다. 일찍 일어난 그는 여주인의 방으로 가서 시간을 보내기 위해 그녀와 사랑을 나눴다. 그러고는 자기 방으로 돌아가 호들갑스럽게 형들을 불렀다.

"형들! 내가 증권 거래소 앞에서 멧돼지 흔적을 발견했어!"

"말도 안 되는 소리!"

"진짜라니까! 직접 봤다고!"

아직까지 시내에서 멧돼지를 잡은 사람은 없었다. 형제들은 놀랐지만 마쿠나이마를 앞세우고 시내로 멧돼지를 잡으러 갔다. 그들은 증권 거래소 앞에 이르러 멧돼지의 흔적을 찾았다. 세 형제가 아스팔트 위에서 열심히 찾고 있는 것을 보자 기업인들, 상인들, 증권 거래소 직원들, 그리고 지나가던 사람들까지 바닥을 뒤지기 시작했다. 찾고 또 찾다가 "찾으셨어요?" 하고 서로에게 물어보았다. 마침내 그들은 마쿠나이마에게도 물어보았다.

"어디서 멧돼지의 흔적을 보았단 말이죠? 여긴 아무 흔적이 없어요!"

그러자 마쿠나이마는 물어보는 사람들에게 알아들을 수 없는 말을 지껄였고 사람들은 찾기를 계속하는 수밖에 없었다.

저녁이 되자 사람들은 화가 치밀어 올랐다. 이번에도 마쿠나이마가 알 수 없는 말을 지껄이자 사람들은 그의 말이 끝나기도 전에 그 말이 무슨 뜻인지 말하라고 했다. 마쿠나이마는 대답했다.

"나도 잘 몰라요. 어렸을 때 사람들이 지껄이는 말을 배운 거예요!"

사람들은 폭발 직전이 되었다. 하지만 마쿠나이마는 천연덕스럽게 말했다.

"진정하세요, 여러분! 저는 여기에 멧돼지 흔적이 있다고 하지 않았어요. 있었다고 했지요. 그러니까 지금은 있지 않아요."

그 말은 상황을 더욱 악화시켰다. 상인 하나가 화를 내자 이를 본 기자가 분노에 차서 말했다.

"이건 말이 안 돼요! 사람들을 놀리는 것도 분수가 있지! 일용할 양식을 벌기 위해 하루 종일 바쁘게 일하는 사람들을 속여서 멧돼지 흔적을 찾느라 하루 종일 시간을 낭비하게 하다니!"

"죄송합니다만, 여러분에게 멧돼지 흔적을 찾아 달라고 부탁한 사람은 제가 아니에요. 저의 형 마나피와 지게가 여러분께 찾아 달라고 부탁하고 다닌 거예요. 그러니 형들에게 뭐라 하세요!"

그러자 성난 군중은 마나피와 지게를 향했다. 그들은 당장이라도 두들겨 팰 기세였다. 그때 학생 하나가 차 위에 올라가더니 마나피와 지게를 향해 소리쳤다. 사람들은 이미 이성을 잃고 있었다.

"시민 여러분! 상파울루와 같은 거대 도시에선 모든 시민들이 열심히 일하며 살아가고 있습니다. 발전을 향한 이 거대한 톱니바퀴 속에 조금이라도 이상한 존재가 잠시라도 끼어드는 것이 용납될 수 없습니다. 정부가 눈감는 동안 국가 경제를 갉아먹는 사회 조직의 부패와 싸우기 위해 우리 모두 심판관이 됩시다!"

"저놈들을 혼내 줘라! 저놈들을 혼내줘라!" 군중이 소리치기 시작했다.

"혼내 주라니!" 마쿠나이마는 형들이 벌 받는 게 걱정되어 소리쳤다.

그러자 사람들은 마쿠나이마에게 달려들 태세였다. 학생은 계속해서 혼자 떠들었다.

"시민들의 정직한 노동이 어떤 잡놈 때문에 방해를 받는다면……."

"뭐라고? 어떤 잡놈이 누구야?"

학생의 말에 화가 난 마쿠나이마가 따져 물었다.

"바로 당신이죠!"

"무슨 소리야? 나라니!"

"맞아요, 당신이에요!"

"닥치지 못해? 이 뻔뻔한 놈아! 네 엄마가 바로 잡년이다!"

그러고는 사람들을 향해서 소리쳤다.

"무슨 생각을 하지? 나는 겁나지 않아. 당신 같은 사람들, 한 명이 아니라 두 명, 두 명이 아니라 만 명이 와도 겁나지 않아! 잠깐이면 다 쓸어버릴 수 있어!"

그때 영웅 앞에 서 있던 창녀가 갑자기 몸을 돌리더니 뒤에 있던 상인에게 쏘아붙였다.

"이 쓰레기 같은 놈아! 그 더러운 손 치우지 못해!"

순간 분노로 불타고 있던 영웅은 그 여자가 자기에게 말하는 줄 알았다.

"쓰레기 같은 놈이라니! 나는 아무한테도 손을 댄 적이 없어!"

"저놈을 혼내 줘라!"

"좋아, 덤빌 테면 덤벼 봐! 개자식들!"

그러고는 군중을 향해 나아갔다. 변호사는 도망가려 했으나 마쿠나이마가 그의 엉덩이를 걷어차는 바람에 군중들 사이로 떨어졌다. 그때 마쿠나이마는 키가 크고 잘생긴 금발의 남자가 앞에서 있는 것을 보았다. 그는 형사였다. 마쿠나이마는 남자가 그렇듯 말쑥하게 차려입은 것을 싫어했기 때문에 그의 코에 주먹을 한 방 날렸다. 형사의 얼굴이 고통으로 일그러졌고 마쿠나이마의 목덜미를 잡고 외국어로 말하듯 혀를 굴리면서 말했다.

"너를 체포한다!"

영웅은 얼어붙었다.

"체포라니요?"

형사는 다시 한 번 특이한 발음으로 대답하며 마쿠나이마를 단단히 잡았다.

"난 아무 짓도 안 했다고요!"

잔뜩 겁을 먹은 영웅이 더듬거리며 말했다.

하지만 형사는 마쿠나이마에게 더 이상 대꾸하지 않았고 그를 체포하는 것을 군중들이 둘러싸고 구경했다. 이윽고 형사 한 명이 더 도착했고 그들은 알아들을 수 없는 외국어로 떠들더니 마쿠나이마를 골목 안으로 끌고 갔다. 그러자 과일 가게 앞에 서 있던 한 신사가 인파를 뚫고 나아가 경찰 일행을 막았다. 그 신사는 벌어진 상황을 잘 몰랐기 때문에 상황을 모두 목격한 사람으로부터 그동안의 일에 대한 설명을 들어야 했다. 경찰이 마쿠나이마를 끌고 간 곳은 리베루 거리였다. 그 신사는 마쿠나이마를 연행해서는 안 된다며 경찰에게 장광설을 늘어놓았다. 더 많은 경찰들이 왔지만 아무도 신사의 말을 알아듣지 못했는데 그들은 브라질 사람의 말을 이해하지 못했기 때문이다. 여자들은 울면서 경찰에게 마쿠나이마를 연행하지 말 것을 간청했다. 경찰은 자기들끼리만 알아들을 수 있는 말로 지껄였다. 그러자 청중 사이에서 큰 외침이 터져 나왔다.

"그만둬!"

그러자 다른 사람들도 가세했고 경찰을 욕하는 소리가 여기저기서 터져 나왔다. "제발 꺼져!" "연행하지 마!" "그만둬!" "그만두라니까!" 한 늙은이는 "풀어 줘!"라고 소리쳤다.

농부가 경찰에게 욕설을 퍼붓기 시작했다. 하지만 경찰은 한마디도 알아듣지 못했고 큰 몸짓으로 허공을 저으며 자기들끼리 뭐라고 떠들었다. 작은 언쟁이 큰 소동으로 번질 태세였다. 이런 정신없는 소동의 틈바구니에서 마쿠나이마는 기지를 발휘했다. 마침 트랙을 따라 전차가 다가오는 것을 본 마쿠나이마는 순간적으로 잽싸게 전차에 뛰어올랐다. 그러고는 이제 거인이 어떻게 지내고 있는지 보러 가기로 했다.

벵시스라우 피에트루 피에트라는 마쿰바 제의에서 입은 심각한 부상에서 회복 중에 있었다. 그의 집 안에선 콩 수프를 끓이고 있었기 때문에 후텁지근한 공기가 감돌았으나 집 밖으로는 신선하고 차가운 남풍이 불고 있었다. 그래서 거인과 그의 늙은 부인 세이우시 그리고 두 딸과 하인들은 시원한 바람을 쐬기 위해 대문 옆에 앉아 있었다. 거인은 아직 붕대에 싸여 있었기 때문에 선적을 기다리는 커다란 짐 뭉치 같았다. 그들은 거기서 아무것도 하지 않고 앉아 있었다.

슈비스쿠라는 이름의 동네 건달이 건들거리며 지나가다 길모퉁이에서 낌새를 살피고 있던 마쿠나이마를 보았다. 그는 멈춰 서더니 영웅을 빤히 쳐다보았다. 그러자 마쿠나이마가 돌아서면서 말했다.

"악마라도 보았남?"

"여기서 대체 뭐하고 있는 거야?"

"거인과 그의 가족을 습격하려고."

그러자 슈비스쿠는 정색하며 말했다.

"뭐라고? 거인이 너 따위를 겁낼 것 같아?"

이 말을 들은 마쿠나이마는 분노로 온몸이 달아오르는 것을 느꼈다. 건달에게 한 방 날리고 싶었지만 오래 간직해 온 금언을 떠올렸다. '분노의 신호가 오거든 입을 꾹 다물고 셋까지 셀 것!' 그는 셋까지 세며 마음을 진정시켰다. 그리고 말했다.

"내기할까? 난 얼마든지 걸 수 있어. 거인은 나에게 겁을 먹었기 때문에 집 밖으로 못 나오는 거야. 못 믿겠으면 저 사람들 옆에 숨어서 그들이 뭐라고 하는지 한번 들어 봐."

슈비스쿠는 마쿠나이마에게 경고하려 했다.

"좋아. 하지만 거인의 능력을 과소평가하면 안 돼. 지금은 비록 약한 상황에 있지만 무기를 숨기고 있는 거야……. 네가 정말로 겁이 없다면, 너에게 돈을 걸겠어."

그는 빗줄기로 변신해서 거인과 그의 가족 그리고 하인들이 있는 곳으로 다가갔다. 마쿠나이마는 멀리서 행동을 개시했다. 그는 자신의 욕 사전을 꺼내 첫 번째 나오는 욕을 취해서 거인의 면전을 향해 던졌다. 욕이 얼굴에 꽂혔지만 거인은 그 정도는 아무것도 아니라는 듯 꿈쩍하지 않았다. 그러자 마쿠나이마는 더욱 더러운 욕을 골라 거인의 부인에게 던졌다. 욕은 부인에게 정확히 꽂혔지만 아무도 그 욕을 알아듣지 못했기 때문에 쓸모가 없었다. 그러자 마쿠나이마는 자신의 욕 사전에 있는 수십만 개의 욕을 다 동원해서 던졌다.

거인은 매우 태연스레 자기 부인에게 말했다.

"잘 모르던 욕이 몇 개 있구먼. 딸년들에게 써먹기 위해 보관해 둬."

그러자 슈비스쿠가 다시 영웅에게 돌아왔다. 영웅은 조바심을 내며 물었다.

"겁을 내던가? 내지 않던가?"

"겁은커녕 재미있어 하던데! 딸들과 놀려고 새로운 욕은 보관까지 하던걸. 하지만 나한테는 겁을 먹더군. 못 믿겠으면 가까이 가서 들어 봐."

마쿠나이마는 나뭇잎을 먹는 수컷 개미로 변신하여 거인을 감싸고 있는 붕대 속으로 기어 들어갔다. 슈비스쿠는 구름 위로 올라가더니 구름이 거인의 가족 위로 지나갈 때 위에서 오줌을 누었다. 그리고 오줌을 체에 거르자 가족들의 머리 위로 미세한 빗방울이 떨어지기 시작했다. 손에 몇 줄기 빗방울을 느끼던 거인은 이내 빗방울이 마구 떨어지자 혼비백산했다.

"안 되겠다! 들어가자!"

모두들 허겁지겁 집 안으로 뛰어 들어갔다. 그러자 슈비스쿠는 지상으로 내려와 마쿠나이마에게 말했다.

"봤지?"

사실이 그랬다. 거인의 가족은 빗방울엔 도망쳤지만 더러운 욕설에는 전혀 반응하지 않았다!

마쿠나이마는 분한 마음에 라이벌에게 물었다.

"한 가지 물어보자. 넌 최고로 더러운 혀가 뭔지 아니?"

"글쎄, 모르겠는데."

"그렇다면 니… 씨… 좆… 똥… 지… 대… 다… 먹!"

이렇게 그가 모르는 욕을 지껄인 후 그와 헤어졌다.

내기에서 진 것이 몹시 분했던 마쿠나이마는 기분도 전환할 겸 낚시를 가기로 했다. 하지만 상파울루에서 그에게는 낚시 도구가 없었다. 작살, 삼지창, 화살도 없었고, 낚싯대, 낚싯줄, 실패, 찌, 낚싯바늘도 없었으며 마른 파리, 젖은 파리, 지렁이, 새우, 벌레도 없었고, 통발, 족대, 던지는 그물, 쳐 놓는 그물도 없었으며, 자루, 뱀장어를 담는 망, 물고기를 마비시키는 덩굴, 물고기를 현혹시키는 과일도 없었다. 할 수 없이 그는 만다과리*의 밀랍으로 낚싯바늘을 만들었는데 메기가 그것을 물더니 가져가 버리고 말았다. 하지만 멀지 않은 곳에서 한 영국인이 낚싯대를 드리운 채 아이마라* 물고기를 잡고 있는 것을 보았다. 마쿠나이마는 집으로 돌아가 마나피에게 말했다.

"할 일이 생겼어! 영국인의 낚싯바늘을 훔치자고. 내가 아이마라 물고기로 변해서 그 영국인을 속일 거야. 나를 낚으면 영국인은 내 머리를 한 방 때릴 거고 그럼 나는 꽥! 하고 죽은 척할게. 그러면 그는 바늘을 삼킨 나를 물고기 통에 던지겠지. 형은 그 사람한테 잡은 물고기 중에서 가장 큰 놈을 달라고 해. 그게 나일 테니까."

그렇게 일이 진행되었다. 마쿠나이마는 앞서 말했던 물고기로 변신하여 호수에 뛰어들었다. 영국인 어부는 그 물고기를 잡은 후 머리를 한 방 때렸다. 영웅은 꽥! 하고 비명을 질렀다. 하지만 어부는 물고기 식도에서 바늘을 꺼냈다. 마나피는 천연덕스럽게 영국인에게 다가가 말했다.

"신사 양반, 물고기 한 마리만 주실 수 있겠소?"

"좋아요." 그는 붉은 꼬리의 정어리 한 마리를 주려고 했다.

"제가 무척 배고프거든요. 신사 양반. 좀 더 큰 걸로 주면 안 되겠소? 저 통 속에 있는 큰 놈 말요." 마쿠나이마는 눈을 반쯤만 뜨고서 자는 척하고 있었는데 마나피가 알아본 것이다. 마나피는 마법사였기 때문이다. 영국인은 아이마라 물고기를 그에게 주었고 마나피는 감사의 인사를 한 후 그 자리를 떠났다. 한 레구아 반쯤 간 후에 물고기는 다시 마쿠나이마로 돌아왔다. 이렇게 세 번을 더 했다. 하지만 영국 어부는 영웅이 변신한 물고기를 잡으면 언제나 바늘을 꺼냈기 때문에 그들은 바늘을 가질 수 없었다. 마쿠나이마가 형에게 다시 계략을 설명했다.

"어쩌겠어! 우린 저 영국 놈의 바늘이 필요하니 말이야. 이번엔 내가 피라냐로 변신해서 낚싯바늘을 먹어 버리겠어."

그는 사나운 피라냐로 변신하여 호수에 뛰어들었고 낚싯바늘을 사납게 낚아채더니 페니키아 글자로 뒤덮인 바위가 있는 움부 호수까지 한 레구아 반을 끌고 간 다음 거기에서 매우 흡족한 마음으로 식도에서 바늘을 꺼냈다. 이제 페제레이,* 메기, 민어, 조기 등 모든 물고기를 잡을 수 있게 되었다. 두 형제가 떠나려 할 때 영국 어부가 우루과이 사람에게 하는 말이 들렸다.

"이제 어떡하지! 바늘이 딱 하나밖에 없었는데 피라냐가 먹어 버렸지 뭐야! 친구, 이제 자네 나라로 가야겠어!"

마쿠나이마는 두 팔을 크게 흔들면서 영국인에게 소리쳤다.

"잠깐 기다려요! 백인 양반!"

영국인이 돌아보자 마쿠나이마는 장난삼아 그를 런던 은행 기계로 만들어 버렸다.

다음 날 마쿠나이마는 형제들에게 큰 고기를 잡으러 치에테 강에 가겠다고 말했다.

"가지 마. 거기 가면 거인의 마누라를 만나게 될 거고 늙은 세이우시는 널 먹어 버릴 거야!"

"지옥에서 나온 사람은 겁이 없어."

이렇게 말하고 마쿠나이마는 고기를 잡으러 갔다.

마쿠나이마가 강둑에 자리를 잡고 낚싯줄을 던졌을 때 강 속에 들어가 그물로 고기를 잡고 있던 늙은 세이우시가 나타났다. 사악한 마녀는 수면에 비친 마쿠나이마를 보자마자 그를 잡으려고 그물을 던졌으나 그것은 그의 환영에 불과했다. 자신을 잡으려고 게걸스럽게 달려드는 마녀의 모습을 본 마쿠나이마는 등골이 오싹

했지만 그래도 애써 태연한 척 말했다.

"안녕하세요, 할머니!"

늙은 여자는 얼굴을 돌려 위를 쳐다보았고 강둑에 마쿠나이마가 있는 것을 보았다.

"이리로 와, 손자!"

"싫어요. 거기로는 안 가요!"

"안 오면 말벌을 보낸다!"

그리고 정말로 노파는 말벌을 보냈다. 마쿠나이마는 허브 잎 한 줌을 뽑아 말벌을 퇴치했다.

"내려와. 안 내려오면 불개미를 보낸다!"

늙은 여자는 정말로 불개미를 보냈다. 불개미는 마쿠나이마를 물었고 그는 물속으로 떨어졌다. 늙은 여자는 즉시 그물을 던져 영웅을 포박한 후 집으로 끌고 갔다. 집에 도착하자 그녀는 마쿠나이마를 담은 자루를 붉은 등이 있는 응접실에 내려놓은 뒤 영악한 그의 큰딸한테 가서 자신이 잡은 오리를 나눠 먹자고 했다. 물론 그 오리는 영웅 마쿠나이마였다. 딸은 잡다한 일로 늘 바빴기 때문에 식욕이 동했던 노파는 장작불부터 지폈다. 이 늙은 마녀에겐 딸이 둘 있었는데 둘째 딸은 착한 편이었다. 그녀는 심심하게 집 안을 돌아다니고 있었다. 엄마가 불을 피우는 것을 본 둘째 딸이 혼잣말로 지껄였다. "엄마가 고기 잡으러 갔다 오면 뭘 잡았는지 얘기해 주는데 오늘은 아무 말이 없네. 그럼 내가 보러 가야지." 그녀가 그물 자루를 펼치자 식욕을 자극하는 젊은 남자가 튀어나왔다. 영웅이 말했다.

"날 숨겨 줘요."

그러자 오래전부터 심심하게 살고 있던 젊은 처자는 마쿠나이마의 말을 고분고분 따랐다. 그녀는 마쿠나이마를 자신의 방으로 데려간 후 미치도록 사랑을 나눴다.

장작불이 알맞게 지펴지자 늙은 세이우시는 영악한 큰딸과 함께 잡은 오리의 털을 벗기기 위해 그물 자루를 열었다. 하지만 그들이 발견한 것은 빈 자루였다. 늙은 마녀는 화가 났다.

"이건 발정 난 둘째 년의 짓이 분명해……."

그녀는 둘째 딸의 방에 가서 문을 두드리며 말했다.

"엄마의 사랑스러운 딸아, 엄마가 잡아온 오리를 당장 내놓으렴. 아니면 넌 우리 집을 영원히 나가야 하니까 맘대로 하렴!"

소녀는 겁에 질려 엄마를 달래기 위해 마쿠나이마에게 20미우헤이스를 문 밑에 놓으라고 했다. 소녀보다 더 겁이 난 마쿠나이마는 1백 미우헤이스를 놓았는데 그 돈은 이내 바닷가재, 생선 요리, 향수, 그리고 철갑상어 알로 변했다. 마녀는 순식간에 그것들을 다 먹어 치웠지만 만족하지 않았다. 그래서 마쿠나이마는 문 밑으로 2백 미우헤이스를 놓았고 그것은 더 많은 바닷가재, 토끼, 훈제 연어, 샴페인, 버섯, 그리고 개구리 다리 요리로 변했다. 그러자 착한 소녀는 고독에 싸여 있는 파카엠부 숲 쪽으로 나 있는 창문을 열고 마쿠나이마에게 말했다.

"세 개의 문제를 드릴 거예요. 당신이 맞힌다면 도망가도록 허락하겠어요. 첫 번째 문제를 맞혀 보세요. 모양은 길고, 원통형이고, 구멍이 있어요. 딱딱하게 들어와서 부드럽게 나가죠. 사람에게 즐거움을 주지만 욕은 아니에요. 이건 뭘까요? 아! 욕이기도 하네요."

"멍청하긴! 그건 마카로니지 뭐야!"

"아! 그렇네요! …… 재밌지 않아요? 그럼 이걸 맞혀 봐요! 여자들이 가장 꼬불거리는 털을 가진 곳은 어딜까요?"

"음, 좋아! 당연히 알지! 그건 아래잖아!"

"엉큼하긴! 답은 아프리카예요! 당신이 그렇게 대답할 줄 알았어요."

"한번 보여 줘!"

"자, 이제 마지막 기회예요. 무엇을 말하는지 맞혀 봐요.

연인이여, 신이 우리를 위해 고안하신
그것을 하자.
털 하나하나를 모두 모아서
안에는 털이 하나도 없게 하자."

이를 듣고 마쿠나이마는 말했다.

"하하! 이걸 누가 모르겠어! 여기엔 너와 나밖에 듣는 사람이 없으니까 점점 엉큼해지는구먼!"

"당신은 이렇게 생각했죠. '속눈썹을 붙이고 눈을 뜨고 자는 걸 말하는 건가?' 이렇게 생각한 것 맞죠?"

마쿠나이마는 아무 말도 하지 않았다. 둘째 딸이 말했다.

"당신이 한 문제라도 맞혔다면 당신을 탐욕스러운 엄마에게 넘겼을 거예요. 하지만 못 맞혔으니 보내 드리겠어요. 소리 내지 말고 도망가세요. 전 집에서 쫓겨날 거고 하늘로 올라가겠어요. 모퉁이에 말이 두 마리 있을 거예요. 짙은 색 말이 거친 길이든 부드러운 길이든 모두 잘 달려요. 그게 좋은 말이에요. 어쩌면 새 한 마리가 따라와서 '바우아, 바우아!' 하고 소리칠지 몰라요. 그건 우리 엄마니까 절대 돌아보지 마세요. 빨리 가세요. 전 쫓겨나면 하늘로 올라가겠어요."

마쿠나이마는 감사의 인사를 한 후 창문으로 뛰어나갔다. 모퉁이에는 말 두 마리가 있었는데 한 마리는 짙은 갈색이었고 다른 말은 은색이었다. "잿빛 말이 경주마야. 신이 그렇게 만들었는데 뭘" 하고 마쿠나이마는 중얼거렸다. 그는 잿빛 말에 올라타 박차를 가했다. 달리고 달리고, 또 달려서 마나우스 근처에 왔을 때 말이 발을 헛디디는 바람에 마쿠나이마는 멀리 날아가 바닥에 처박히고 말았다. 정신을 차려 보니 구멍 안에서 뭔가 반짝이는 것이 보였다. 그가 재빨리 땅을 파자, 지난 만우절에 「아마존 코메르시우」 신문에 실렸던 기사에 의하면 왕조 시대 아라리피 지 알렝카르에서 발견된 그리스 조각상이라는 마르스 신의 유물이 나왔다. 그가 조각상의 몸통을 보며 감탄하고 있을 때 뒤에서 "바우아! 바우아!" 하는 소리가 들렸다. 늙은 세이우시가 다가오는 소리였다. 마쿠나이마는 재빨리 잿빛 말에 올라타 박차를 가하며 아르헨티나의 멘도사까지 줄행랑을 쳤다. 그곳에서 프랑스령 기아나로부터 도망쳐 온 갤리선 노예와 부딪칠 뻔했다. 그가 도착한 곳은 수도사들이 벌꿀을 모은다는 곳이었다. 마쿠나이마는 소리쳤다.

"신부님, 저를 숨겨 주세요!"

수도사들이 마쿠나이마를 빈 항아리에 숨기자마자 늙은 마녀가 멧돼지를 타고 도착했다.

"신부님, 잿빛 말을 타고 온 내 손자를 못 보셨나요?"

"이미 지나갔소."

그러자 늙은 마녀는 멧돼지를 버리고 청색 눈의 흰 야생마로 갈아타고서 마쿠나이마를 잡으러 떠났다. 마녀가 파파나코아라 산맥 너머로 사라졌을 때 수도사들은 마쿠나이마를 꿀 항아리에서 꺼내 주었고 장미처럼 아름다운 빛깔의 꿀을 먹인 후 떠나도록 했다. 마쿠나이마는 그들에게 감사를 표한 후 다시 말을 달렸다. 얼마 가지 않아 그의 앞에 철조망이 나타났다. 하지만 그는 솜씨 좋은 기수였다. 말의 고삐를 잡아당겨 발을 모으게 한 뒤 철조망 밑으로 빠져나가게 했고 그사이 자신은 몸을 날려 철조망 위를 타고 넘어 말 위에 앉았다. 그러고는 또다시 달리고 달렸다. 세아라 지방을 지날 때 큰 바위에 새겨진 아라타냐 원주민들의 글자를 읽었다. 리오그란데 강의 북쪽을 지날 때도 원주민 글씨가 새겨진 비석을 해독했다. 파라이바 지방에선 망구아피에서 바카마르치로 향할 때 라브라다의 큰 바위에서 소설이라고 해도 될 장문을 읽었다. 하지만 도망치기에 바빴던 그는 모든 글을 다 읽지는 못했다. 피아우이*의 바라 두 포치나 페르남부쿠의 파제우, 아페르타두스 두 이냐뭉*의 글은 그냥 지나쳐야 했는데 도주한 지 나흘째가 되자 또다시 "바우아! 바우아!" 하는 소리가 들렸기 때문이다. 그건 늙은 마녀가 가까이 왔다는 신호였다. 마쿠나이마는 신속하게 줄행랑을 쳤지만 새소리는 점점 가까이 들려왔고 마녀에게 금방 따라잡힐 판이었다. 이때 그는 교활하기 짝이 없는 수루쿠쿠* 뱀의 둥지를 발견하고 도움을 요청했다.

"수루쿠쿠, 날 숨겨 줘!"

수루쿠쿠 뱀은 마녀가 도착하기 직전에 마쿠나이마를 변소 구멍에 겨우 숨길 수 있었다.

"비루먹은 말을 타고 달려온 내 손자를 못 봤나?"

"벌써 지나갔어요."

그러자 마녀는 지금까지 타고 온 청색 눈의 백마를 차 버리고 흰 주둥이의 말로 바꿔 탔다. 하지만 새 말은 절름발이였다.

마쿠나이마는 수루쿠쿠 뱀이 자기 부인에게 그를 구워 먹자고 작은 소리로 말하는 것을 들었다. 그 말을 듣자마자 그는 변소 구멍에서 재빨리 나왔고 친구로부터 선물 받은 보석 반지를 새끼손가락에서 빼내 바닥에 던졌다. 그러자 보석 반지는 4천 수레의 옥수수와 비료 그리고 중고 포드 자동차로 바뀌었다. 수루쿠쿠 뱀이 엄청난 선물에 넋을 빼앗긴 사이 마쿠나이마는 그의 둥지를 빠져나왔다. 그동안 타고 온 말이 지쳐 있었기 때문에 밤색 얼룩말로 갈아타고 강둑을 따라 또다시 달리기 시작했다. 가까스로 파레시스*의 모래 벌판을 지났고 바위산 능선을 지나 카칭가 지대로 들어섰고 나타우* 근처에서는 황금색 꼬리를 가진 수탉을 만났다.

한 레구아 반을 더 달려 부활절 무렵의 홍수로 진창이 된 상프란시스쿠 강 연안을 지나 험준한 산맥으로 접어들었다. 첩첩산중을 걷고 있는 동안 "흐으!" 하는 여자의 신음 소리 때문에 두려움에 떨며 걸음을 멈췄다. 그러자 발목까지 긴 머리를 늘어뜨린 키 큰 시골 여자가 가시나무 관목 사이에서 나타났다. 여자는 중얼거리듯 영웅에게 물었다.

"이제 다 지나갔나요?"

"지나가다니, 누가요?"

"네덜란드 사람들 말이에요!"

"무슨 뚱딴지같은 소리예요! 이 근처에 네덜란드 사람은 아무도 없어요!"

그녀는 17세기 중반 포르투갈과 네덜란드 전쟁 때 화를 피해 산속으로 숨어든 포르투갈 여인 마리아 페레이라였다. 마쿠나이마는 자신이 브라질의 어떤 지역을 가고 있는지 몰랐기 때문에 그녀에게 물어보기로 했다.

"뭐 하나 물어봅시다. 지금 이 지역을 뭐라고 하지요?"

여자가 우쭐거리듯 사방을 가리키며 대답했다.

"여긴 마리아 페레이라예요."

마쿠나이마는 배꼽을 잡고 웃은 후 그곳에서 벗어났고 여자는 다시 몸을 숨겼다. 영웅은 다시 길을 재촉하여 슈이 강* 반대편을 지났다. 거기서 투이우이우* 새가 물고기를 잡고 있는 것을 보았다.

"어이, 투이우이우 친구! 나를 집에 데려다줄 수 있겠어?"

"물론이지!"

말을 마친 투이우이우 새는 행글라이더로 변했고 마쿠나이마가 운전석에 앉아 다리를 뻗자 행글라이더는 날아오르기 시작했다. 우루쿠이아의 광산 지대를 지나 이타페세리카 지방을 한 바퀴 돈 후 북동쪽으로 향했다. 모소로의 융기 지역을 지날 때 마쿠나이마는 아래를 내려다보았고 사제복 차림으로 팔뚝을 걷어붙이고 황야에서 길을 찾고 있는 바르톨로메우 로렌수 지 구스망* 사제를 발견했다. 마쿠나이마가 그를 향해 소리쳤다.

"유명한 신부님, 우리와 함께 가시죠!"

하지만 사제는 커다란 몸짓과 함께 소리쳤다.

"괜찮아요!"

마투그로수의 톰바도르 산맥 위로 날아오르니 왼쪽으로 황량한 산타나 산맥이 보였고 그렇게 행글라이더와 마쿠나이마는 지구의 천장까지 올라가 빌카노타 강*의 새로운 물로 갈증을 풀었다. 그리고 비행의 마지막 코스로 바이아 지방의 아마르고사와 구루파 그리고 멋진 도시 구루피 상공을 날아 다시 한 번 치에테 강을 만났고 마침내 상파울루에 도착했다. 그리고 눈 깜짝할 사이에 그는 이미 집 대문 앞에 있었다. 투이우이우 새가 너무나 고마웠던 마쿠나이마는 사례금을 주고 싶었으나 돈을 아껴야 한다는 사실을 기억했다. 그는 투이우이우 새에게 인사했다.

"어이, 친구. 사례금을 줘야겠지만 그 대신 황금보다 더 값진 충고를 자네한테 들려주겠네. 남자를 망하게 하는 세 가지 띠를 조심하게. 첫 번째는 해변의 모래 띠, 두 번째는 금 띠, 세 번째는 치마 띠야. 절대 이 세 가지에 빠지지 말게!"

이렇게 말했지만 영웅은 늘 돈을 물 쓰듯 쓰는 버릇이 있는지라 헤어질 때 투이우이우 새에게 10콘투를 주었다. 매우 흡족한 마음으로 방에 올라간 그는, 동생이 오지 않아 걱정하고 있던 형들에게 그동안 있었던 일을 들려주었다. 다 좋았지만 늙은 세이우시 때문에 고생한 것이 분했다. 마쿠나이마는 지게를 전화기로 변신시킨 뒤 경찰에 늙은 마녀를 신고했다. 하지만 경찰은 거인의 하수인에 불과해서, 이미 거인의 부인을 오페라 단원들의 호위와 함께 집에 모셔다 드린 참이었다.

집에서 쫓겨난 작은딸은 바람을 일으키며 하늘로 올라갔다. 그리고 혜성이 되었다.

12. 마약상, 참새와 찌르레기, 그리고 인간의 불의

다음 날 아침 마쿠나이마는 열이 있는 상태에서 잠을 깼다. 밤새 배 티는 꿈을 꾸었다.

"그건 네가 항해를 떠난다는 뜻이야." 집주인이 말했다.

마쿠나이마는 그녀에게 감사를 표했고 너무 기쁜 나머지 벵시스라우 피에트루 피에트라의 부인에게 전화를 걸어 한바탕 욕을 퍼부으려고 지게를 전화로 변신시켰다. 하지만 유령 같은 전화 교환원은 저쪽에서 전화를 받지 않는다고 알려 주었다. 뭔가 이상하다고 느낀 마쿠나이마는 무슨 영문인지 알아보기 위해 침대에서 일어나려 했다. 하지만 온몸이 가시로 찌르는 듯 아팠고 이내 힘없이 축 늘어졌다. 그는 중얼거렸다.

"아…… 귀찮아!"

그는 벽 쪽으로 얼굴을 돌리고 욕을 내뱉기 시작했다. 동생이 좀 이상하다 싶었는지 형들이 달려왔는데 그들은 곧 마쿠나이마가 홍역에 걸린 것을 알았다. 마나피는 동생을 위해 베베리비까지 가서 벤투를 모셔왔는데 그는 화병의 물을 사용해 원주민 요법으로 병을 고친다고 소문난 이였다. 벤투는 마쿠나이마를 위해 화병의 물을 떠 넣고 주문을 외웠다. 그 효과인지 일주일 만에 영웅은 건강을 되찾았다. 침대에서 일어난 그는 거인이 어떻게 되었는지 물어보러 갔다.

거인의 궁전에는 아무도 없었는데 이웃에 사는 청소하던 여자가 말해 주길, 거인이 부상을 치료하기 위해 가족과 함께 유럽에 갔다고 했다. 그 순간 마쿠나이마는 갑자기 열정이 피어나는 것을 느끼고 청소하던 여자와 미친 듯이 사랑을 나눈 다음 울적한 마음이 되어 집으로 돌아왔다. 문 앞에 서 있다 마쿠나이마를 본 마나피와 지게가 그에게 물었다.

"왜 그래? 기차에 깔리기라도 했남?"

마쿠나이마는 형들에게 자초지종을 이야기하다 흐느끼고 말았다. 형제들은 그런 동생을 보자 측은한 마음이 들었고 그를 위로할 겸 구아피라의 나환자촌으로 산책을 갔다. 하지만 그의 마음은 풀어지지 않았고 산책하는 동안 아무도 농담 한마디 하지 않았다. 집에 돌아왔을 땐 이미 밤이 되어 있었고 형제들 모두 심란했다. 그들은 큰 부리새 머리를 닮은 뿔 담뱃갑에서 엄청난 양의 담배를 꺼내 피워 물고 한 번씩 세게 들이켰다. 그러자 비로소 머리가 맑아졌고 또렷이 생각할 수 있게 되었다.

"문제는 하늘에서 떡이 떨어지길 바라고 우리가 아무 노력도 안 하는 동안 거인은 너무 쉽게 떠나 버렸다는 거야. 우리가 멍청했던 거지!"

그러자 지게는 자신의 머리를 세게 때리며 소리쳤다.

"그래 맞아!"

두 형제는 깜짝 놀랐다. 지게는 무이라키탕을 찾아 유럽으로 가자고 제안했다. 돈이라면 아직 40콘투에 해당하는 카카오를 가지고 있었다. 마쿠나이마는 즉각 그 제안에 찬성했지만 마법사 마나피는 생각에 생각을 거듭하더니 결론을 내렸다.

"좀 더 좋은 생각이 있어."

"뭐야. 빨리 말해 봐!"

"마쿠나이마가 피아니스트인 척 속여서 정부의 장학금을 타서 혼자 가는 거야."

"아니, 왜 그리 일을 복잡하게 하는 거야? 돈도 충분하고 형들도 유럽에 가면 나를 도와줄 수 있는데!"

"멍청하기는! 한 사람은 우리 돈으로 가고, 그다음엔 정부의 장학금을 타서 그 돈으로 경비를 대는 게 훨씬 좋지 않아?"

마쿠나이마는 생각에 잠겼다가 갑자기 이마를 치면서 말했다.

"알았다!"

두 형제는 깜짝 놀랐다.

"뭔데?"

"더 좋은 건 내가 화가가 되는 거야!"

그는 어디론가 뛰어가더니 안경과 축음기, 골프 스타킹과 장갑을 구해서 화가처럼 분장하고 나타났다.

다음 날 장학금 수여를 기다리는 동안, 마쿠나이마는 그림을 그리며 시간을 보냈다. 이렇게 했다. 에사 지 케이로스*의 소설책

한 권을 들고 칸타레이라로 산책을 갔다. 때마침 그의 옆으로 행상이 한 명 지나갔는데 그는 딱따구리 깃털을 가지고 있었기 때문에 행운을 보유하고 있었다. 그때 마쿠나이마는 풀밭에 엎드려 막대기로 타피피팅가스 개미집을 쑤시면서 놀던 중이었다. 상인이 마쿠나이마에게 인사했다.

"안녕, 친구! 어때, 잘 지내? 일하는 모양이네, 그렇지?"

"이 땅에서 일하지 않고 먹을 수는 없으니까."

"맞아! 말 잘했어! 다음에 보자고!"

행상은 지나갔고 한 레구아 반쯤 더 갔을 때 흰 담비 한 마리를 만났다. 담비는 행상에게 일하지 않고도 빵을 얻을 수 있는 방법을 이야기해 주었다. 행상은 담비를 움켜잡고 은화 열 냥을 삼키도록 한 뒤 옆구리에 품었다. 그런 다음 다시 마쿠나이마에게 가서 말을 붙였다.

"어이, 친구! 잘 지내? 자네가 원한다면 내 담비 한 마리를 팔겠네."

"그런 냄새나는 동물을 어디에 쓰게?"

마쿠나이마가 자신의 코를 잡으면서 말했다.

"물론 냄새는 나지. 하지만 이 녀석은 대단한 놈이야. 이 녀석은 용변을 볼 때 똥 대신 은을 싼다네! 원한다면 싸게 팔겠네!"

"이 터키 놈아, 그런 거짓말은 집어치워! 그런 쥐가 어딨어!"

그러자 행상은 담비의 아랫배를 눌렀고 동물은 은화 열 냥을 배설했다.

"자, 봤지! 이 녀석의 똥은 순은이라네! 이놈을 가지면 큰 부자가 되는 거야! 헐값에 준다니까!"

"얼마에?"

"4백 콘투만 내."

"그건 불가능해. 30콘투밖에 없거든……."

"좋아. 고객이니까 30에 특별히 봐주지!"

마쿠나이마는 바지 단추를 풀고 셔츠 밑 혁대 돈지갑을 꺼냈다. 그런데 지갑에선 40콘투 지폐와 여섯 개의 코파카바나 카지노 칩이 나왔다. 거스름돈을 달라기가 창피했던 마쿠나이마는 그에게 40짜리 지폐를 줘 버렸다. 그리고 행상의 친절함에 대한 고마움의 표시로 여섯 개의 칩도 줘 버렸다. 행상은 그것을 받자마자 재빨리 공원의 나무들 뒤로 사라졌다. 이때 담비도 다시 용변을 보기 시작했다. 영웅은 동물의 뒷구멍에 옷 주머니를 갖다 댔는데 주머니 속으로 똥만 떨어지는 것을 보았다. 그제야 마쿠나이마는 속은 것을 알고 분노로 치를 떨면서 집으로 돌아갔다. 모퉁이를 돌았을 때 조제 프레케테를 만났고 그에게 소리쳤다.

"제 프레케테! 네 발의 벼룩을 잡아서 커피와 함께 처먹어!"

그 말에 화가 난 조제 프레케테는 영웅의 엄마를 걸고 욕을 했으나 마쿠나이마는 아무렇지도 않은 듯 오히려 한바탕 웃음을 터뜨리더니 다시 걸음을 재촉했다. 하지만 이내 자신이 매우 화가 나서 집으로 가고 있었다는 것을 떠올리고 다시 행상을 향해 저주를 퍼붓기 시작했다.

집에 도착했을 때 정부에 갔던 형들은 아직 돌아오지 않았고 여주인이 마쿠나이마를 달래 주기 위해 그의 방에 와서 같이 사랑을 나눴다. 그러나 사랑을 나눈 후 영웅은 다시 울음을 터뜨렸다. 형제들이 정부에 도착했을 때 지원 서류는 이미 5미터나 쌓여 있었다. 그들은 수천 명의 화가들이 유럽에 가기 위해 정부에 장학금을 신청했다는 것을 모르고 있었는데 마쿠나이마에게 차례가 돌아오려면 얼마나 많은 세월이 걸려야 할지 짐작조차 되지 않았다. 신청서는 겨우 접수하고 왔지만 그들의 계획은 틀어진 것이 틀림없었고 그들은 절망에 빠졌다. 집에 돌아와 동생이 울고 있는 것을 본 그들은 깜짝 놀랐고 그 이유가 궁금했다. 그들은 자신들의 불운을 잊어버리자 원래의 상태로 돌아왔다. 마나피는 조금 나이가 들었지만 지게는 아직 한창 나이였다. 영웅이 형들에게 하소연했다.

"으으으! 그 상인 놈이 날 완전히 속였어! 으으으! 그놈의 족제비를 샀지 뭐야. 40콘투나 썼단 말야!"

형제들은 또다시 절망했다. 이젠 더 이상 유럽에 갈 수 있는 가능성이 없었다. 그들에게 남은 것이라곤 쓸모없는 시간밖에 없었다. 형들은 흐느끼는 동생을 달래 줄 길이 없었고 마쿠나이마는 모기가 물어뜯지 못하게 안디로바* 풀을 온몸에 바르고서 곤하게 잠이 들었다.

다음 날 아침이 밝자 태양은 엄청난 더위를 몰고 왔고 마쿠나이마는 침대에서 뒤척이며 연신 땀을 흘리면서 정부의 부당함을 욕했다. 밖에 나가려고 침대에서 나왔지만 옷을 입으니 더 더웠다……. 그는 짜증으로 점점 더 부글부글 끓어올랐고 이러다 쓰러질지도 모른다는 생각이 들었다. 그는 갑자기 소리쳤다.

"아! 더워 죽겠네! 사람들이 비웃든지 말든지 맘대로 해라!"

그는 더위를 식히기 위해 바지를 벗어 던졌다. 그러자 조금씩 짜증이 가라앉기 시작했고 어느덧 평정심을 되찾은 마쿠나이마는 형제들에게 말했다.

"형들! 인내심을 가지자고. 난 유럽에 가지 않을 거야. 난 아메리카 사람이고 아메리카가 내가 있을 곳이야. 진실을 말하건대 유럽 문화는 우리의 온전한 기질을 망쳐 놓았어."

일주일 동안 세 형제는 브라질 전역을 샅샅이 훑었는데, 해변의 모래톱, 숲 속 공터의 흙더미, 큰 강의 둑, 협곡과 급류, 잡목림과 덤불, 관목 숲, 강변의 저지대, 침식 지대, 맹그로브 습지, 서리 주머니가 있는 인공 연못, 갯벌, 침식으로 황폐화된 불모지, 돌로 덮인 곳, 지하수의 유입구, 산골짜기, 대협곡, 자갈로 된 비탈길, 호수, 산등성이, 풀이 무성한 습지대, 돌출한 바위, 절벽, 암초, 골짜기, 비석, 수도원의 유적, 옛날 십자가를 받치고 있던 주춧대 등 모든 지역에서 숨겨진 보물을 찾았다. 하지만 아무것도 발견하지 못했다.

"인내심을 갖자, 형들!" 시무룩해진 마쿠나이마는 반복해서 말했다.

"차라리 동물에게 운을 걸어 보자!"

마쿠나이마는 인간의 사악함을 알아보기 위해 안토니우 프라두 광장으로 갔다. 그리고 바나나 나무에 기대 한참을 서 있었다. 그가 인간의 사악함에 대해 골똘히 생각하고 있는 동안 한 떼의 상인들과 많은 사람들이 그의 앞을 지나갔다. 그는 이제 브라질에 대한 그의 금언을 바꾸기로 했다. '건강은 없고 화가는 많도다! 이

것이 브라질의 문제로다!' 이런 생각을 하고 있을 때 그의 뒤에서 "찌르! 찌르!" 하는 새 울음소리가 들렸다. 그가 뒤를 돌아보았을 때 바닥에서 참새 한 마리와 검은 새 한 마리를 보았다.

참새는 아주 작았고, 검은 새는 뚱뚱했다. 참새는 분주하게 이리저리 다니며 먹을 것을 구하고 있었고, 검은 새는 울면서 참새를 따라다니며 먹을 것을 받아먹고 있었다. 이 광경은 마쿠나이마를 화나게 했다. 참새는 자신을 따라다니는 가무잡잡한 새가 자기 새끼인 줄로 착각하고 있었다. 참새는 하늘로 날아올라 공중에서 먹을 것을 구해 와선 검은 새의 입에 넣어 주었다. 그때마다 검은 새는 맛있게 받아먹으며 "찌르! 찌르! 엄마, 나 배고파" 하고 새들의 언어로 보챘다. 참새는 "엄마, 배고파! 엄마, 배고파!" 하고 따라다니는 게걸스러운 새끼를 사랑으로 먹이느라 정작 자신은 굶어 죽을 지경이 되었다. 그래도 끊임없이 작은 곤충과 음식 부스러기를 찾아 날아올랐고 그것들은 모두 참새를 따라다니는 검은 새의 입에 들어갔다. 마쿠나이마는 인간의 사악함에 대해 생각하다가 검은 새의 사악함을 보고 치를 떨었다. 태고에는 조류도 우리와 같은 인간이었다는 것을 알고 있었기 때문이었다……. 마쿠나이마는 막대기를 들어 참새를 죽임으로써 고생의 사슬에서 해방시켜 주었다.

그는 다시 떠났다. 한 레구아 반을 걷자 더위를 느끼고 갈증을 풀기 위해 사탕수수 럼주 한 모금을 마시려고 걸음을 멈췄다. 언제나 허리춤에 럼주 한 병을 지니고 있던 그는 병을 꺼내 은 체인이 달린 마개를 열고 럼주 한 모금을 마셨다. 그때 갑자기 "찌르!

찌르!" 하는 울음소리가 들렸다. 그는 놀라서 돌아보았다. 바로 뚱뚱한 검은 새였다.

"찌르! 찌르! 아빠! …… 배고파! 배고파!"

그렇게 자신의 언어로 말하고 있었다. 화가 난 마쿠나이마는 주머니를 열어 담비가 싸고 간 배설물을 털어 주며 말했다.

"자, 먹어라!"

검은 새는 그것이 뭔지도 모르고 주머니에까지 뛰어올라 다 먹어 버렸다. 그러자 이내 살이 부풀어 오르더니 검고 큰 새가 되어 숲 속으로 날아갔다. 그렇게 해서 찌르레기의 시조가 되었다.

마쿠나이마는 다시 걸음을 옮겼다. 한 레구아 반을 가자 흰목원숭이가 야자나무 열매를 까먹고 있는 것을 보았다. 야자나무 열매의 껍질은 단단했기 때문에 흰목원숭이는 다리 사이에 열매를 놓고 돌로 내리쳐서 두 쪽으로 갈랐다. 이것을 보고 있던 마쿠나이마가 그에게 말을 걸었다.

"안녕, 삼촌! 잘돼 가?"

"그저 그래, 조카!"

"집에는 모두 잘 있고?"

"거기도 그저 그렇지, 뭐."

원숭이는 열매 깨는 일을 계속했다. 마쿠나이마는 계속 구경하며 서 있었다. 원숭이는 구경꾼의 시선이 성가셨다.

"뭘 그렇게 쳐다봐? 내가 나쁜 일 하는 것도 아닌데……."

"뭘 하고 있는 거지, 삼촌?"

원숭이는 열매를 손에 숨기고서 말했다.

"내 불알을 깨서 까먹고 있던 중이야!"

"그런 거짓말은 다른 데 가서 해!"

"믿지 않을 거면서 왜 물어본 거야? 조카!"

호기심이 발동한 마쿠나이마는 다시 물었다.

"그거 맛이 좋아?"

원숭이는 입맛을 다시며 대답했다.

"음! 먹어 보지 않으면 몰라!"

원숭이는 다른 쪽으로 돌아서 불알을 까는 척하며 야자나무 열매를 쪼개 마쿠나이마에게 건넸다. 그것을 먹어 본 마쿠나이마는 매우 좋아했다.

"정말 맛있네! 삼촌! 더 없어?"

"이제 다 먹었어. 하지만 내 불알이 맛있으면 네 것도 맛있지 않겠어? 한번 먹어 봐, 조카!"

영웅은 겁이 났다.

"아프지 않을까?"

"무슨 소리야! 오히려 시원해!"

영웅은 돌을 하나 집어 들었다. 흰목원숭이는 속으로 비웃으며 이렇게 말했다.

"조카는 용감하잖아, 그렇지?"

"으라차차!" 영웅은 힘차게 기합을 넣었다. 그리고 돌을 집어 고환을 내리쳤다.

영웅은 죽고 말았다. 흰목원숭이가 그 모습을 보고 비웃었다.

"조카! 죽으라고 하진 않았어! 말 좀 해 봐! 내 말 들려? 내 말을 듣지 않으면 이렇게 되는 거야. 하지만 이 또한 지나가리라!" 그러고는 고무장갑을 끼고서 자리를 떠났다.

얼마 안 있어 소나기가 영웅의 시체를 차갑게 해 주었고 썩는 것을 막아 주었다. 이윽고 개미 떼가 몰려왔다. 그리고 개미 떼 행렬에 시선을 두었던 어떤 변호사가 마쿠나이마의 시체를 발견했다. 그는 웅크린 채 시체의 옷을 뒤져 지갑을 찾았는데 돈은 없고 집 주소가 적힌 명함이 나왔다. 그는 시체를 집으로 가져가려고 등에 둘러업었다. 하지만 너무 무거워서 그 상태로는 도저히 그를 옮길 수 없다는 것을 깨달았다. 막대기를 구해 시체를 마구 때렸다. 그러자 시체는 가벼워졌고 변호사는 집까지 영웅을 옮길 수 있었다.

마나피는 동생의 몸에 엎드려 통곡했다. 그때 영웅의 고환이 심하게 짓이겨져 있는 것을 보았다. 마나피는 마법사였다. 그는 집주인에게 바이아산(産) 코코넛을 두 개 얻어 영웅의 고환이 있던 자리에 묶었다. 그러고는 파이프 담배 연기를 영웅의 몸에 불었다. 그러자 마쿠나이마는 자리에서 거뜬히 일어났다. 과라나 주스를 벌컥벌컥 들이켜더니 자기 몸을 갉아 먹고 있던 개미들을 한 마리 한 마리 죽이기 시작했다. 소나기로 몸이 젖어 있었기 때문에 갑자기 오한이 이는 것을 느꼈다. 몸을 덥히기 위해 주머니에서 술병을 꺼내 남아 있던 럼주를 다 마셔 버렸다. 그리고 마나피 형에게 돈을 빌려 동물 복권 도박장에 갔다. 오후가 되어 그들이 돌아올 때 돈은 그대로 있었다. 이렇게 해서 큰형의 예상은 적중했다. 마나피는 마법사였다.

13. 지게의 괴로움

다음 날 아침 마쿠나이마가 일어났을 때 전날의 구타 때문에 온몸이 빨갛게 부어 있었다. 형들은 동생을 의사에게 데려갔고, 의사는 빨간 세균에 감염되었으므로 나으려면 시간이 걸릴 거라고 알려 주었다. 형제들은 동생을 극진히 간호하며 이웃들, 아는 사람들, 브라질 사람들 모두가 충고하는 대로 세균 감염에 좋다는 치료제를 매일 가져왔다. 영웅은 일주일 동안 침대에 누워 있었다. 잠잘 때는 언제나 배 타는 꿈을 꾸었는데 집주인이 말하길 그건 마쿠나이마가 병이 나으면 항해를 떠날 것을 알려 주는 꿈이라고 했다. 그러고는 마쿠나이마의 침대에 「상파울루 신문」을 놓고 나갔다. 마쿠나이마는 하루 종일 세균 감염을 치료하는 약 광고를 읽으며 시간을 보냈다. 약 광고는 엄청나게 많았다!

주말이 되자 피부가 벗겨졌고 영웅은 가려움을 치료해 줄 약을 구하러 시내에 갔다. 병을 앓은 뒤라 돌아다니다 보니 쉬이 피곤해졌고 잠시 쉬기 위해 아냥가바우 공원에서 멈췄다. 그곳은 브라질의 위대한 음악가로서 이제는 하늘로 올라가 별이 된 카를로스 고메스의 기념비가 있는 곳이었다. 오후의 분수 소리는 마치 해변에 있는 듯한 느낌을 주었다. 마쿠나이마는 분수 가에 앉아 청동 해마(海馬)들이 눈물을 쏟는 것을 보고 있었다. 해마들 뒤로 어두운 동굴이 있었는데 거기에서 나오는 빛이 그의 눈을 사로잡았다. 그가 계속 쳐다보자 그것은 파도를 헤쳐 가는 멋진 배가 되었다. "보트로군." 그가 중얼거렸다. 하지만 다가오자 더 큰 배로 변했다. "통통배로군." 그는 혼잣말했다. 하지만 배는 다가올수록 엄청나게 커졌다. 영웅은 놀라 자빠질 지경이 되어 소리쳤다. "이건 범선이야!" 이제 배는 청동 해마들 뒤로 또렷하게 보였다. 은빛 선체가 빠른 속도로 다가오면서 소용돌이 바람이 일었고 비스듬한 돛대에는 수많은 깃발들이 맹렬하게 펄럭였다. 영웅은 광장 옆을 지나는 자동차 운전사들에게 악을 써 가며 소리 질렀고 그들은 무슨 일인가 싶어 어두운 분수 옆에 멈춰 섰다.

"무슨 일이오? 영웅?"

"저길 좀 봐요! 저기 대양을 가로지르는 엄청난 배가 바다를 헤치며 다가오고 있어요!"

"어디에요?"

"오른쪽 말 뒤를 좀 봐요!"

그러자 모두는 오른쪽 해마 뒤로 배가 오고 있는 것을 보았다. 배는 동굴 입구 주변까지 와서 해마와 돌벽 사이를 통과하려 하고 있었다. 그것은 거대한 범선이었다.

"이건 아마존 연락선이 아니에요. 대서양을 횡단하는 배라고요!"

바다 여행 경험이 많은 일본인 운전사가 소리쳤다. 그건 정말로 거대한 대양 횡단선이었다. 펄럭이는 수많은 깃발로 장식된 금색과 은색의 화려한 선체를 번쩍이며 선박은 점점 다가오고 있었다. 수많은 선실의 창문은 목걸이처럼 빛났고 다섯 개의 화려한 홀에선 파티 음악이 흘러나오고 있었다. 운전사가 말했다.

"로이드 여객선이야!"

"아냐! 함부르크 선박이라고!"

"가서 한번 보라고! 난 이미 예상했어! 이건 콘테 베르데 여객선이야!"

그 말이 맞았다. 그것은 이탈리아 대양 여객선인 콘테 베르데였다. 그것은 물의 어머니가 마쿠나이마를 시험하기 위해 호화 여객선으로 변신한 것이었다.

"여러분, 안녕히 계세요! 저는 이 배를 타고 유럽으로 떠납니다. 사람을 잡아먹는 식인 거인 벵시스라우 피에트루 피에트라를 찾아갈 거예요!" 영웅은 소리쳤다.

모든 운전사들이 마쿠나이마와 작별의 포옹을 나누며 행운을 빌어 주었다. 콘테 베르데는 그 자리에 있었고 마쿠나이마는 배에 오르기 위해 분수 속으로 뛰어들었다. 건장한 승무원들, 세련된 아르헨티나 승객들, 뱃멀미가 날 때까지 사랑을 나눌 수 있는 아름다운 여승객들이 음악에 맞춰 마쿠나이마를 환영하고 있었다.

"사다리를 내려 줘요, 선장님!" 영웅이 소리 질렀다.

그 순간 선장은 금장식의 모자를 벗어 들고 허공에 신호를 보냈다. 그러자 승무원과 아르헨티나 승객들, 마쿠나이마가 사랑을 나누길 원했던 미녀 승객들이 일제히 영웅에게 야유를 보내며 조롱하기 시작했다. 그와 동시에 배는 육지를 떠나 방향을 바꾸어 동굴 안쪽으로 들어가기 시작했다. 모든 탑승자들이 영웅을 놀리기 위해 붉은 세균에 감염된 것처럼 몸을 긁었다. 증기선이 동굴의 벽과 해마 사이를 지나는 동안 배의 굴뚝은 모기, 나방, 하루살이, 좀벌레, 진드기, 파리, 말벌, 거미, 벼룩 떼의 연기를 잔뜩 뿜어냈다. 이 세균 덩어리 연기가 차 위에 내려앉으려 하자 운전사들은 기겁하며 도망쳤다.

영웅은 분수 가장자리에 앉은 채 벌레들에게 수없이 물렸고 붉은 세균에 또다시 감염되었다. 그의 피부는 붉게 부어올랐고 고열과 함께 오한이 몰려왔다. 몸을 부르르 떨어 겨우 모기떼를 쫓고는 집으로 향했다.

다음 날 지게는 집에 새로운 여자를 데려왔다. 아이를 갖지 않도록 그녀에게 납 세 알을 먹인 뒤 그물 침대에 함께 뛰어들었다. 이미 그녀와 사랑에 빠졌던 것이다. 그는 매우 용감한 사람이었다. 하루 종일 총을 닦거나 가스등을 수리하면서 시간을 보냈다. 지게의 여자는 매일 아침 네 명이 먹을 만디오카를 사러 나갔다. 그녀의 이름은 수지였다. 하지만 수지가 마음에 들었던 마쿠나이마는 매일 아침 그녀를 위해 바닷가재를 사다가 장바구니 밑에 놓았고 다른 사람이 눈치채지 못하도록 그 위를 만디오카로 덮어 놓았다. 수지는 대단한 요부(妖婦)였다. 집에 도착하면 거실에 바구니를 놓고는 꿈꾸러 간다며 침대에 갔다. 꿈을 꾸면서 지게에게 말했다.

"지게, 내 사랑 지게! 장바구니 만디오카 밑에 바닷가재가 있는 꿈을 꿨지 뭐예요!"

설마 하고 달려갔던 지게는 사실임을 확인했다. 매일 이런 일이 반복되었는데 어느 날 아침 팔꿈치에 통증을 느끼고* 잠을 깼다. 그가 동거녀의 외도를 의심한 것이다. 마쿠나이마는 형이 고통스러워하는 것을 보고 마법을 부렸다. 쪽바가지를 만들어 옥상 한편에 두고 밤에 나가 정성스럽게 기도했다.

하늘의 물이여
이 바가지 안으로 오소서,
파티클이여, 이 물속으로 오소서,
모포세루여, 이 물속으로 오소서,
시부오이무여, 이 물속으로 오소서,
오마이스포푸여, 이 물속으로 오소서,
물의 주인이여! 이 질투의 고통을 가라앉혀 주소서!
아라쿠, 메쿠메쿠리, 파이, 이 물속으로 오소서!
환자가 이 물을 마실 때 질투의 고통이 사라지게 하소서!
물의 주인이여, 기도를 받아 주소서!

다음 날 바가지의 물을 지게에게 마시게 했으나 효과가 없었고 지게는 질투심으로 더욱 괴로워했다.

수지는 시장에 간다며 옷을 차려입을 때면 유행하는 폭스트롯* 풍의 휘파람을 불었는데 그것은 애인에게 보내는 신호였다. 애인은 물론 마쿠나이마였다. 지게의 동거녀가 먼저 나갔고 마쿠나이마가 그 뒤를 따랐다. 그들은 하루 종일 사랑을 나눴는데 돌아올 때 시장에 들러 보니 만디오카가 다 팔리고 없었다. 그러자 수지는 변장을 하고 집 뒤에 가서는 바구니 위에 앉았다. 그리고 자신의 성기에서 만디오카 줄기와 열매를 끄집어냈다. 그것으로 모두 한 끼 식사를 잘 먹었지만 마나피는 불평만 했다.

"신이시여! 타우바테*의 혼혈아, 비루먹은 말, 서서 오줌 누는 여자로부터 우리를 구원하소서!" 그러고는 음식을 밀쳐 냈다.

마나피는 마법사였다. 더 이상 그 만디오카에 대해 알려 하지 않았다. 그는 배가 덜 찼기 때문에 코카 잎을 씹으면서 위를 속였다. 밤이 되어 지게가 동거녀의 그물 침대에 들어가려 하자 그녀는 비누나무 씨를 너무 먹어 속이 안 좋다며 그를 밀쳐 냈다. 물론 지게와의 잠자리를 피하기 위한 핑계였다. 지게는 부아가 끓었다.

다음 날 수지는 시장에 간다며 나섰고 폭스트롯풍의 휘파람을 불자 마쿠나이마가 뒤를 따랐다. 지게는 씩씩했다. 커다란 몽둥이를 들고는 그들 뒤를 조용히 따라갔다. 빛의 정원에 다다르자 그들은 손을 잡았고 서로 좋아서 키득거렸다. 그러자 지게는 난폭하게 두 사람 사이를 갈랐고 동반자를 집으로 끌고 갔다. 당황한 마쿠나이마는 백조들과 함께 연못가에 덩그렇게 남았다.

다음 날이 되자 지게는 동거녀를 집에 가둬 두고 자신이 장을 보러 갔다. 아무 할 일이 없어진 수지는 도덕에 반하는 짓이나 하며 시간을 보냈는데 세상을 한 바퀴 둘러보러 왔던 앙시에타 성인이 형제들의 셋집에 들렀다가 그녀를 가엾게 여겨 벼룩 잡는 법을 가르쳐 주었다. 빨간 머리카락에 호텔 보이 머리 스타일의 가발을 썼던 수지에게는 벼룩이 질리도록 들끓었다. 벼룩 잡는 일에 열중한 나머지 이제 더 이상 만디오카 식물에 덮인 바닷가재 꿈을 꾸거나 반도덕적인 짓을 하지 않게 되었다. 지게가 나가면 가발을 벗어서 그의 몽둥이에 씌우고는 벼룩을 잡았다. 하지만 잡아도 잡아도 끝이 없었다! 그러자 혹시 지게에게 이 광경을 들킬까 겁이 난 그녀는 이렇게 말했다.

“지게, 나의 사랑 지게, 당신이 시장에서 돌아올 때는 꼭 문을 노크해 주세요. 그리고 제가 설레는 마음을 진정시키도록 잠깐 기다려 주세요. 그래야 당신을 반갑게 맞이하고 만디오카를 요리하러 갈 테니까요.” 지게는 그러겠다고 했다. 만디오카를 사러 매일 시장에 갔고 돌아와서는 대문에서 노크한 후 기다렸다. 그러면 수지는 황급하게 가발을 다시 쓰고 동거남을 맞았다.

“수지, 나의 사랑, 수지, 당신 말대로 문을 두드리고 기다리고 있어. 만족해?”

“그럼요!” 그녀가 대답하고는 만디오카를 요리하러 갔다.

매일 같은 일이 반복되었다. 하지만 벼룩은 끝이 없었다. 그녀는 한 마리 한 마리 세어 가며 더디게 벼룩을 잡았기 때문에 벼룩은 오히려 늘어나고 있었다. 지게는 자신이 시장에 가 있는 동안 동거녀가 무엇을 하는지 궁금했고 언젠가 한번은 그녀를 놀라게 해 주리라 생각했다. 어느 날 계획을 실행에 옮겼는데 물구나무서서 손가락으로 걸으며 문에 접근했다. 그리고 갑자기 문을 열어 수지를 놀라게 했다. 그녀는 기겁하며 소리를 지르고 황급히 가발을 썼는데 너무 급한 나머지 가발의 앞뒤를 거꾸로 쓰는 바람에 긴 뒷머리가 얼굴을 가리고 말았다. 지게는 수지에게 온갖 더러운 저주의 말을 퍼부었는데 누군가 계단 올라오는 소리가 들릴 때까지 계속되었다. 그러고 나서야 지게는 욕설을 그만두고 면도날을 갈러 갔다.

다음 날 마쿠나이마는 지게의 동거녀와 사랑을 나누고 싶은 강렬한 욕망을 느꼈다. 그는 형들에게 멀리 사냥을 떠난다고 했지만 가지 않았다. 산타카타리나산(産) 야자술 두 병과 열두 개의 샌드위치, 페르남부쿠 파인애플 두 개를 사서는 자신의 방에 숨었다. 얼마의 시간이 지난 후 그곳에서 나와 지게에게 봉투에 싼 것을 보여 주며 말했다.

"지게 형, 이 길로 한참 가면 길 끝에 사냥터가 있는데 과일도 많고 사냥할 게 널려 있어! 누구나 한몫 잡을 수 있어!"

지게는 미심쩍은 표정으로 동생의 말을 의심했지만 마쿠나이마는 계속 천연덕스럽게 말했다.

"토끼, 아르마딜로, 아구티*…… 아냐, 아구티는 아냐. 하지만 토끼와 아르마딜로는……."

마쿠나이마의 거짓말에 속은 지게는 서둘러 나갈 채비를 하고 총을 챙겼다. 그리고 마쿠나이마에게 말했다.

"네 말을 믿고 나가 보겠어. 하지만 내 여자와 놀아나지 않겠다고 먼저 맹세해."

마쿠나이마는 자신의 엄마를 걸고서 수지와 놀지 않겠다고 맹세했다. 그러자 지게는 엽총과 날카로운 칼을 들고 집을 나섰다. 그가 모퉁이를 돌자마자 마쿠나이마는 수지의 방으로 달려가 탁자 위에 악명 높은 폰타 두 망기* 출신의 사악한 제라시나가 세아라-미링*의 무리우*에서 훔친 유명한 벌집 무늬 식탁보를 깔고는 봉투의 음식물을 풀어 놓았다. 모든 준비가 끝났을 때 두 사람은 그물 침대에 뛰어들어 사랑을 나눴다. 둘은 깔깔거리며 웃었다. 신나게 웃고 나서 마쿠나이마가 말했다.

"마실 수 있게 병마개를 열어."

"알았어." 그녀가 말했다. 그리고 둘은 야자술 한 병을 다 마셨는데 참으로 맛이 좋았다. 둘은 아쉽게 입맛을 다시고는 다시 그물 침대에 뛰어들어 지칠 때까지 사랑을 나눴다. 그러고는 또다시 깔깔거리며 웃었다.

지게는 한 레구아 반을 걸어 겨우 길 끝에 도착했는데 아무리 찾아봐도 사냥터는 없었다. 그가 찾은 것이라곤 도마뱀뿐이었다! 집으로 돌아오는 중에도 길을 만나면 샅샅이 찾아보았지만 아무것도 없었다. 드디어 집에 돌아와 방문을 열었을 때 동생 마쿠나이마가 수지와 키득거리고 있는 것을 보았다. 화가 머리끝까지 치민 지게는 동거녀의 뺨을 세차게 때렸고 그녀는 울음을 터뜨렸다. 또 몽둥이를 들어 영웅을 죽도록 두들겨 팼다. 그의 몽둥이질은 집의 급사인, 섬 출신의 마누에우가 올 때까지 계속되었다. 영웅은 완전히 녹초가 되었다. 지게는 돌아다니느라 배가 고팠는지 샌드위치와 파인애플을 다 먹고, 남은 야자술까지 비워 버렸다.

흠씬 두들겨 맞은 마쿠나이마와 수지는 밤새도록 울었다. 다음 날 화가 풀리지 않은 지게는 입으로 부는 화살을 챙겨 다시 사냥터를 찾아 집을 나섰다. 지게는 멍청한 사람이었다. 수지는 그가 나가는 것을 보더니 눈을 닦고는 연인에게 말했다.

"이제 더 이상 울 필요 없어."

그러자 마쿠나이마도 표정을 바꾸고 마나피와 이야기하러 갔다. 지게가 집에 돌아와 수지에게 물었다.

"영웅은 어디로 갔지?"

하지만 지게에게 정이 떨어진 그녀는 대답도 않고 휘파람만 불었다. 그러자 지게는 몽둥이를 집어 들고 그녀에게 다가가서는 매우 슬프게 말했다.

"꺼져 버려. 이 망할 년아!"

그 말을 듣고 그녀는 행복하게 웃었다. 남아 있던 수많은 벼룩을 세지 않고 다 잡은 후 그것을 흔들의자에 흩뿌려 놓고는 거기에 앉았다. 벼룩들이 뛰기 시작하자 의자는 공중에 떠올랐고 수지는 하늘로 올라가 점멸하는 별이 되었다. 그것은 혜성이었다.

마쿠나이마는 마나피 형을 보자마자 울컥 서러운 마음이 들었다. 큰형의 팔을 잡고 그간의 슬픈 일을 다 이야기하면서 지게 형이 그렇게까지 자기를 때릴 이유는 없었다고 일러바쳤다. 마쿠나이마의 이야기에 분개한 마나피는 지게에게 가려 했는데 때마침 지게도 오고 있던 참이었다. 둘은 복도에서 만났다. 마나피는 마쿠나이마에게서 들은 이야기를 지게에게 했고, 지게는 자신의 이야기를 마나피에게 들려줬다. 둘은 마쿠나이마가 양심도 없는 뻔뻔한 놈이라는 결론에 도달했다. 그리고 마나피의 방에 갔을 때 영웅은 아직도 시무룩하게 앉아 있었다. 형들은 그를 데리고 기분 전환도 할 겸 자동차 드라이브에 나섰다.

14. 무이라키탕

다음 날 아침 마쿠나이마가 창문을 열었을 때 파랑새 한 마리를 보았다. 영웅의 마음은 어느 때보다 하늘을 날아갈 듯 들떠 있었는데 그날 아침 마나피가 영웅의 방에 들어와 벵시스라우 피에트루 피에트라가 돌아온다는 신문 기사를 전해 주었기 때문이다. 그 이야기를 들었을 때 마쿠나이마는 이제 더 이상 거인과 시간을 끌지 않고 그를 죽여 버리기로 작정했다. 마쿠나이마는 자신의 힘을 시험하기 위해 도시를 벗어나 숲으로 갔다. 한 레구아 반을 헤맨 끝에 줄기가 전차 크기만 한 페로바 나무를 발견했다. "이게 좋겠군." 그가 말했다. 그가 팔로 나뭇가지를 잡고 힘껏 잡아당기자 나무는 뿌리째 뽑혔다. "좋아, 이제 나에게도 충분한 힘이 있어!" 그가 탄성을 질렀다. 그는 만족했고 즐거운 마음으로 집으로 향했다. 하지만 그는 거의 걸을 수가 없었는데 그의 몸이 진드기로 덮여 있었기 때문이다. 마쿠나이마는 짜증스럽게 외쳤다.

"야, 진드기들아! 빨리 꺼져 버려! 난 너희들한테 빚진 게 없단 말이야!"

그 말을 듣자 진드기들이 스스로 마쿠나이마의 몸에서 떨어져 나와 다른 곳으로 가 버렸다. 한때 진드기는 우리와 같은 사람이었다. 길가에서 좌판을 깔고 잡동사니를 팔았는데 툭하면 외상을 주었기 때문에 장사가 잘되었다. 하지만 자꾸 외상을 주다 보니 브라질 사람들 모두 돈을 갚지 않았고 결국 파산하고 말았다. 그래서 외상값을 받기 위해 진드기로 변하여 사람들 몸에 들러붙어 있는 것이었다.

마쿠나이마가 도시로 돌아왔을 땐 이미 밤이 되어 있었고 그는 거인의 집 앞에 가서 잠복하기로 했다. 주위엔 안개가 끼어 있었고 거인의 집은 불빛 하나 없이 어둠에 둘러싸여 있었다. 사랑을 나누고 싶었던 마쿠나이마는 매춘부를 찾았으나 주변의 광장에 주차된 수많은 택시 안에서 그녀들은 고객들을 맞기에 바빴다. 비둘기라도 잡아 볼까 생각했지만 비둘기를 꼬실 만한 먹이가 없었다. 아무것도 할 게 없자 잠이 왔다. 하지만 잠을 잘 수 없었는데 그는 벵시스라우 피에트루 피에트라를 기다리고 있었기 때문이다. 그는 "잠의 사자가 나를 데리러 온다면 모가지를 날려 버려야지!"라고 생각했다. 얼마 지나지 않아 검은 그림자가 나타났다. 그는 에모롱-포돌리, 즉 잠의 사자였다. 마쿠나이마는 흰개미집 사이에 몸을 숨기고 그를 죽일 기회를 엿보기로 했다. 그러나 잠의 사자가 조금씩 가까이 오자 마쿠나이마의 머리는 꺾어졌고 턱이 가슴에 심하게 부딪히는 바람에 그만 혀를 깨물고 말았다. 그는 소리쳤다.

"아이쿠, 깜짝이야!"

잠의 사자는 놀라서 도망갔다. 마쿠나이마는 실망하며 그를 따라갔다. '아깝게 이놈을 놓쳐 버렸군……. 이번에 죽이지 못하면 다음엔 더 센 놈이 올 텐데…….' 그는 생각했다. 가까운 곳에 개울이 있었고 나무 몸통으로 만든 다리가 놓여 있었다. 안개가 걷혔기 때문에 좀 더 먼 곳으로는 달빛으로 빛나는 연못이 보였다. 적막에 싸인 풍경 속에서 들려오는 개울물 소리는 가난한 이들을 위한 자장가로 들렸다. 잠의 사자는 거기에 잠복해 있었다. 마쿠나이마는 팔짱을 끼고 왼쪽 눈을 반만 감은 채 흰개미집 사이에서 잠이 든 척했다. 이윽고 에모롱-포돌리는 다시 나타났다. 잠의 사자가 살며시 다가오더니 갑자기 멈춰 섰다. 마쿠나이마는 그가 말하는 소리를 들었다.

"아냐, 이 녀석은 아직 죽지 않았어. 트림도 안 하고 죽는 사람은 없잖아?"

그러자 영웅은 트림을 했다. "끄억!"

"죽은 사람이 트림하는 법이 어디 있어?" 잠의 사자는 그를 살펴보더니 재빨리 도망가 버렸다.

이렇게 해서 잠의 사자는 아직도 살아 있고 잠의 사자 때문에 사람들은 서서 잠을 잘 수 없는 것이다. 잠의 사자를 놓친 것을 통탄해하며 마쿠나이마가 그 자리를 떠나려 할 때 소리가 들렸고 개울 건너편에서 젊은 운전사가 그를 부르며 손짓하는 것이 보였다. 무슨 영문인지 의아해서 영웅은 소리쳤다.

"어이! 왜 날 잡는 거야? 난 프랑스 여자가 아니야!"

"무슨 일인지 봐 주세요!" 젊은 운전사가 말했다.

그러자 퍼스딕* 염료의 노란색 리넨 원피스를 입은 매춘부가 그의 관심을 끌었다. 그녀는 나무다리를 건너오고 있었다. 그녀가 건너오자 영웅은 다리한테 물었다.

"다리야, 넌 뭘 봤니?"

"그녀의 중요한 곳을 보았죠!"

"푸하하! 푸하하!"

마쿠나이마는 배꼽을 잡고 웃었다. 그러고는 두 사람을 따라갔다. 젊은 운전사와 매춘부는 사랑을 나눈 뒤 연못가에서 쉬었다. 여자는 호숫가에 정박한 나룻배에 걸터앉아 있었다. 그녀는 아무 옷도 걸치지 않은 채 연인을 향해 웃으며 탕비우스* 물고기를 날것으로 먹었다. 그는 그녀의 발밑에 엎드려 그녀가 먹을 수 있도록 물고기를 잡고 있었다. 호수의 작은 파도가 그의 벗은 등을 치고는 거품과 함께 미끄러져 내렸다. 여자는 발로 물을 튕겼고 달빛을 받은 물방울은 젊은 운전사의 눈을 부시게 했다. 그러자 그는 호수 속에 머리를 집어넣었고 잠시 후 입에 물을 가득 채우고서 머리를 꺼냈다. 그러면 여자는 그의 불룩한 입을 손가락으로 찔러 자신의 배에 물세례를 받았다. 산들바람이 불 때마다 그녀의 긴 생머리 몇 가닥이 얼굴을 가렸다. 이것을 본 남자가 상반신을 물 속에서 꺼내 그녀의 무릎에 자신의 턱을 받친 후 손을 뻗어 그녀의 흩어진 머리카락을 정돈해 줬다. 그녀가 머리카락에 방해받지 않고 물고기를 먹을 수 있게 하기 위함이었다. 그녀는 고마움의 표시로 그의 입에 물고기 세 마리를 넣어 줬고 갑자기 무릎을 빼서 그를 놀라게 하고는 깔깔거리며 웃었다. 지지대가 없어진 그의 상체는 물 밑까지 빠졌고 그녀는 그가 물 위로 올라오지 못하게 다리로 그의 어깨를 눌렀다. 그녀는 인생에서 이렇게 즐거운 장난은 처음 발견했다는 듯 그를 괴롭히면서 미끄러지기를 반복했고 급기야 나룻배가 뒤집어지고 말았다! 그녀의 몸은 공중에서 한 바퀴 돌아 우습게도 물속에 있던 연인의 몸 위에 떨어졌는데 그러자 그는 사람을 칭칭 감아 죽이는 나무처럼 그녀의 몸을 사랑스럽게 휘감았다. 두 사람이 물속에서 다시 사랑을 나누는 동안 물고기들은 모두 도망갔다.

마쿠나이마는 가까이서 이 광경을 지켜보았다. 그는 뒤집힌 나룻배 바닥에 앉아 젊은 운전사를 기다렸다. 이윽고 사랑의 행위가 끝나자 운전사에게 말했다.

3일 전부터 먹지도 않았고,
일주일 전부터 가래도 뱉지 않았고,
아담은 흙으로 만들었으니,
여보게, 담배 한 대만 주게.

운전사 역시 시로 화답했다.

형제여, 미안하오,
담배를 줄 수가 없소,
짚도, 성냥도, 담배도

모두 물에 빠져 젖었소.

“그렇다면 신경 쓰지 말게.” 마쿠나이마가 대답했다. 그는 파라주(州)에서 안토니우 두 호사리우가 거북이 껍질로 만든 담배 케이스를 꺼내 남자와 여자에게 수제 담배를 건넨 뒤 불까지 붙여 주었고 자신도 한 대 피워 물었다. 그러고는 모기를 쫓아낸 후 이야기를 시작했다. 이렇게 해서 밤의 시간은 빨리 흘러갔는데, 어둠 속에서 시간을 알려 주는 티나무*의 노랫소리에 아무도 신경 쓰지 않았다. 마쿠나이마의 이야기는 다음과 같았다.

“여보게들, 옛날에는 오늘날처럼 자동차가 없었어. 대신 적갈색 재규어가 있었지. 팔라우아라고 불리는 재규어가 깊은 숲 속에 살았어. 어느 날 팔라우아가 자신의 눈에게 말했지.

‘나의 푸른 눈알들아, 빨리 해변으로 가거라! 빨리, 빨리!’

눈알이 떠나 버리자 재규어는 앞을 보지 못하게 되었지. 대신 주둥이를 쳐들고 바람의 냄새를 맡았는데 아이말라-포돌리, 즉 트라이라*의 아버지가 해변 앞에서 놀고 있는 것을 알았지. 그래서 소리쳤지!

‘나의 푸른 눈알들아! 빨리 해변에서 피해라! 빨리, 빨리!’

눈알들이 돌아오자 팔라우아는 다시 앞을 볼 수 있게 되었지. 하루는 아주 사나운 검은 표범이 숲을 지나가다가 팔라우아를 보고 말을 걸었지.

‘거기서 뭘 하고 있소, 친구?’

‘내 눈들에게 바다 구경을 시켜 주고 있소.’

'바다가 그리 좋수?'

'좋다는 말론 표현이 안 되지요.'

'그렇다면 내 눈도 좀 바다 구경을 시켜 주구려, 친구!'

'보내 줄 수 있지만 지금은 안 되오. 왜냐하면 아이말라-포돌리가 해변에 있기 때문이오.'

'지금 빨리 보내 주시오! 안 그럼 당신을 잡아먹겠소!'

할 수 없이 팔라우아는 표범의 눈알들에게 말했지.

'표범의 노란 눈알들아! 빨리 해변으로 가거라! 빨리, 빨리!'

눈알들이 떠나 버리자 표범은 장님이 되었지. 해변에 있던 아이말라-포돌리는 표범의 눈을 보자마자 날름! 삼켜 버렸지. 표범의 눈을 먹어 버린 트라이라의 아버지는 강한 냄새를 풍겼기 때문에 팔라우아도 그 냄새를 맡고 사태를 파악할 수 있었지. 팔라우아는 슬며시 자리를 떠나려 했지만 사나운 표범이 그가 가려는 걸 알아채고 재규어에게 말했지.

'잠시 기다려 줘, 친구!'

'미안하지만 자식들 먹일 먹잇감을 사냥해야 해서 지금 가 봐야 해요, 친구. 다음에 봅시다.'

'그러면 내 눈알들에게 이제 돌아오라고 해 주시오, 친구. 난 이 어둠이 지겨워졌소!'

팔라우아는 소리쳤지.

'내 친구 표범의 노란 눈알들아! 해변에서 돌아오너라, 빨리, 빨리!'

하지만 눈들은 돌아오지 않았고 표범은 화를 내기 시작했지.

'널 당장 잡아먹겠어!'

표범은 재규어에게 달려들었지. 맹렬한 추격전이 벌어지자 새들은 공포에 떨었고 밤은 겁에 질린 나머지 마비되고 말았지. 이렇게 해서 나무 위의 세계는 낮이었지만 숲 속은 항상 밤으로 남게 된 거야. 불쌍한 표범은 더 이상 볼 수도, 걸을 수도 없게 되었지.

한 레구아 반을 도망친 재규어는 숨이 차서 뒤를 돌아보았는데 표범이 가까이서 따라오고 있었어. 그러자 재규어는 다시 도망갔고 이비라소이아바 언덕에서 거대한 쇠망치를 발견했는데 그것은 브라질에서 처음으로 산업이 발달하던 무렵 아폰수 사르지냐 철공소에서 쓰이던 것이었지. 쇠망치와 함께 네 개의 바퀴도 버려져 있었지. 팔라우아는 바퀴를 발에 묶었고 그러자 힘들이지 않고도 미끄러져 갈 수 있었어. 이렇게 해서 재규어는 그야말로 부리나케 도망갔고 눈 깜짝할 사이에 한 레구아 반을 갔지. 하지만 표범은 끈질기게 추격하여 조금씩 거리를 좁혀 왔지. 그들의 추격전이 워낙 무시무시하게 전개되었기 때문에 새들은 무서워서 움츠러들었고 아무도 다니지 않는 밤은 더욱 캄캄했지. 부엉이의 울음소리는 밤을 더욱 을씨년스럽게 했어. 사실 부엉이는 밤의 사자였는데 딸의 불운을 슬퍼하여 밤새도록 울고 있는 것이었지.

허기가 팔라우아를 엄습했지. 하지만 표범은 아직 괜찮았어. 재규어는 창자가 먹을 것을 달라고 보챘기 때문에 더 이상 달릴 수가 없었는데 그때 보이페바*의 모래 언덕 너머로 모터보트가 정박해 있는 것을 보았고 배가 고픈 나머지 엔진을 홀랑 먹어 버렸지. 모터 엔진이 그의 배에 들어가자 제대로 소화되기도 전에 재규어는 새로운 힘이 났고 다시 달아날 수 있었어. 한 레구아 반을 도망간 후 다시 뒤돌아보았을 때 표범은 거의 그를 덮칠 듯 다가와 있었지. 밤의 비탄이 사방에 드리워져 그날 밤은 보통 때보다 더 어두웠고 그 바람에 재규어는 언덕 위의 담벼락에 크게 충돌할 뻔했으나 가까스로 화를 모면했지. 다행히 재규어는 반딧불이 두 마리를 먹었는데 이빨 사이에 낀 반딧불이가 길을 비춰 주는 덕분에 겨우 달려갈 수 있었지. 다시 한 레구아 반을 도망간 후 뒤를 돌아보았지. 표범은 그의 몸에 붙을 정도로 가까이 와 있었어. 표범은 눈이 없었기 때문에 사냥개처럼 후각이 예민해진 데다 재규어가 강한 냄새를 풍겨서 쉽게 따라갈 수 있었지. 그러자 재규어는 피마자유(油)를 마시고 가솔린이라고 불리는 기름통을 항문에 흘렸고 그 바람에 힘을 줄 때마다 뿡! 뿡! 뿡! 방귀가 마구 뿜어져 나왔지. 방귀 소리가 너무나 커서 근처 휘파람 동산에서 들려오는 그릇 깨지는 듯한 소음도 전혀 들리지 않았지. 검은 표범은 눈이 없는 데다 사방이 방귀 냄새만 진동할 뿐 재규어 냄새가 풍기지 않자 망연자실, 추격을 멈추었지. 팔라우아는 빨리 달아났고 다시 뒤를 쳐다보았을 때 표범은 더 이상 보이지 않았어. 재규어 역시 너무 심하게 달린 나머지 코에서 뜨거운 바람이 나와 계속 달릴 수가 없었지. 그동안 많이 달려왔기 때문에 어느덧 산투스 항 근처 늪지대의 바나나 농장까지 와 있었던 거야. 그제야 재규어는 주둥아리를 물에 축여서 열기를 식혔지. 그러고는 바나나 나무의 큰 잎을 따서 그 밑에 몸을 숨겼지. 그리고 잠이 들었어. 검은 표범이 씩씩거리며 재규어의 바로 옆을 지났는데 잠에 빠진 재규어는 그를 보지 못했지. 검은 표범도 재규어를 알아보지 못하고 지나갔지. 어쨌든 재규어는 이번처럼 놀라서 도망간 것이 처음인 터라 다음을 위해 이번에 사용한 물건들을 항상 지니고 다니기로 했으니, 바퀴를 다리에 묶고, 엔진을 배에 집어넣고, 기름을 목구멍으로 마시고, 엉덩이에 기름을 바르고, 반딧불이 두 마리를 이빨 사이에 끼우고, 바나나 잎을 망토처럼 두르고서 언제라도 달아날 준비를 한 거야. 하지만 택시라고 불리는 불개미 떼를 밟았을 때 개미 떼가 그의 매끈한 등을 타고 오르더니 그의 귀를 물었지 뭐야. 너무 아픈 나머지 재규어는 악마를 만난 것처럼 울부짖었어! 그리하여 재규어는 더욱더 자신을 숨기기 위해 이상한 이름을 붙이기로 했는데 스스로를 자동차라고 부르기로 한 거야.

하지만 어느 날 팔라우아는 늪에서 썩은 물을 마시고 발작 증세를 보이기 시작했어. 그러니까 젊은이들, 결국 자동차가 발작 증세를 보여 자동차 주인들을 골탕 먹이게 된 거지.

나중에 그 재규어가 많은 새끼들을 낳았대. 수컷, 암컷 많이 낳았지. 그러고는 새끼들의 이름을 '포드', '쉐보레' 등으로 지었대. 이게 이야기의 끝이야."

마쿠나이마는 이야기를 멈췄다. 감동을 받은 젊은 커플의 눈에는 눈물이 고였다. 호수 건너편에서 불어온 차가운 바람이 그들의 몸에 부딪혔다. 눈물을 닦으려고 호숫가에 몸을 굽힌 젊은 운전사가 꼬리 치는 물고기 한 마리를 이빨로 물었다. 꼬리를 잘라 낸 뒤 여자에게 먹으라고 주었다. 이때 거인의 집 앞에 재규어를 닮은 피아트 한 대가 나타나더니 달을 향해 목청을 열고 포효했다.

"빵! 빵!"

밤공기를 찢는 거대한 경적 소리와 함께 숨 막히는 악취가 풍겨왔다. 벵시스라우 피에트루 피에트라가 도착한 것이다. 젊은 운전사가 자리에서 일어나자 여자도 따라 일어났다. 그들은 마쿠나이마에게 손을 내밀며 말했다.

"거인님이 여행에서 돌아오셨네요. 같이 보러 갈까요?"

그들은 거인에게로 갔다. 대문 앞에서 기자와 이야기하던 거인은 그들 셋을 보더니 웃음을 지었고 젊은 운전사에게 말했다.

"안으로 들어갈까?"

"물론이죠!"

거인은 귀를 뚫고 귀걸이를 달고 있었다. 그는 젊은 운전사를 가볍게 들어 올리더니 그의 오른발을 오른쪽 귓구멍에, 왼발을 왼쪽 귓구멍에 끼우고선 등에 매달았다. 그렇게 정원을 지나 집으로 들어갔다. 마나우스의 독일 유대인이 만든 등나무 소파와 가구로 장식된 아름다운 회랑 중앙에는 거대한 구덩이가 자리하고 있었다. 구덩이 위에는 사르사* 덩굴로 만든 그네가 걸려 있었다. 거인이 젊은 남자를 덩굴 그네에 앉히더니 그네를 타 보라고 했다. 운전사가 동의했다. 거인은 그네를 앞뒤로 흔들다가 갑자기 세게 밀었다. 사르사 덩굴에는 가시가 많았는데 그 가시에 찔린 운전사는 피를 철철 흘렸고 피는 구덩이 속으로 떨어졌다.

"멈춰요! 멈춰! 더 이상 안 할래요!" 운전사가 소리쳤다.

"탄다고 했잖아! 계속하자고!"

피가 줄줄 흘렀다. 거인의 부인은 구덩이 밑에 들어가 남편을 위해 거대한 가마솥에다 마카로니 요리를 하고 있었는데 운전사의 피가 가마솥으로 들어갔다. 젊은이는 고통으로 울부짖었다.

"아빠, 엄마가 곁에 있었다면 이런 망할 놈의 그네는 타지 않았을 텐데……!"

거인이 갑자기 그네를 세게 밀자 젊은이는 중심을 잃고 마카로니 가마솥 안으로 떨어졌다.

그러고 나서 벵시스라우 피에트루 피에트라는 마쿠나이마를 찾으러 갔다. 영웅은 젊은 여자와 시시덕거리고 있었다. 거인이 그에게 말했다.

"자, 이제 안으로 들어갈까?"

마쿠나이마는 팔을 내밀며 투덜거렸다.

"아! 귀찮아!"

"어라! 안 가겠다는 거야, 뭐야?"

"가…… 갑시다."

거인은 운전사를 옮길 때와 마찬가지로 마쿠나이마를 거꾸로 들고 그의 발을 양쪽 귓구멍에 꽂았다. 거인의 등에 거꾸로 매달리자 과녁이 잘 보였고 마쿠나이마는 부는 화살을 꺼내 거인의 항문에 정확히 꽂았다. 심한 통증을 느낀 거인은 뒤를 돌아보았고 마쿠나이마가 무슨 짓을 했는지 알아챘다.

"이런 짓 하지 마, 이 촌놈아!"

그러고는 화살을 뽑아 멀리 던져 버렸다. 마쿠나이마는 손에 걸리는 대로 나뭇가지를 움켜잡았다.

"대체 뭐하는 거지?" 거인은 수상하다는 표정으로 물었다.

"나뭇가지가 얼굴을 때리잖아요!"

그 말을 들은 거인은 영웅을 바로 세워 주었다. 그러자 마쿠나이마는 나뭇가지로 거인의 귓구멍을 간지럽혔다. 거인은 펄쩍 뛰어오르며 한바탕 웃음을 터뜨렸다.

"더 이상 성가시게 굴지 마, 이 촌놈아!" 거인이 말했다.

그러는 동안 어느새 회랑에 와 있었다. 계단 아래에는 금으로 만든 새장이 있었는데 그 안에는 뱀과 도마뱀이 들어 있었다. 마쿠나이마는 새장으로 달려가서 솜씨 좋게 뱀을 먹기 시작했다. 거인이 그에게 그네에 앉을 것을 종용했지만 마쿠나이마는 계속 뱀을 먹었다.

"다섯 마리만 먹으면 돼요……."

그러고는 한 마리를 더 먹었다. 마침내 뱀을 다 먹어 치운 마쿠나이마는 독기가 올랐고 오른발을 디디며 새장에서 내려왔다. 그러고는 독기 가득 품은 눈으로 자신에게서 훔쳐 간 무이라키탕을 노려보며 중얼거렸다.

"음! …… 귀찮아!"

하지만 거인은 계속 영웅에게 그네를 타라고 권했다.

"하지만 그네 타는 법을 몰라요…… 당신이 먼저 시범을 보여 주세요." 마쿠나이마는 이렇게 위기를 모면하고자 했다.

"이건 아무것도 아니야, 영웅! 물 마시는 것만큼 쉬워. 빨리 타라고, 내가 잘 밀어 줄게!"

거인이 끈덕지게 권했지만 그럴 때마다 마쿠나이마는 거인이 먼저 시범을 보여야 타겠다고 버텼다. 결국 벵시스라우 피에트루 피에트라는 덩굴 그네에 올랐다. 마쿠나이마는 그네를 밀기 시작했고 점점 미는 강도를 더해 갔다. 그럴 때마다 노래를 불렀다.

그네를 밀자꾸나
대장님을 밀자꾸나
허리엔 칼을 차고,
기수가 손에 있네!

그러고는 갑자기 세게 밀었다. 가시가 거인의 살을 찌르자 피가 콸콸 흘러나왔다. 구덩이 밑에 있던 거인의 부인은 그 피가 남편의 것인지도 모르고 비처럼 쏟아지는 피를 마카로니에 신나게 담았다. 소스가 잘 준비되고 있었다.

"멈춰! 멈춰!" 거인이 외쳤다.

"좀 더 타세요!" 마쿠나이마가 대답했다.

그러고는 거인이 어지러워할 때까지 밀고 또 밀다가 어느 한순간, 영웅은 덩굴 그네를 있는 힘껏 세게 밀었다. 코브라를 삼킨 그는 독기로 충만해 있었다. 벵시스라우 피에트루 피에트라는 중심을 잃고 구덩이 속으로 떨어졌는데 떨어지면서도 큰 소리로 노래를 불렀다.

여기서 나갈 수 있다면,
더 이상 사람을 먹지 않으리!

김이 무럭무럭 나는 마카로니 가마솥을 본 거인은 부인을 향해 외쳤다.

"저리 비켜! 아님 당신을 먹어 버릴 거야!"

하지만 거인은 마카로니가 끓고 있는 가마솥 안으로 떨어졌다. 이윽고 상파울루의 모든 참새를 다 먹어 치운 삶은 가죽 냄새가 심하게 올라와서 그 냄새에 영웅은 졸도하고 말았다. 거인은 있는 힘을 다해 허우적거렸으나 몸은 가마솥 아래로 계속 꺼져 들어갔다. 필사의 힘으로 겨우 머리만 밖으로 내밀 수 있었다. 마카로니가 얼굴을 타고 흐르자 거인은 눈을 위로 향한 채 끔벅거리며 혀로 콧수염을 핥았다.

"치즈가 모자라!" 그가 소리쳤다…….

그리고 숨을 거두었다.

이것이 식인 거인 벵시스라우 피에트루 피에트라의 최후였다.

마쿠나이마는 냄새의 충격으로부터 의식을 되찾으면서 무이라키탕을 찾았다. 결국 그것을 손에 넣은 영웅은 전차를 타고 집으로 향했다. 그리고 이렇게 한탄하며 눈물을 흘렸다.

"아름다운 무이라키탕! 나의 무이라키탕! 넌 이제 내 곁에 있지만 그녀는……."

15. 오이베의 내장

세 형제가 그리워하던 고향으로 돌아갈 시간이 왔다.

모두들 만족스러워했지만 영웅은 다른 형제보다 더욱 흡족했는데 모든 것이 성공적으로 끝을 맺었다는, 영웅만이 가질 수 있는 만족감이 들었기 때문이다. 그들은 출발했다. 자라구아* 산 정상을 넘을 때 마쿠나이마는 고개를 돌려 대단한 도시 상파울루를 다시 한 번 바라보았다. 감회에 젖어 한참 동안 생각하던 그는 마침내 고개를 저으며 이렇게 탄식했다.

"건강은 없고 불개미는 많도다! 이것이 브라질의 문제로다!"

눈물을 닦고 떨리던 입술을 굳게 물었다. 그러고는 다시 마법을 발휘했다. 그가 공중에 팔을 휘젓자 거대한 도시가 나무늘보 모양의 돌로 변했다. 그들은 다시 출발했다.

오랫동안 고민한 끝에 마쿠나이마는 상파울루에서 가장 가지고 싶던 것을 사기 위해 마지막 남은 돈을 쓰기로 했다. 스미스-웨슨 권총, 파텍 시계, 그리고 레그혼 닭 한 쌍을 샀다. 마쿠나이마는 권총과 시계를 귀걸이처럼 귀에 걸고 손에는 암수 한 쌍이 든 닭장을 들었다. 복권으로 번 돈은 이제 한 푼도 남아 있지 않았지만, 그의 아랫입술에는 그가 그토록 찾던 무이라키탕이 피어싱되어 걸려 있었다.

이 행운의 물건 덕분에 모든 것이 쉽게 풀렸다. 지게가 노를 젓고 마나피가 키를 잡고 있는 동안 강의 물결은 그들의 전진을 도왔다. 행운이 그들과 함께 있음을 느낄 수 있었다. 배 앞에 앉은 마쿠나이마는 고이아스 주* 사람들의 삶을 편리하게 해 줄 수 있도록 다리를 건설하거나 수리할 곳을 메모했다. 밤이 되어 배가 홍수 났던 구역의 물살을 헤치며 나아가자 익사한 사람들이 내뿜는 희미한 빛이 수면에서 깜박거렸고 그 모습을 바라보던 마쿠나이마는 깊은 잠에 빠졌다. 아침에 일어났을 때는 온몸에 활기가 넘쳤고 배 앞쪽에 서서 왼팔엔 닭장 고리를 걸고 손으로는 기타를 잡았다. 그리고 하늘을 향해 큰 소리로 고향의 노래를 불렀다.

길잡이 갈매기야,
도와줘, 도와줘,
숙달된 요리사-어부야,
도와줘, 도와줘,
우라리코에라 강 어디에서
고기를 잡을까?

배가 강을 미끄러져 가는 동안 그의 시선은 어린 시절의 기억을 찾아 강 주변을 훑었다. 각각의 물고기 냄새, 각각의 나무 냄새가 그를 들뜨게 했고 또다시 장난기가 발동한 영웅은 아무 의미도 없고 말도 되지 않는 시를 읊었다.

제비야, 길을 알려 줘
귀여운 부엉이야
딱따구리는 나무를 파,
귀여운 부엉이야
형제들아, 우리는 간다
우라리코에라 강을 향해
귀여운 부엉이야

뱃전에 부서지는 아라구아이아 강의 물결이 배의 방향을 알려 주었고 저 멀리서 우라리코에라 마을 사람들의 노래가 들려오는 듯했다. 태양 베이가 땀으로 번들거리는 지게와 마나피의 등을 강하게 때렸고, 서 있는 마쿠나이마의 털북숭이 몸을 달구었다. 들뜬 세 형제의 기운을 앗아 가는 강렬한 태양이었다. 마쿠나이마는 자신이 밀림의 황제라는 것을 기억하고 태양을 향해 손짓하면서 소리쳤다.

"어서 와서 우리를 가려 줘!"

그러자 오후의 정적 속에 빠져 있던 지평선 너머에서 구름이 피어오르더니 태양을 가려 주었다. 붉은 구름이 점차 가까이 다가왔다. 그것은 구름이 아니라 너무 많은 종류의 요란한 앵무새 떼였다. 금부리의 앵무새, 트럼펫 모양 부리의 앵무새, 마코앵무새, 주홍 앵무새, 잉꼬앵무새, 붉은 배 앵무새 등 형형색색의 앵무새가 마쿠나이마 황제를 호위했다. 쉴 새 없이 재잘거리며 자신들의 날개를 활짝 펼쳐 복수심에 불타는 태양의 강렬한 빛으로부터 영웅을 보호해 주었다. 앵무새와 물의 요정들이 재잘거리느라 야단법석을 떠는 통에 배는 강물을 따라 표류했다. 마쿠나이마는 가끔씩 레그혼 암탉과 수탉을 놀라게 했는데 닭장 앞에서 크게 손짓하며 이렇게 외쳤던 것이다.

"옛날에 황소가 한 마리 있었는데 처음 말을 거는 사람이 황소를 먹어 버리지!"

"우적, 우적!"

모두들 갑자기 말을 멈췄고 사방이 조용해지자 배에는 정적이 흘렀다. 그러자 우라리코에라의 희미한 물소리가 멀리서 들려왔다. 그 소리는 영웅을 더욱 설레게 했다. 영웅은 기타를 튕기며 목청을 가다듬었다. 마쿠나이마가 강물에 가래를 뱉어 내자 가래는 물속으로 들어가 못생긴 마타마타 거북이가 되었다. 영웅은 하늘을 향해 목청을 높여 의미 없는 노래를 불렀다.

파나파나, 파-파나파나
파나파나, 파-파나파네마,
통통하게 살찐 감자야,
우라리코에라 강 기슭에 있구나!

밤이 오자 어둠은 모든 소음을 삼켰고 온 세상이 잠들어 버렸다. 오직 달 카페이만 힘든 밤일을 치른 뒤의 폴란드 창녀의 얼굴처럼 커다랗게 부푼 얼굴로 중천에 떠올랐다. 사탕수수 술을 퍼마시고 야릇한 짓을 하며 행복한 밤을 보낸 창녀의 얼굴이었다. 그러자 마쿠나이마는 상파울루에서 여자들과 보낸 황홀한 밤이 생각났고 가슴 한쪽이 허전했다. 남편과 부인처럼 스스럼없이 사랑을 나누었던 하얀 피부의 여인들이 그리웠다. 얼마나 행복한 밤이었던가! 그는 달콤하게 속삭였다. "마니! 마니! 만디오카의 딸들이여……!" 감상에 젖어 아랫입술을 너무 세게 깨무는 바람에 하마터면 무이라키탕을 강물에 떨어뜨릴 뻔했다. 마쿠나이마는 더욱 확실하게 행운의 돌을 입술에 끼웠다. 그러자 무이라키탕의 주인이자 용맹스러운 여인, 사랑을 나눌 때는 요부처럼 그를 사로잡던 씨가 생각났다. 아! 보고 싶은 씨! 숲의 어머니 씨는 자신의 머리카락으로 엮은 그물 침대에서 마쿠나이마와 잠을 자곤 했었다. "사랑하는 사람이 이렇게 멀리 있으니, 정말 힘든 일이야……." 그는 한탄했다. 얼마나 엄청난 요녀였던지……! 그녀는 광활한 천상 세계를 돌아다니며 치명적인 매력을 무기로 여러 파트너와 사랑을 나누고 있었다……. 마쿠나이마는 질투가 났다. 그는 레그혼 닭이 놀랄 정도로 번쩍 팔을 들더니 사랑의 아버지에게 기도했다.

루다! 루다!
비를 주관하시며
하늘에 계신 아버지시여!

나의 사랑하는 여인이
아무리 많은 남자와 사랑을 나누더라도
모두 싱거운 놈들이라는 것을 알게 하소서!
이 호색녀에게 입김을 불어넣으셔서
여기 있는 호색남을 갈망하게 하소서!
석양에 해가 질 때
저를 기억하게 하소서!

그는 하늘을 올려다보았다. 그러나 씨는 없었고 살찐 달 카페이가 모든 것을 품에 안고 있었다. 마쿠나이마는 배의 바닥에 길게 누워 새장을 머리에 베고 모기와 깔따구와 파리가 들끓는 사이에서 잠이 들었다. 대나무 숲에서 들려오는 사슴의 비명 소리에 잠에서 깼을 때는 새벽하늘이 노랗게 물들어 있을 때였다. 눈으로 상황을 파악한 그는 해변에 뛰어내리며 지게에게 말했다.

"잠깐만 기다려!"

숲 속으로 한 레구아 반을 들어갔다. 한때 지게의 연인이었으나 그가 빼앗았던 아름다운 이리키를 찾으러 간 것이었다. 예쁘게 단장한 그녀는 카폭 나무뿌리 위에 앉아 진드기에 물린 곳을 긁고 있었다. 서로를 보자 뛸 듯이 기뻐한 그들은 여러 번 사랑을 나눴고 함께 배로 왔다.

정오쯤 되자 햇빛이 매우 뜨거웠지만 앵무새들은 다시 마쿠나이마 일행을 날개로 가려 주었다. 어느 날 저녁 영웅은 배 안에 있는 게 갑갑해 육지에 나가서 잘 생각을 했다. 해변에 한 발 내려놓는 순간 그의 앞에는 괴물이 서 있었다. 그것은 퐁데라고 알려진 아마존 강에 사는 거대한 수리부엉이로, 밤에는 사람 모양을 하고 있다가 혼자 있는 사람을 잡아먹는 괴물이었다. 마쿠나이마는 쿠루페라고 불리는 신성한 개미의 넓적한 머리가 화살촉에 박혀 있는 화살을 급히 꺼내서는 제대로 겨누지도 못한 채 괴물에게 쏘았다. 퐁데 괴물은 펄쩍 뛰었고 다시 부엉이로 돌아갔다. 그 후 평지를 지나 구멍 난 바위로 덮인 강둑에 올랐을 때 숲 속에서 소녀를 추행하는 유인원 괴물 마핑구아리와 마주쳤다. 괴물에게 붙잡힌 영웅은 자신의 성기를 꺼내 괴물에게 보여 주었다.

"이 친구야, 혼동하지 마!"

괴물은 씩 웃으며 마쿠나이마를 보내 주었다. 영웅은 개미가 없는 쉴 곳을 찾아 한 레구아 반을 걸었다. 40미터나 되는 통카 나무 꼭대기에 올라가 주변을 살핀 후 한참을 걸었을 때 멀리서 작은 불빛이 보였다. 그곳에 가 보았더니 작은 오두막이 있었다. 그것은 오이베의 거처였다. 마쿠나이마가 문을 두드리자 아주 부드러운 목소리가 안에서 흘러나왔다.

"뉘시오?"

"착한 사람이오!"

그러자 문이 열리고 큰 괴물이 나타났다. 아마존의 거대한 지렁이 괴물 오이베였다. 영웅은 심장이 얼어붙었지만 스미스-웨슨 권총을 지니고 있다는 것을 기억하고 용기를 내서 하룻밤 묵어 가자고 부탁했다.

"당신 집이라 생각하고 들어오시오."

마쿠나이마는 안으로 들어가 덩굴로 만든 바구니 위에 앉았다. 그러고는 한참 동안 가만히 있다가 마침내 입을 열었다.

"무슨 말이든 해야 하지 않을까요?"

"합시다."

"뭐에 대해 말을 할까요?"

오이베가 구레나룻을 긁으며 생각하더니 갑자기 밝은 얼굴로 말했다.

"음탕한 이야기 할까?"

"좋지요! 나도 그런 이야기 좋아해요!" 영웅이 소리쳤다.

그들은 한 시간 동안 신나게 이야기했다.

오이베는 음식을 요리하고 있었다. 마쿠나이마는 배가 고프지 않았지만 장난기가 발동하여 닭장을 바닥에 놓으며 배를 움켜쥐고 소리를 냈다.

"꼬르륵!"

오이베가 불평하듯 말했다.

"이게 무슨 소리요?"

"배고파서 나는 소리죠!"

그러자 오이베는 나무 그릇을 꺼내 참마*와 콩을 담고 조롱박에는 만디오카 가루를 채워서 영웅에게 주었다. 하지만 사사프라스* 나무 꼬챙이에 끼워 군침 도는 냄새를 풍기며 굽고 있는 내장은 한 점도 주지 않았다. 마쿠나이마는 오이베가 준 것을 씹지도 않고 삼켜 버렸다. 그는 배가 고프지 않았지만 내장 굽는 냄새는 그의 입안을 침으로 가득 차게 만들었다. 그는 다시 한 번 배를 감싸쥐며 소리를 냈다.

"꼬르륵!"

오이베가 짜증스럽게 말했다.

"이건 또 무슨 소리요?"

"갈증 때문이에요. 갈증이 나서요!"

오이베는 물동이를 들고 물을 뜨러 우물로 갔다. 오이베가 밖으로 나가자마자 마쿠나이마는 숯불에서 사사프라스 나무 꼬챙이를 집더니 모든 내장을 씹지도 않고 먹어 버렸다. 그리고 태연히 앉아서 기다렸다. 이윽고 지렁이 괴물이 물동이를 채워 돌아왔을 때 마쿠나이마는 카카오 열매 통 가득 물을 마셨다. 그러더니 기지개를 켜면서 다시 소리를 냈다.

"꼬르륵!"

괴물은 놀라서 말했다.

"뭘 더 원하는 거요?"

"잠 때문이에요. 잠이 와서 그래요!"

그러자 오이베는 마쿠나이마를 손님방으로 데려갔고 잘 자라고 한 후에 밖에서 문을 잠갔다. 그리고 저녁을 먹으러 갔다. 마쿠나이마는 닭장을 한구석에 내려놓은 뒤 천으로 잘 덮었다. 그러고 나서 방을 자세히 살폈다. 사방에서 바스락거리는 소리가 들렸다. 마쿠나이마가 부싯돌로 불을 붙이자 방이 온통 바퀴벌레투성이인 것을 보게 되었다. 닭들의 먹이가 풍족한 것을 확인한 그는 그물 침대로 올라갔다. 한 쌍의 닭은 바퀴벌레를 신나게 먹어 댔다. 그것을 본 마쿠나이마는 흐뭇했고 트림을 한 번 하고 잠이 들었다. 조금 지나자 바퀴벌레들이 그의 온몸을 핥았다.

마쿠나이마가 내장구이를 다 먹어 버린 것을 알았을 때 오이베는 화가 머리끝까지 치밀었다. 흰 시트로 싼 작은 종을 마쿠나이마의 귀에 흔들어 귀청을 찢을 참이었다. 물론 이것은 농담이었다. 문을 두드리더니 종을 흔들었다.

"땡땡! 땡땡!"

"무슨 일이오?"

"내 소장, 대장, 십이지장, 맹장 내놔!"

"땡땡! 땡땡!"

괴물은 문을 열었다. 이 광경을 보았을 때 영웅은 겁에 질려 그 자리에 얼어붙었다. 그에게는 오이베가 아니라 유령으로 보였던 것이다. 유령은 점점 다가왔다.

"내 소장, 대장, 십이지장, 맹장 내놔!"

"땡땡! 땡땡!"

그제야 마쿠나이마는 그것이 무서운 지렁이 괴물 오이베라는 것을 알았다. 그는 용기를 되찾고 왼쪽 귀에 걸어 두었던 권총을 꺼내 괴물을 향해 쏘았다. 하지만 오이베는 아랑곳하지 않고 계속 다가왔다. 또다시 영웅은 겁에 질렸다. 그물 침대에서 뛰어내린 그는 급히 닭장을 움켜쥐고 창문을 통해 도망쳤다. 그의 몸에서 떨어진 바퀴벌레들이 길바닥에 깔렸다. 오이베는 뒤에서 따라왔다. 그는 영웅을 잡아먹을 태세였다. 마쿠나이마는 들판 쪽으로 총알같이 달아났지만 지렁이 괴물은 계속해서 따라왔다. 그가 손가락을 식도에 넣고 간질이자 배 속에 삼켰던 만디오카 가루가 뿜어져 나왔다. 가루는 모래처럼 바닥에 깔렸기 때문에 거대한 지렁이가 모래 바닥을 건너느라 애를 먹는 동안 마쿠나이마는 도망갈 수 있었다. 오른쪽으로 방향을 틀었고 7년마다 한 번씩 거대한 소리를 낸다는 굉음의 언덕*으로 내려가서 그 지역의 증표라고도 할 일렬로 들어선 나무들을 따라갔고 세르지피 주*를 끝에서 끝까지 횡단한 다음 험준한 바위 협곡에서 숨을 헐떡이며 멈췄다. 바로 앞에는 거대한 바위에 동굴이 뚫려 있었는데 그 안에는 작은 제단이 있었다. 동굴 입구에는 사제가 있었다. 마쿠나이마는 그에게 물었다.

"성함이 어떻게 되세요?"

사제는 영웅을 흘깃 한 번 쳐다보더니 한참 시간을 끌다가 대답했다.

"나는 멩동사 마르라는 화가요. 사람들의 불의를 참다못해 인적이 없는 황야의 오지에 들어와 산 지 3세기가 되었소. 이 동굴을 발견하고 내 손으로 선한 예수의 제단을 만들어 놓고는 사람들을 용서하면서 내 스스로 고독한 프란시스쿠 사제가 되었다오."*

"훌륭하시군요." 마쿠나이마는 말했다. 그러고는 다시 불꽃을 내며 도망갔다. 이 지역은 온 사방에 구덩이가 있었는데 마쿠나이마가 좀 더 전진했을 때 한 사람이 이상한 짓을 하고 있는 것을 보고 놀라 멈췄다. 그는 에르쿨리스 플로렌시*였다. 그는 작은 터널 입구에 유리를 놓고 코끼리의 귀라 불리는 식물의 큰 이파리로 유리를 가렸다가 치웠다가 하는 일을 반복하고 있었다. 마쿠나이마가 물었다.

"어이, 신사 양반! 지금 뭘 하고 계신 건지 설명해 주실 수 없나요?"

그 사람은 마쿠나이마를 향해 몸을 돌리더니 기쁨에 가득 찬 눈으로 프랑스 말로 말했다.

"1927년의 오늘을 기억할지어다! 나는 사진을 발명했다!"*

마쿠나이마는 껄껄 웃었다.

"쉬! 그건 이미 한참 전에 발명되었다오, 신사 양반!"

그러자 에르쿨리스 플로렌시는 충격을 받고 코끼리 귀 이파리 위에 쓰러지더니 악보를 사용하여 새들의 노래에 대한 과학적인 관찰을 기록했다. 그는 미치광이였다. 마쿠나이마는 다시 길을 재촉했다.

한 레구아 반을 달려간 후 뒤를 돌아보니 오이베가 가까이 따라오고 있었다. 그는 집게손가락을 식도에 집어넣고 배 속에 있던 내장을 토해 냈는데 내장들은 땅에 떨어지자 작은 거북이처럼 꿈틀거렸다. 오이베는 그것들을 피하느라 땀을 뻘뻘 흘렸고 그 덕분에 마쿠나이마는 도망칠 수 있었다. 한 레구아 반을 달려간 후 다시 뒤를 돌아보았다. 오이베는 꼬리처럼 그의 뒤에 붙어 있었다. 다시 한 번 손가락을 식도에 집어넣고 토하자 검은콩과 물이 쏟아져 나왔다. 그것은 황소개구리로 가득 찬 진창으로 변했고 오이베는 어떻게 건너갈지 고민에 빠졌다. 영웅은 몇 마리의 지렁이를 집어 닭에게 먹이고선 서둘러 출발했다. 이제 오이베를 많이 따돌렸다고 생각한 그는 잠시 쉬어 가기로 했다. 주변을 둘러보던 그는 깜짝 놀랐는데 그동안 얼마나 정신없이 달렸는지 또다시 오이베의 오두막으로 향하는 문에 와 있는 것을 깨달았다. 차라리 밭에 숨는 것이 낫겠다고 생각했다. 그는 카람볼라* 나무의 가지들을 꺾어 그것으로 몸을 가렸다. 잘린 가지들은 눈물을 흘렸고 카람볼라 나무의 탄식이 들렸다.

우리 아버지의 정원사는
절대로 내 머리를 자르지 않았네
액운이 들지 않기 위해
잘 익은 무화과 열매를
참새들이 다 쪼아 먹었구나……
참새들아! 참새들아!

둥지에 있던 참새들이 모두 슬퍼하며 눈물을 흘리자 마쿠나이마는 놀라서 그 자리에 얼어붙었다. 그는 목에 걸려 있던 가죽 주머니를 꺼내 마법의 주문을 외웠다. 그러자 카람볼라 나무는 우아한 공주가 되었다. 영웅은 공주와 사랑을 나누고 싶은 불타는 욕망에 휩싸였지만 오이베가 곧 들이닥칠 것 같았다. 괴물은 정말로 금방 나타났다.

"내 소장, 대장, 십이지장, 맹장 내놔!"

"땡땡!"

마쿠나이마는 공주의 손을 잡았고 그들은 도망가기 시작했다. 그들 앞에는 거대한 뿌리가 떠받치는 무화과나무 한 그루가 있었다. 오이베는 어느새 그들의 발꿈치까지 따라왔고 마쿠나이마는 시간이 없었다. 급한 대로 공주와 함께 뿌리 사이의 작은 구멍으로 들어갔다. 하지만 지렁이 괴물이 팔을 집어넣어 영웅의 발을 잡았다. 위기일발의 순간, 이미 숱한 일을 겪은 마쿠나이마는 오히려 껄껄 웃으며 말했다.

"너는 내 다리를 잡고 있다고 생각하겠지만 틀렸어! 그건 나무뿌리야!"

지렁이 괴물은 다리를 놓았다. 마쿠나이마가 소리쳤다.

"그건 내 다리였어. 이 멍청한 괴물아!"

오이베는 다시 팔을 들이밀었으나 영웅은 이미 다리를 웅크린 뒤였고 지렁이 괴물은 나무뿌리밖에 잡을 수 없었다. 근처에는 왜가리 한 마리가 있었다. 오이베가 왜가리에게 말을 걸었다.

"왜가리 친구, 뿌리를 파낼 곡괭이를 구해 올 테니 그때까지 영웅이 나오지 못하게 감시해 줘."

왜가리는 친구의 청을 들어주기로 했다. 오이베가 멀리 갔을 때 마쿠나이마는 왜가리에게 말을 붙였다.

"이 얼빠진 녀석아! 영웅을 감시하는 일을 도와주겠다니! 이리 와서 눈을 크게 떠 봐."

왜가리는 시키는 대로 했다. 마쿠나이마가 왜가리의 눈에 불개미를 한 주먹 넣자 왜가리는 비명을 지르며 눈이 안 보인다고 했다. 그 틈에 그는 공주와 함께 구멍에서 나와 도망갈 수 있었다. 마투그로수 주의 산투안토니우 근처에 다다른 그들은 바나나 나무를 보았는데 그제야 자신들이 배고파 죽을 지경이라는 것을 깨달았다. 마쿠나이마가 공주에게 말했다.

"그물 침대에서 바나나를 드세요. 푸른색이 맛있으니까 그걸 드시고, 노란색은 나한테 던지세요."

공주는 그렇게 했다. 덜 익은 바나나를 먹은 공주는 복통을 일으켜 배를 잡고 구른 반면 마쿠나이마는 맛 좋은 바나나로 포식했다. 하지만 오이베가 계속 따라오고 있었기 때문에 그들은 그물 침대를 접고 다시 도주하기 시작했다.

한 레구아 반을 달려 험준한 아라구아이아 강에 도착했다. 그러나 배는 이미 다른 쪽 강기슭에 안전하게 정박해 있었고 마나피와 지게 그리고 아름다운 이리키는 잠에 곯아떨어져 있었다. 마쿠나이마는 다시 뒤를 돌아보았다. 오이베는 거의 그곳에 와 있었다. 마쿠나이마는 마지막으로 목구멍에 손가락을 넣어 내장을 강물에 토해 냈다. 창자는 수초(水草)로 이루어진 떠다니는 섬으로 변했다. 마쿠나이마가 조심스럽게 닭장을 평평한 곳에 놓고 공주를 그곳으로 이끈 후 한 발을 육지로부터 힘껏 밀자 섬은 강기슭을 벗어나 물결이 가는 대로 떠가기 시작했다. 오이베가 강가에 도착했을 때는 도망자들이 이미 멀어진 후였다. 그러자 악명 높은 인간 늑대였던 괴물 지렁이는 분노에 치를 떨었고 꼬리가 자라더니 들개로 변했다. 마법이 풀린 들개가 큰 입을 벌리자 배 속에서 파란색 나비가 나왔다. 그것은 이포랑가의 동굴에 사는 악당 카라파투의 사악한 마법으로 늑대의 몸속에 갇혀 있던 인간의 영혼이었다.

마쿠나이마와 공주는 흐르는 강물 위에서 미친 듯이 사랑을 나눴다. 둘은 상대방의 정력에 혀를 내둘렀다.

수초 섬이 배 옆을 지나갈 때 마쿠나이마는 소리를 질러 형들을 깨웠고, 깨어난 그들은 마쿠나이마를 따라왔다. 이리키는 마쿠나이마가 자신을 더 이상 거들떠보지 않고 공주와 사랑을 나누는 데만 정신이 팔려 있자 질투심에 불타올랐다. 다시 영웅의 관심을 끌어 보기 위해 칭얼거렸다. 그녀의 칭얼거림에 불편해진 지게는 마쿠나이마에게 그녀와 잠시 사랑을 나눠 주길 부탁했다. 지게는 매우 멍청한 사람이었다. 이미 이리키에게 싫증이 나 있던 영웅은 지게에게 말했다.

"이리키는 재미가 없어, 형. 하지만 공주님은 죽여주지! 이리키가 하는 말을 절대 믿지 마, 절대! 이런 말이 있지. '겨울의 태양이나 여름의 비처럼 여자의 말은 도둑의 말과 다를 바 없다.' 절대 속으면 안 돼."

그러고는 공주와 다시 사랑을 나누러 갔다. 이리키는 슬퍼하고 또 슬퍼했다. 결국 여섯 마리의 앵무새를 부르더니 새들과 함께 하늘로 올라갔고 그녀의 눈물은 별이 되었다. 노란색 앵무새들도 역시 별이 되었다. 그렇게 일곱 개의 별이 된 것이다.

16. 우라리코에라 강

다음 날 아침 마쿠나이마가 일어났을 때 꽤 열이 났고 기침이 멈추질 않았다. 영웅이 폐병에 걸렸다고 생각한 마나피는 아보카도 싹을 삶아 죽을 만들었다. 하지만 영웅이 걸린 것은 말라리아였고, 기침은 상파울루의 모든 사람들이 앓고 있는 후두염 때문이었다. 마쿠나이마는 배 앞쪽 갑판 위에 뻗어 버렸고 다시는 완쾌될 것 같지 않았다. 공주가 더 이상 참지 못하고 사랑을 나누자고 왔을 때 그는 한숨을 내쉬며 이렇게 말했다.

"아, 귀찮아!"

다음 날 그들은 강의 가장 상류에 도착했고 멀지 않은 곳에서 우라리코에라 강의 물소리를 들을 수 있었다. 드디어 그들은 도착한 것이다! 비단나무 위에 앉아 있던 참새 한 마리가 마쿠나이마 일행을 보자 반갑게 외쳤다.

"문지기 아줌마! 빨리 문을 열어 주세요!"

마쿠나이마는 기쁜 마음으로 참새에게 고마움을 표했다. 뱃전에 서서 지나쳐 가는 풍경들을 하나하나 주시했다. 위대한 후작* 이 건설한 상조아킹 요새가 옆으로 스쳐 지나갔다. 불개미들로부터 대포를 보호하기 위해 다 해진 군복을 입고 근무하던 하사관과 병사들에게 작별 인사를 했다. 금방 모든 풍경이 익숙해졌다. 예전엔 그들의 어머니였고, 지금은 거대한 흑개미의 아버지라고 불리는 완만한 언덕이 보였다. 또한 빅토리아 백합으로 둘러싸인 채 전기뱀장어와 작은 거북이들이 몸을 숨기고 있는 속기 쉬운 늪도 보였다. 맥(貊)들이 물을 마시던 곳 앞에는 만디오카 식물을 키우던 밭이 황무지로 버려져 있었다. 마쿠나이마의 눈에서는 눈물이 흘렀다.

그들은 황무지에 배를 대고 상륙했다. 날은 이미 어두워지고 있었다. 마나피와 지게는 횃불을 들고 고기를 잡기로 했고 공주는 먹을 것이 없는지 둘러보러 갔다. 혼자 남아 쉬고 있던 마쿠나이마는 누군가 자신의 어깨에 손을 얹는 것을 느꼈다. 고개를 돌려 쳐다보니 턱수염을 기른 노인이 서 있었다. 노인이 그에게 말했다.

"넌 누구냐? 어디서 온 이방인이지?"

"전 이방인이 아니에요, 할아버지. 저는 영웅 마쿠나이마입니다. 우리 땅에 살기 위해 다시 돌아온 거죠. 할아버지는 누구시죠?"

노인은 모기를 쫓느라 눈을 잠시 찌푸렸다가 말을 이었다.

"난 조앙 하말류다."

노인은 두 손가락을 입에 넣고 휘파람을 불었다. 그러자 그의 아내와 열다섯 명의 아들이 조그만 계단 위로 일순간 모여들었다. 숲에서 자신들만의 삶을 살던 그들은 마쿠나이마 일행이 나타나자 아무도 없는 곳을 찾아 다시 이사하기 시작했다.

다음 날 아침 일찍 마쿠나이마 일행은 모두 일하러 떠났다. 공주는 밭으로 갔고 마나피는 숲으로, 지게는 강으로 갔다. 마쿠나이마는 양해를 구한 뒤 마라파타 섬에 두고 온 자신의 양심을 찾기 위해 카누를 타고 네그루 강 입구까지 거슬러 올라갔다. 그것을 찾았을까? 찾지 못했다. 그는 결국 한 라틴 아메리카 사람의 양심을 구해 머리에 장착한 후 그렇게 살기로 했다.

마쿠나이마는 산란기의 물고기들이 우글대는 곳을 지나게 되었다. 정신없이 물고기를 퍼 담다 보니 어느덧 신선한 물고기의 보고(寶庫)인 오비두스 가까이 와 있었다. 영웅은 잡은 물고기를 모두 놓아줘야 했는데 오비두스에서 "물고기를 먹는 자는 거기에 머물 것이다"라는 말이 있었기 때문이다. 그는 물론 우라리코에라로 돌아가야 했다. 그가 돌아왔을 때는 태양이 뜨거운 시간이라 자귀나무 아래 누워 벼룩을 잡은 후 잠이 들었다. 그날 오후 형제들과 공주가 황무지에 돌아왔을 때 마쿠나이마가 보이지 않았다. 그들은 기다리기로 했다. 지게가 땅바닥에 귀를 대고 영웅의 발소리를 들으려 했지만 아무 소리도 들리지 않았다. 지게는 야자나무 가지 위에 올라가 영웅의 귀걸이가 번쩍거리는 것을 보려 했으나 아무런 섬광도 보이지 않았다. 결국 그들은 숲으로 가서 소리치며 영웅을 찾았다.

"마쿠나이마! 우리 동생아……!"

아무 대답이 없었다. 지게는 야자나무 아래에서 소리쳤다.

"동생아!"

"무슨 일이야!"

"너 거기서 자고 있었구나!"

"자고 있다니! …… 난 숲에 사는 자고새를 유인하던 중이었어! 형이 소란을 떠는 바람에 도망가 버렸잖아!"

그들은 함께 돌아왔다. 매일 그런 식이었다. 형제들은 마쿠나이마를 불신하게 되었다. 마쿠나이마는 이것을 눈치챘고 언제나 잘 둘러댔다.

"오늘은 사냥하러 갔는데 아무것도 없더라고. 지게 형도 고기를 잡으러 간다더니 하루 종일 잠만 잤잖아."

마쿠나이마의 말은 지게를 화나게 했는데 물고기는 정말 드물었고, 사냥감도 거의 없었기 때문이다. 그래도 지게는 뭐가 좀 있나 보려고 강으로 갔다가 거기서 다리가 하나뿐인 마법사 찰로를 만났다. 그는 호박을 반으로 잘라 만든 요술 조롱박을 가지고 있었다. 그것을 물에 넣어 반을 채우더니 강변에 뿌리자 물고기 한 떼가 강변에서 퍼덕거렸다. 지게는 이 신기한 요술을 지켜보았다. 마법사는 막대기로 물고기 머리를 때려서 잡았다. 지게는 외다리 마법사의 요술 조롱박을 훔쳐 달아났다.

얼마 후 지게가 요술 조롱박을 가지고 조금 전에 본 대로 하자 거대한 피라냐, 파쿠,* 카스쿠두,* 준디아* 지역의 바그리,* 투쿠나레* 등 수많은 물고기가 쏟아졌다. 지게는 조롱박을 리아나 식물의 뿌리에 숨겨 놓은 뒤 잡은 물고기를 이고 황무지로 돌아왔다. 지게가 잡은 엄청난 물고기에 모두 입을 다물지 못했고 오랜만에 포식했다. 마쿠나이마는 뭔가 이상한 것이 있다고 의심했다.

다음 날 그는 자는 척하면서 왼쪽 눈을 뜨고 지게를 감시했고 그가 고기 잡으러 밖으로 나가자 몰래 뒤를 따라나섰다. 그리고 모든 것을 알아 버렸다. 지게가 다른 곳으로 가 버리자 마쿠나이마는 닭장을 바닥에 내려놓고 형이 숨겨 놓은 조롱박을 꺼내서 형이 하던 대로 따라 했다. 또다시 아카라,* 피라칸주바,* 구리-주바,* 피라무타바,* 수루빙*과 같은 고기들이 쏟아졌다. 마쿠나이마는 허겁지겁 고기들을 잡느라 정신이 없었는데 그 바람에 조롱박이 바닥에 떨어져 두 동강이 나면서 강물에 떨어지고 말았다. 그때 파드자라는 거대한 피라냐가 이곳을 지나고 있었다. 파드자는 떨어진 조롱박이 호박인 줄 알고 꿀꺽 삼켰는데 그것은 파드자의 불룩한 배가 되었다. 마쿠나이마는 닭장을 팔에 끼고 황무지에서 돌아와 그동안 벌어진 일을 이야기했다. 지게는 화가 났다.

"친애하는 공주님, 고기를 잡는 사람은 바로 납니다. 당신의 동행자는 자귀나무 아래서 잠만 자다가 다른 사람들을 속이고 있어요."

"거짓말."

마쿠나이마가 받아쳤다.

"그럼 넌 오늘 뭘 했지?"

"사슴을 사냥했지."

"그럼 그게 어딨지?"

"먹어 버렸지. 내가 오솔길을 가고 있었는데…… 카팅게이루 사슴, 아니 자세히 보니 마테이루 사슴을 만난 거야. 나는 웅크리고 사슴을 따라갔지. 살금살금 다가가는데 갑자기 머리에 뭔가 물컹

하는 게 부딪히는 거야. 얼마나 웃긴지! 그게 뭐였는지 알아? 바로 사슴의 엉덩이였어! (마쿠나이마는 깔깔거리며 웃었다.) 사슴이 나한테 묻더군. '아저씨는 여기서 뭐하고 있어요?' '널 찾고 있지.' 사슴한테 대답했지. 사슴을 죽여서 내장까지 다 먹어 버렸지. 형들에게 주려고 한 조각 잘라지고 오는데 진창에 미끄러지는 바람에 꽈당 넘어졌지 뭐야. 그 바람에 사슴 고기는 멀리 날아가 버렸고 큰 엉덩이 개미들이 그 위에 볼일을 보고 말았어."

거짓말이 너무 허풍스러워서 마나피는 믿지 않았다. 마나피는 마법사였다. 동생에게 바짝 다가가더니 그에게 물었다.

"네가 사냥을 갔었단 말이지?"

"그, 그렇다고…… 했잖아."

"뭘 잡았지?"

"사슴."

"뭐라고!" 마나피는 험악한 표정을 지으며 몸짓으로 위협했다. 영웅은 겁에 질려 모두 꾸며 낸 이야기라고 털어놓았다.

다음 날 지게가 요술 조롱박을 찾으러 갔다가 거대한 아르마딜로를 만났는데 이 동물은 카이캉이라 불리는 마법사로서 어머니를 가진 적이 없었다. 카이캉은 자기 집 문 앞에 나와 앉아 요술 조롱박의 나머지 반쪽으로 만든 바이올린을 연주하며 노래를 부르고 있었다.

이리 오렴, 코안두*야!
이리 오렴, 쿠아티*야!

이리 오렴, 타이아수야!

이리 오렴, 파카리*야!

이리 오렴, 파카*야!

에……!

이런 식이었다. 그러자 많은 먹잇감이 다가왔다. 지게는 이 광경을 지켜보았다. 카이캉은 바이올린을 옆에 내려놓고 마법에 홀려 몰려든 동물들을 향해 몽둥이를 휘둘렀다. 그 틈에 지게는, 어머니를 가진 적이 없는 카이캉의 요술 바이올린을 쉽게 훔칠 수 있었다.

얼마 후 지게가 카이캉이 하던 대로 바이올린을 연주하며 노래를 부르자 동물들이 홍수처럼 밀려왔다. 모두는 지게가 잡은 엄청난 동물에 입을 다물지 못했고 실컷 포식할 수 있었다. 마쿠나이마는 뭔가 이상한 것이 있다고 의심했다.

다음 날 마쿠나이마는 왼쪽 눈을 뜨고 자는 척하며 지게가 나가기를 기다렸다가, 그의 뒤를 따랐다. 그리고 모든 사실을 알아버렸다. 형이 황무지로 돌아간 것을 확인하고 바이올린을 찾아내 방금 전에 보았던 그대로 반복하자 사슴, 아구티, 개미핥기, 물돼지, 아르마딜로, 거북이, 파카, 아구아차라이,* 뉴트리아,* 수달, 도마뱀, 원숭이, 이구아나, 케이샤다,* 맥(貘), 옹사,* 재규어, 스라소니, 무수라나,* 오셀롯* 등 동물들이 홍수처럼 몰려왔다. 엄청난 짐승 떼에 놀란 영웅은 바이올린을 집어 던지고 혼비백산 도망쳤다. 그 바람에 팔에 걸어 두었던 닭장이 나무와 심하게 부딪쳤고 수탉과 암탉은 귀가 먹을 정도로 크게 울었다. 닭들이 우는 것은 짐승들이 가까이 쫓아오고 있기 때문이라고 생각한 마쿠나이마는 부리나케 도망쳤다. 그가 집어 던진 바이올린은 배꼽이 등에 달린 케이샤다의 부리에 떨어져 산산조각이 났는데 케이샤다는 그것을 호박으로 생각하고 먹어 버렸다. 그리고 바이올린 조각들은 케이샤다의 방광이 되었다.

일행이 머물고 있는 황무지 은신처에 뛰어든 마쿠나이마는 한참이 지나서야 낑낑거리며 기어 나왔다. 겨우 숨을 쉴 수 있게 되자 그동안 있었던 일들을 이야기했다. 지게는 화가 나서 소리쳤다.

"이제 앞으론 사냥도 안 하고, 고기도 안 잡을 거야!"

그러고는 잠자러 가 버렸다. 모두 배가 고파 먹을 것을 찾았지만 지게는 그물 침대에서 눈을 감아 버렸다. 영웅은 복수를 다짐했다. 아나콘다의 이빨로 가짜 낚싯바늘을 만들어 그것에다가 명령했다.

"가짜 낚싯바늘아, 만약 지게 형이 널 써 보려고 할 때 그의 손에 박혀라."

배가 고파 잠이 들 수 없었던 지게는 낚싯바늘을 보자 동생에게 물었다.

"동생, 그 바늘이 좋은가?"

"끝내주지!" 마쿠나이마는 이렇게 대답하고 닭장 청소를 계속했다.

지게는 너무나 배가 고팠기 때문에 낚시하러 가려고 동생에게 말했다.

"좋아. 낚싯바늘이 얼마나 좋은지 한번 봐주지."

지게는 바늘을 잡아 손바닥에 시험하려 했다. 그 순간 아나콘다의 이빨이 그의 피부 속으로 들어갔고 모든 독을 쏟아 냈다. 지게는 만디오카를 찾아 뛰어갔고 만디오카 줄기를 씹고 삼켰지만 아무 소용이 없었다. 이번에는 독사에 물렸을 때 효험이 있다고 들은 뿔까치의 머리를 찾아 손의 상처에 갖다 댔다. 하지만 역시 소용이 없었다. 독은 지게의 몸에 문둥병을 일으키며 몸 전체를 다 잡아먹을 태세였다. 처음엔 팔에 퍼지더니 몸의 절반에 퍼졌고 이윽고 다리에 신호가 오더니 몸의 다른 쪽에도 나타나기 시작하여 결국 목덜미와 머리까지 퍼졌다. 지게의 그림자만 안전하게 남았다.

지게의 모습을 본 공주는 경악했다. 그녀는 지게와 얼마 전에 사랑을 나눈 터였다. 마쿠나이마는 상황을 훤히 꿰고 있었지만 이렇게 생각했다. '나는 만디오카를 심었고, 뿌리가 열렸는데 아무도 도둑을 막을 수 없구나. 인내심을 가질지어다……!' 그러고는 어쩔 수 없다는 표정을 지었다. 마쿠나이마에게 화가 난 공주는 지게의 그림자에게 말했다.

"영웅이 배가 고파 먹을 것을 찾아다닐 때 당신은 캐슈 나무, 바나나 나무, 사슴 바비큐로 변신하세요."

지게의 그림자까지 문둥병에 감염되었기 때문에 화가 난 공주는 마쿠나이마를 죽이고 싶어 했다.

다음 날 허기 때문에 잠을 깬 마쿠나이마는 먹을 것을 찾아 나섰다. 그는 열매가 풍성하게 달린 캐슈 나무를 발견했다. 열매를 먹으려 하다가 문둥병에 감염된 그림자의 분신이라는 예감이 들어 그냥 지나쳤다. 한 레구아 반을 더 갔을 때 김이 모락모락 나는 사슴 바비큐와 마주쳤다. 그는 배가 고파 죽을 지경이었지만 사슴 바비큐 역시 문둥병 걸린 그림자의 분신이라고 짐작하여 다시 지나쳤다. 다시 한 레구아 반을 갔을 때 잘 익은 바나나가 주렁주렁 달린 바나나 나무를 만났다. 이젠 너무 배가 고픈 나머지 영웅의 눈에는 헛것이 보이기 시작했다. 한쪽으로는 지게 형의 그림자가 보였지만 다른 쪽으로는 잘 익은 바나나가 보였다.

"드디어 먹을 수 있게 됐어!" 영웅은 말했다.

그러고는 한 다발의 바나나를 다 먹어 버렸다. 아니나 다를까 바나나는 문둥병에 걸린 지게의 그림자여서 마쿠나이마는 문둥병에 걸려 죽을 지경이 되었다. 그러자 혼자 죽지 않으려고 다른 존재들에게 병균을 옮길 생각을 하였다. 한때는 사람이었던 불개미 한 마리를 잡아서 자신의 코에 난 상처에 대고 문질러서 불개미도 문둥병에 걸리게 되었다. 이번에는 자구아타시 개미를 잡아서 그 짓을 반복했다. 그러자 자구아타시 개미도 문둥병에 걸렸다. 이번에는 씨를 갉아 먹는 아케케 개미, 기켐 개미, 트라쿠아 개미, 뭄부카 개미에게 문둥병을 옮겼다. 영웅이 앉아 있는 주변에서 더 이상의 개미는 찾을 수 없었다. 그는 죽어 가고 있었기 때문에 팔을 뻗기도 힘들었다. 제 발로 찾아오는 놈들을 기다리며 무릎을 깨물고 있는 비리기 모기를 겨우 붙잡았다. 그리고 비리기 모기에도 문둥병을 전염시켰다. 이런 이유로 오늘날 비리기 모기는 사람을 물고 피부 속으로 들어가 몸을 통과하여 다른 쪽 피부로 나오면서 바우루 종양이라 불리는 끔찍한 상처를 만드는 것이다.

마쿠나이마는 문둥병을 다른 일곱 사람에게도 옮겼다. 그러자 놀랍게도 그의 나병은 한순간 치료됐고 그는 황무지 오두막으로 돌아왔다. 영웅이 매우 영리하다는 것을 인정할 수밖에 없었던 지게의 그림자 역시 체념하고 가족에게 돌아가기로 했다. 밤이 되면서 어둠이 내려앉았기 때문에 지게의 그림자는 가까운 길을 찾을 수가 없었다. 그러자 돌 위에 걸터앉아 소리쳤다.

"공주님! 불 좀 비춰 주세요!"

잠파리나 병*을 앓고 있던 공주는 절뚝거리면서 횃불을 들고 길을 비추며 나타났다. 그림자는 횃불과 공주를 모두 집어삼켰다. 그러고는 또다시 소리쳤다.

"마나피 형! 불 좀 비춰 줘!"

마나피가 다른 횃불을 들고 길을 비추면서 다가왔다. 그는 힘없이 축 처진 몸을 끌고 있었는데 왕빈대가 그의 피를 거의 다 빨아먹었기 때문이었다. 그림자는 횃불과 마나피 역시 집어삼켰다. 그리고 다시 소리쳤다.

"마쿠나이마! 불 좀 비춰 줘!"

그림자는 마쿠나이마도 삼켜 버릴 참이었다. 하지만 공주와 마나피에게 어떤 일이 일어났는지 눈치챈 마쿠나이마는 문을 닫고 황무지 오두막에서 꼼짝 않고 있었다. 그림자는 계속해서 불을 비춰 달라고 했지만 응답이 없자 새벽까지 슬퍼하며 앉아 있었다. 이윽고 달 카페이가 대지를 비추면서 나타났고 문둥병 그림자는 오두막에 도달할 수 있게 되었다. 그림자는 오두막 문 앞에 앉아 동생에게 복수할 수 있도록 날이 밝아 오기를 기다렸다.

동이 텄을 때 그림자는 여전히 문 앞에 죽치고 있었다. 잠에서 깬 마쿠나이마는 귀를 기울였다. 아무 소리도 들리지 않자 이렇게 결론을 내렸다.

"야호! 이제 가 버렸군!"

그는 산책하러 나왔다. 하지만 문을 지나는 순간 그림자가 그의 어깨에 올라탔다. 영웅은 아무 낌새도 눈치채지 못했다. 그는 무척 배가 고팠지만 그림자는 그가 먹도록 내버려 두지 않았다. 마쿠나이마는 야자 잎 쌈, 망가리투,* 마(麻), 체리모야,* 마메이 사포테,* 열대 바나나, 스타애플,* 꼬마 바나나, 파인애플, 구아나바나* 등 숲의 과일을 집어 들었으나 그림자가 먼저 삼켜 버렸다. 그러자 마쿠나이마는 물고기를 잡으러 갔는데 이제는 아무도 그를 위해 고기를 잡아 주지 않았기 때문이다. 하지만 그가 잡은 고기를 바늘에서 빼내 어망에 넣을 때마다 그림자가 그의 어깨 뒤에서 튀어나와 물고기를 삼켜 버린 후 자기 자리로 돌아갔다. 영웅은 생각했다. '좋아, 내가 계속 당할쏘냐.' 이번에는 고기를 낚는 순간 영웅적인 힘으로 낚싯대를 돌렸고 탄력받은 고기는 멀리 날아가 기아나주*의 경계에 떨어졌다. 그림자는 고기를 따라 달려갔다. 그러자 마쿠나이마는 반대 방향에 있는 숲 쪽으로 달아났다. 그림자가 돌아왔을 때 동생이 사라진 걸 알고 그의 자취를 따라 쫓아가기 시작했다. 마쿠나이마는 얼마 달리지 않아 흰색 아르마딜로 원주민들의 땅을 가로질렀고, 서로 입씨름을 벌이고 있는 조르지 벨유*의 그림자와 줌비*의 그림자 사이를 허락도 받지 않고 지나면서 두려움에 떨었다. 기진맥진한 영웅은 뒤를 돌아보았는데 그림자가 가까이 온 것을 보았다. 그때 파라이바 주*에 있던 그는 더 이상 도망갈 엄두가 나지 않아 거기서 멈췄다. 그는 말라리아에 걸렸던 것이다. 근처에는 몇 명의 일꾼들이 댐을 건설하기 위해 개미집을 부수고 있었다. 마쿠나이마는 그들에게 물을 좀 달라고 청했다. 그들에게 물은 한 방울도 남아 있지 않았지만 대신 그들은 목을 축일 호코테* 열매를 주었다. 데리고 있던 닭들의 갈증을 풀어 준 영웅은 그들에게 고맙다고 하면서 이렇게 소리쳤다.

"악마가 일꾼들을 데려가길!"

그러자 화가 난 일꾼들이 영웅을 향해 개를 풀었다. 하지만 그것은 영웅이 원하던 바였으니 겁이 난 그는 전력을 다해 달아나기 시작했다. 그의 앞에는 소 떼가 펼쳐져 있었다. 그림자가 거의 따라왔음을 안 마쿠나이마는 망설이지 않고 지름길로 접어들었다. 앞에는 피아우이 주*에서 온 에스파시우라 불리는, 뿔이 길고 등에 혹 달린 소가 잠을 자고 있었다. 영웅은 소의 귀에 대고 있는 힘껏 트럼펫 굉음을 냈다. 깜짝 놀란 소는 벌떡 일어나 미친 듯이 내달려 아래쪽 샘으로 갔다. 그러자 마쿠나이마는 지름길로 접어들어 큰 백합나무 뒤에 숨었다. 그림자는 소가 놀라서 달리는 소리를 듣고 그것이 마쿠나이마라 생각하고는 그 뒤를 따랐다. 금방 소를 따라잡은 그림자는 탄력을 이용하여 소의 등에 올라타고는 기분 좋게 노래를 불렀다.

나의 사랑스러운 소야,
즐거운 소야,
우리 식구들에게,
인사 한번 하렴!

오, 나의 소야,
즐겁게 뛰어놀자!
오, 나의 소야,
즐겁게 뛰어놀자!

소가 풀을 뜯어 먹으려 할 때마다 그림자가 먼저 먹어 버렸다. 낙심한 소는 점점 야위어 갔다. 구아라라피스* 근처의 달콤한 물이라고 불리는 지역을 지날 때 소는 모래 황무지 한가운데서 아름다운 신기루를 보고 소스라치게 놀랐는데, 그늘진 오렌지 나무 아래에서 암탉 한 마리가 열심히 바닥을 쪼고 있었기 때문이다. 그것은 죽음의 신호였다……. 그림자는 솔직하게 노래를 불렀다.

내 어여쁜 황소야,
죽음이 머지않았구나!
다음 생을 위해,
작별 인사를 하렴

오, 나의 황소야,

즐겁게 뛰어놀자!
오, 나의 황소야,
즐겁게 뛰어놀자!

다음 날 소는 죽었다. 소의 시체는 점점 푸른색으로 변해 갔다……. 비탄에 잠긴 그림자는 이렇게 노래를 부르며 스스로를 위로했다.

오, 나의 소는 죽었구나,
그럼 나는 어떻게 될까?
다른 나를 찾아야지,
저 아래 봉자르징에 있는,
내 동생을.

봉자르징은 히우그란지두술 주*에 있었다. 그때 죽은 소와 살아생전에 사랑을 나눴던 여자 거인이 나타났다. 그녀는 소가 죽은 것을 보고 서럽게 울더니 소의 시체를 자신이 가져가려고 했다. 이에 그림자는 분노하며 이렇게 노래를 불렀다.

그냥 가시게, 여자 거인아,
그건 위험하다네!
연인을 잃어버린 사람은
너그러운 마음을 가져야 하네!

그러자 여자 거인은 감사를 표하고는 춤을 추면서 물러갔다. 이번엔 마누에우 다 라파라는 사람이 캐슈 나뭇잎과 면화 가지를 들고 나타났다. 그림자는 이 유명한 사람에게 인사했다.

높은 산에서 온 마누에우 씨
높은 산에서 온 마누에우 씨
캐슈 나뭇잎을 따 오셨네!

황무지에서 온 마누에우 씨
황무지에서 온 마누에우 씨
면화 가지를 꺾어 오셨네!

그림자의 인사에 우쭐해진 마누에우 다 라파는 감사의 표시로 탭댄스를 추고는 소의 시체를 캐슈 나뭇잎과 면화 가지로 잘 덮어 주었다.

이제 늙은이가 으슥한 곳에서 밤을 꺼내자 어둠이 드리우기 시작했고 눈이 침침해진 그림자는 잎과 가지에 덮인 소의 시체를 분간할 수 없었다. 그림자는 자신의 스타일로 춤을 추었다. 그의 춤을 보고 감탄한 반딧불이가 이렇게 노래를 부르며 물었다.

아름다운 목자님
여기서 무얼 하고 계시죠?

그림자는 이렇게 노래로 대답했다.

여기서 잃어버린
내 황소를 찾고 있지

그러자 반딧불이는 나뭇가지에서 내려와 그림자를 위해 황소가 어디에 누워 있는지 비춰 주었다. 그림자는 칙칙한 푸른색으로 변한 황소의 배에 올라타고 울음을 터뜨렸다.

다음 날 황소는 썩기 시작했다. 많은 독수리들이 몰려들었다. 검은 독수리도 왔고, 카미랑가 독수리도 왔고, 제레구아 독수리도 왔고, 페바 독수리, 장관 독수리, 그리고 눈과 혀만 먹는 까마귀 등 모든 대머리 맹금류들이 몰려와 즐겁게 춤을 추었다. 가장 몸집이 큰 놈이 춤을 이끌며 노래를 불렀다.

독수리가 몰려들 땐 더러워, 더러워, 더러워!
하지만 떠날 땐 깨끗해, 깨끗해, 깨끗해!

이 붉은 목 독수리는 왕이자 모든 독수리의 아버지였다. 그는 작은 독수리에게 황소의 시체 안에 들어가 잘 썩었는지 살펴보라고 했다. 작은 놈이 한 곳으로 들어갔다가 다른 곳으로 나와서는 시체가 잘 준비되었다고 말했다. 그러자 모든 독수리들이 흥겹게 춤을 추면서 노래를 불렀다.

내 어여쁜 황소야!
등에 혹 달린 황소야,
네 시체 위를 돌면서
우리는 신났구나!

오, 나의 황소야,
즐겁게 뛰어놀자!
오, 나의 황소야,
즐겁게 뛰어놀자!

이것이 바로 그 유명한 붐바-메우-보이 또는 보이-붐바*로 알려진 축제의 기원이다.

독수리들이 죽은 황소를 포식하는 것을 보고 화가 난 그림자는 왕독수리의 어깨에 올라탔다. 독수리의 아버지는 매우 즐거워하며 소리쳤다.

"동료들! 난 이제 머리에 친구를 얻었어!"

그러고는 하늘 높이 날아올랐다. 왕독수리, 즉 독수리의 아버지는 이제 두 개의 머리를 갖게 되었다. 문둥병에 걸린 그림자가 그의 왼쪽 머리가 되었기 때문이다. 원래 왕독수리는 머리가 하나였다.

17. 거대한 곰

마쿠나이마는 탈진한 몸을 이끌고 황무지 오두막에 도착했으나 아무도 없었다. 그는 고요함을 이해할 수 없었으므로 기분이 좋지 않았다. 그는 완전히 버려진 곳에서 눈물마저 마른 죽은 사람처럼 우두커니 앉아 있었다. 형들이 왕독수리의 왼쪽 머리가 되어 버렸기 때문에 예전에 소녀들을 유혹할 때처럼 옆에 있지 않았다. 적막함은 우라리코에라 강 연안에 졸음을 몰고 오기 시작했다. 이렇게 따분할 수가! 그리고 무엇보다도, 아…… 귀찮아!

마쿠나이마는 오두막을 떠나야 할 때가 왔음을 알았는데 야자수 나뭇잎을 꼬아 만든 벽 중에서 마지막으로 남은 것이 떨어져 가고 있었기 때문이다. 하지만 말라리아에 걸린 그에게는 허름한 움막집도 만들 힘이 남아 있지 않았다. 겨우 힘을 내서 그물 침대를 언덕 위 바위로 옮겼는데 바위 밑에는 돈이 든 궤짝이 묻혀 있었다. 잎이 무성한 캐슈 나무 사이에 그물 침대를 묶고 침대에 누워 이따금씩 캐슈 열매를 먹으면서 몇 날 며칠 잠만 잤다. 이렇듯 외로울 수 있을까! 그를 따르던 요란한 색깔의 동물들도 이젠 떠나고 없었다. 냄새나는 앵무새 한 마리가 힘겹게 날갯짓하며 그곳을 지나는 것도 보지 못했다. 하지만 땅에 있던 다른 앵무새들은 그들의 동족에게 어디로 가는지 물어보았다.

"영국인의 영토에서 옥수수가 맛있게 익고 있대요. 난 거기로 가는 중이에요."

그 말을 들은 모든 앵무새들은 옥수수를 먹기 위해 영국인들의 영토로 떠나기 시작했다. 하지만 그들은 떠나기 전에 잉꼬새로 변신했는데 앵무새들이 옥수수를 먹어 치우더라도 욕은 잉꼬새에게 돌릴 작정이었던 것이다. 그곳을 떠나지 않고 유일하게 남은 것은 수다로 유명한 앵무새였다. 마쿠나이마는 곰곰이 생각하며 스스로를 위로했다. '사악하게 얻은 것은 악마가 빼앗아 가기 마련이지…… 인내심을 갖자.' 그리고 지겨운 날들을 견뎌 냈는데 앵무새에게 부족의 언어로 어릴 적부터 자신이 겪었던 일들을 반복해서 말하는 것이 유일한 소일거리였다. 마쿠나이마는 깍지 낀 손으로 머리를 괸 채 그물 침대에 누워서 레그혼 닭 한 쌍은 그의 양쪽 발에, 앵무새는 그의 배 위에 올려놓았다. 그가 하아……! 길게 하품하자 캐슈 열매 찌꺼기가 잎에서 튀어나왔다. 밤이 되었다. 캐슈 열매의 향기에 취해서 영웅은 잠이 들었다. 동이 터 오자 앵무새는 날개 밑에 두었던 부리를 꺼내, 밤새 가지와 영웅의 몸 사이에 줄을 틀었던 거미들을 아침 식사로 쪼아 먹었다. 그러고는 말하기 시작했다.

"마쿠나이마 님!"

그러나 잠에 빠진 영웅은 움직이지 않았다.

"마쿠나이마 님! 오, 마쿠나이마 님!"

"자게 좀 내버려 둬……."

"일어나세요, 영웅님! 날이 밝았어요!"

"아…… 귀찮아!"

"건강은 없고 불개미는 많은 게 브라질의 문제예요!"

마쿠나이마는 닭에서 옮은 이가 들끓는 머리를 긁으며 배꼽을 잡고 웃었다. 그러자 앵무새는 지난밤에 마쿠나이마에게 들었던 이야기를 다시 이야기했고 마쿠나이마는 자랑스러운 과거의 무훈에 새삼 우쭐해졌다. 신이 난 그는 앵무새에게 더 흥미진진한 다른 모험담을 들려주었다. 이렇게 하루하루가 지나갔다.

저녁 별인 파파세이아가 취침 시간을 알려 주러 나타나면 앵무새는 영웅의 이야기가 중단되는 것을 무척 아쉬워했다. 그래서 한번은 파파세이아 별에게 욕을 하기도 했다. 그러자 마쿠나이마는 앵무새에게 말했다.

"별을 탓하지 마라, 앵무새야! 타이나-캉은 선한 별이야. 타이나-캉은 파파세이아 별인데 지구를 불쌍히 여겨 잠의 사자 에모롱-포돌리를 보내 모든 생물들이 아무 걱정 않고 평온한 잠 속에 빠질 수 있게 해 주지. 타이나-캉은 인간이기도 해……. 저 멀리 광활한 하늘에서 아름답게 빛을 발하고 있지. 카라자 부족*의 추장인 조조이아사의 큰딸 이마에로는 이렇게 말했지.

'아빠, 타이나-캉은 너무 사랑스럽게 빛나서 저 별과 결혼하고 싶어요.'

조조이아사는 크게 웃었지. 타이나-캉을 딸과 결혼시키는 건 불가능한 일이었으니까. 그런데 어느 날 밤 은으로 만든 카누 하나가 강으로 내려오더니 노 젓던 사람이 거기서 내렸어. 마을로 온 그는 이마에로의 집 문을 두드리며 말했다.

'나는 타이나-캉이에요. 당신의 소원을 듣고 은으로 만든 카누를 타고 왔지요. 나와 결혼할 거죠?'

'그럼요.' 그녀는 행복하게 대답했지.

그녀는 자신의 침대를 약혼자에게 내주고, 자신은 막냇동생 데나케의 침대로 가서 함께 잤지.

다음 날 아침 타이나-캉이 침대에서 나왔을 때 모두 놀라 자빠질 지경이었지. 그는 파파세이아 별빛처럼 흐리멍텅한, 주름이 쪼글쪼글한 늙은이였던 거야. 그를 본 이마에로는 소리쳤지.

'당장 꺼지세요, 이 추한 늙은이! 내가 이런 늙은이와 결혼하려 하다니! 난 카라자 부족의 용감하고 건장한 청년과 결혼할 거예요!'

당황한 타이나-캉은 정신이 멍해졌고 이윽고 인간의 불공평함에 대해 생각했지. 하지만 추장 조조이아사의 막내딸은 노인에게 측은한 마음이 들어 이렇게 말했지.

'제가 언니 대신 당신과 결혼할게요.'

타이나-캉은 그 순간 기쁨으로 빛났지. 둘은 서로 껴안았지. 데나케는 혼수를 준비하면서 밤낮 이런 노래를 불렀지.

'내일 이 시간에, 푸룸-품-품…….'

아버지 조조이아사가 딸에게 화답했지,

'나도 내일 너의 어머니와 푸룸-품-품…….'

새 커플은 정신없이 사랑을 나눴는데, 들어 봐 앵무새야, 데나케가 손수 짠 그물 침대는 사랑의 춤에 맞춰서 흔들렸지. 푸룸-품-품…….

날이 밝자 타이나-캉은 그물 침대에서 나와 연인에게 말했지.

'숲에 가서 나무를 잘라 내고 밭을 만들 거예요. 당신은 침대에 머물러 있어요. 절대로 내가 하는 일을 엿보러 오면 안 돼요.'

'알겠어요.' 그녀가 대답했지.

그러고는 침대에 누워서 그 비범한 노인이 아무도 상상할 수 없는 쾌락을 선사한 사랑의 밤을 떠올리며 즐거워했어.

타이나-캉은 나무줄기를 자르고 모든 개미집에 불을 놓아 땅을 평평하게 만들었지. 그 시절에 카라자 부족은 좋은 작물을 알지 못했어. 그저 물고기와 짐승을 잡아먹고 살았던 거야.

다음 날 아침 타이나-캉은 연인에게 밭에 뿌릴 씨를 찾으러 가겠노라 했고 역시 자신을 보러 오면 안 된다고 했지. 데나케는 이번에도 침대에 누워 노인이 사랑의 밤 동안 안겨 준 대담한 쾌락을 생각했지. 그러고는 밧줄을 꼬러 갔어.

타이나-캉은 잠시 하늘로 올라가서 베로라 불리는 도랑까지 갔지. 도랑 위에 서서 양쪽 다리를 벌리고 뭔가를 열심히 기다렸어. 이윽고 물 위로 옥수수, 담배, 유카 등 이로운 식물들의 씨가 떠내려왔지. 타이나-캉은 이것들을 모두 건진 뒤 하늘에서 내려와 밭에 심으러 갔어. 데나케가 나타났을 때 그는 태양 아래서 열심히 일하고 있었지. 사랑의 밤들이 가져다준 그리움에 몸부림치던 그녀는 대담한 쾌락을 안겨 준 연인이 보고 싶은 걸 참을 수 없었던 거야. 데나케는 기쁨의 탄성을 질렀지. 그래, 타이나-캉은 늙은이가 아니었던 거야! 타이나-캉은 용감하고 건장한 카라자 부족민이었던 거야. 그들은 담배와 만디오카의 부드러운 잎을 깔고 태양 아래서 뜨거운 사랑을 나눴지.

집으로 돌아온 그들은 서로를 쳐다보며 한없이 웃었고, 이것을 본 이마에로는 신경질이 났지. 그래서 소리 질렀어!

'타이나-캉은 내 거야! 나 때문에 하늘에서 내려왔다고!'

'안됐군요!' 타이나-캉이 말했지. '내가 당신을 원했을 때 당신은 날 원하지 않았죠, 이제 혼자 노세요!'

그러고는 데나케와 그물 침대에 뛰어들었지. 화가 머리끝까지 치민 이마에로는 이렇게 탄식했지.

'악어들아, 너희들의 연못에 물이 마를 날이 올 거야!'

소리를 지르며 숲으로 갔지. 그러고는 고요한 한낮의 숲에서 질투의 탄식을 내뱉는 방울새가 되었지.

그때부터 타이나-캉의 착한 마음씨 덕분에 카라자 부족은 옥수수와 만디오카를 먹을 수 있게 되었고, 기분 전환을 위해 담배를 피울 수 있게 되었지. 카라자 부족에게 뭔가 부족할 때는 타이나-캉이 하늘로 올라가 가져오곤 했어. 하지만 욕심이 많았던 데나케는 하늘의 모든 별을 사랑하게 되었지! 처음엔 문제없이 흘러갔어. 하지만 파파세이아 별 타이나-캉이 모든 것을 보고 말았지. 너무 실망한 그는 이슬을 눈물처럼 뿌리면서 하늘의 광대한 들판으로 올라가 버리고 말았어. 그곳에서 영원히 머무르게 되었고 아무것도 가져오지 않았지. 만약 파파세이아가 하늘에서 계속 유용

한 것을 가져다주었더라면 오늘날 하늘은 아주 가까운 우리의 땅이 되었을 거야. 지금 하늘은 그저 우리의 소원일 뿐이잖아.

오늘은 이걸로 끝!"

앵무새는 잠이 들었다.

1월의 어느 날 늦잠을 자던 마쿠나이마는 뻐꾸기의 불길한 울음소리에 잠을 깼다. 그때는 이미 밤의 어둠이 동굴 속으로 들어가 버린 한낮이었다. 영웅은 뭔가 목덜미에 들러붙은 것을 느끼고 몸을 떨면서 그것을 움켜잡았다. 그것은 이상한 새끼 동물의 뼛조각이었다. 앵무새를 찾았지만 보이지 않았다. 오로지 암탉과 수탉이 마지막 남은 거미를 서로 먹으려고 다투고 있었다. 숨 막히는 더위가 사방을 마비시켜 멀리서 여치의 울음소리까지 들렸다. 태양 베이는 소녀의 손으로 변해서 마쿠나이마의 옆구리를 간지럽히며 온몸을 타고 훑었다. 그것은 마쿠나이마가 자신의 딸과 결혼하지 않은 데 앙심을 품은 베이의 복수이기도 했다. 소녀의 손은 부드럽게 미끄러지며 마쿠나이마의 몸을 어루만졌다……. 얼마 만에 느껴 보는 근육의 자극과 욕망인가! 마쿠나이마는 오랫동안 사랑을 나누지 않았음을 기억했다. 욕망을 가라앉히는 데는 찬물이 좋다 했던가……. 영웅은 침대에서 나와 그의 온몸에 쳐 있던 거미줄을 걷어 내고 눈물의 계곡까지 내려가 우기(雨期)에 연못으로 변해 버린 웅덩이로 갔다.

마쿠나이마는 레그혼 닭장을 연못가에 잘 두고서 물 가까이 갔다. 연못 표면은 금과 은으로 덮여 있었는데 표면을 걷어 내자 바닥이 훤히 보였다. 놀랍게도 연못 속에는 갈색 피부의 아름다운 소녀가 보였고, 그의 욕망은 더욱 불타올랐다. 이 아름다운 소녀는 우이아라였다.

그녀는 유혹하기도 하고 거부하기도 하는 야릇한 춤을 추며 그에게 다가왔으나 막상 다가오자 "저리 꺼져, 이 애송이야" 하고 말하는 듯했고 뒷걸음질 치면서도 다시 유혹의 윙크를 보냈다. 소녀의 몸짓에 영웅의 몸은 한껏 달아올랐고 입에는 침이 고였다.

"흠……!"

마쿠나이마는 그녀에 대한 욕망으로 미칠 지경이었다. 그가 가장 굵은 발가락을 물에 담그자마자 연못 표면은 다시 금과 은으로 덮였다. 연못의 물이 얼음처럼 찼기 때문에 그는 얼른 발가락을 꺼냈다.

이런 행동이 몇 차례 반복되었다. 어느덧 정오가 가까워졌고 베이는 머리끝까지 화가 치밀었다. 연못에 사는 사악한 소녀의 팔에 마쿠나이마를 넘기는 게 베이의 계략이었으나 영웅은 물이 차가워서 들어가지 않고 있었던 것이다. 베이는 연못의 미녀가 보통 소녀가 아니라 우이아라라는 것을 알고 있었다. 우이아라는 다시 야릇한 춤을 추며 마쿠나이마에게 다가왔다. 그것은 치명적인 유혹이었다! 빛나는 흑갈색 얼굴은 전형적인 낮의 미인이거나 또는 밤의 어둠으로 둘러싸인 낮과 같은 신비한 빛깔을 발산하며 까마귀 날개 같은 검은색 단발머리와 환상적으로 어울렸다. 그녀의 옆모습은 깎아 놓은 듯해서 날카로운 콧날로는 숨을 쉬지 못할 것 같았다. 하지만 그녀는 정면만 보여 줬을 뿐 춤을 추면서도 뒤로 돌지 않아서 마쿠나이마는 그녀의 뒷목에 붙어 있는 숨 쉬는 구멍을 보지 못했다. 영웅은 어찌할지 망설이고 있었다. 태양은 짜증스러웠다. 뜨거운 광선을 영웅의 등에 아르마딜로의 꼬리 채찍처럼 세게 내리쳤다. 연못의 소녀는 눈을 게슴츠레 뜨고 자신의 매력을 발산하며 영웅을 향해 팔을 벌렸다. 마쿠나이마는 척추에 열기를 느꼈고 몸을 부르르 떨더니 결국 그녀를 향해 첨벙! 뛰어들었다. 베이는 쾌재를 불렀고 너무 기쁜 나머지 눈물이 났다. 그녀의 눈물은 금물방울처럼 연못에 떨어졌다. 이때가 정오 무렵이었다.

마쿠나이마가 다시 연못가로 나왔을 때 연못 안에서 필사의 싸움을 벌인 것 같았다. 그는 금방이라도 죽을 것처럼 숨을 헐떡이며 오랫동안 꼼짝없이 누워 있었다. 그의 온몸은 물린 자국투성이였고 상처에선 피가 흘렀다. 그의 오른발은 떨어져 나갔고, 손가락도 없었고, 불알도 떼어졌으며, 귀와 코도 없었다. 그는 보물을 다 잃어버린 것이다. 그는 겨우 일어섰다. 만신창이가 된 자신의 몸을 본 그는 베이에게 분노했다. 암탉이 연못가에 알을 낳고는 꼬꼬댁 울었다. 마쿠나이마는 달걀을 집어 들더니 흡족해하고 있는 태양의 얼굴을 향해 힘껏 던졌다. 달걀은 목표에 명중했고 태양의 뺨에 노란 자국은 영원히 남게 되었다. 어느덧 오후가 되어 가고 있었다.

마쿠나이마는 옛날엔 거북이였던 바위에 앉아 연못 속에서 잃어버린 기관들을 살펴보았다. 그의 손실은 엄청났는데 다리 한 쪽, 손가락들, 바이아의 코코넛 같은 불알 두 개과 귀 두 쪽, 귀에 걸어 둔 파텍 시계와 스미스-웨슨 권총, 그리고 코를 잃어버렸다……. 분개한 영웅은 펄쩍 뛰며 고래고래 소리를 질렀고 이 때문에 해는 빨리 가기 시작했다. 게다가 피라냐는 그의 아랫입술과 무이라키탕도 먹어 버렸다! 영웅은 미쳐 날뛰지 않을 수 없었다.

그는 최고의 독초인 팅보를 뜯어 연못에 풀어 놓았다. 그러자 모든 물고기들이 죽기 시작했는데 파란색 배, 노란색 배, 분홍색 배 등 온갖 색깔의 배를 드러내며 연못 표면에 시체로 떠올랐다. 이때는 늦은 오후였다.

이윽고 마쿠나이마는 피라냐와 돌고래를 비롯하여 모든 물고기의 배를 가르기 시작했는데 무이라키탕을 찾기 위해서였다. 핏줄기가 땅을 적셨고 주변은 온통 피범벅이 되었다. 시간은 밤이 되어 가고 있었다.

마쿠나이마는 계속 물고기 배를 갈랐다. 결국 귀걸이 두 짝, 굵은 손가락들, 귀, 불알 두 쪽, 코 등 잃어버린 보물들을 찾았고 사페* 풀과 물고기 꼬리를 써서 원래 자리에 붙였다. 하지만 다리 한 쪽과 무이라키탕은 찾을 수 없었다. 그것은 어떤 독한 풀이나 나무에도 죽지 않는 괴물 우루라우가 먹어 버렸기 때문이었다. 응고된 피는 연못의 표면과 연못가를 검붉게 물들여 놓았다. 이젠 완연한 밤이었다.

마쿠나이마는 계속해서 물고기의 배를 갈랐다. 그가 토해 내는 한숨과 함께 연못의 물고기도 얼마 남지 않았다. 하지만 그가 찾는 것은 없었다. 영웅은 한 발로 절뚝거리며 연못가를 뒤지고 또 뒤졌다. 마침내 이렇게 소리쳤다.

"잊지 않을 거야! 널 볼 수는 없지만, 네가 한 짓을 절대로 잊지 않을 거야!"

그는 계속 몸부림쳤다. 그의 푸른 눈에서 떨어진 눈물이 하얀 꽃 위에 떨어졌다. 꽃들은 파란색으로 물들었고 물망초가 되었다. 영웅은 더 이상 지속할 수 없었고 이제 멈췄다. 그가 영웅적인 체념의 표시로 팔짱을 끼자 고통스러운 침묵이 사방에 내려앉았다. 삐쩍 마른 모기 한 마리만 윙윙 날아다니며 절망에 빠진 영웅을 성가시게 했다. "미나스에서 왔어요…… 미나스에서 왔어요……."

이제 마쿠나이마는 지상에서 즐거움을 발견할 수 없게 되었다. 달 카페이는 하늘 꼭대기에서 환하게 비추고 있었다. 마쿠나이마는 하늘로 올라갈지 아니면 마라조 섬으로 갈지 결정하지 못하고 머뭇거렸다. 돌의 도시에 가서 씩씩한 델미루 고베이아와 같이 살 생각도 해 보았지만 썩 내키지 않았다. 거기에 간다고 해도 예전처럼 사는 것은 불가능해 보였다. 왜냐하면 땅에는 더 이상 재미있는 것이 남아 있지 않았기 때문에……. 수많은 모험과, 수많은 사랑과, 수많은 사기와, 수많은 고생과, 수많은 영웅담으로 가득 찬 그의 생애에 더 보탤 것은 없어 보였다. 델미루의 도시나 마라조 섬에 가는 것은 계속 땅에서 살아간다는 뜻인데 그럴 이유가 없었다. 그에겐 땅에서 살아갈 의욕이 더 이상 남아 있지 않았다. 그는 결정했다.

"어쩌라고! 독수리가 잘난 체하고 돌아다니면서 밑에 있던 놈이 위에 있던 놈에게 똥을 싸는데. 이 세상은 이제 어떻게 해 볼 도리가 없어. 난 하늘로 올라갈래."

그는 마녀의 호위를 받으며 하늘로 올라갔다. 그는 아름답지만 쓸모없는 별이 되었다. 쓸모없이 반짝인다고 해서 누구에게 해를 끼치는 것은 아니다. 땅 위의 존재들이었다가 지금은 하늘에서 쓸모없는 빛을 발하고 있는 아버지, 어머니, 누이들, 형제들, 매부들, 처형들, 동서들의 뒤를 따라 마쿠나이마 역시 그런 별이 된 것이다……. 그는 달의 아들이라 불리는 마타마타 거북이 덩굴의 씨를 심었는데 덩굴이 자라자 아주 옛날에는 거북이였던 뾰족한 바위에 묶은 후 바위에 이렇게 새겼다.

나는 돌이 되려고 이 세상에 온 것이 아니다.

덩굴 식물은 빨리 자랐고 금세 달까지 도달했다. 영웅은 다리를 절면서 레그혼 닭장을 한 손에 쥔 채 덩굴을 타고 하늘로 올라갔다. 그는 구슬픈 노래를 불렀다.

이제 작별하고 떠나네
황무지 오두막이여
새들처럼 떠나야지
황무지 오두막이여
날개를 펴고 날아가야지
황무지 오두막이여
괴로움은 둥지에 남겨 놓았네
황무지 오두막이여

하늘에 도착한 마쿠나이마는 달의 문을 두드렸다. 달이 테라스에 나오더니 그에게 물었다.

"무엇하러 왔지? 절름발이 사씨*?"

"대모님의 자비를 구하러 왔어요. 밀가루 빵 하나 주지 않으시겠어요?"

그때 달 카페이는 그가 사씨가 아니라는 것을 깨달았다. 그렇다. 그는 영웅 마쿠나이마였다. 하지만 카페이는 옛날 영웅에게서 악취가 났던 것을 기억하고 문을 열어 주려 하지 않았다. 마쿠나이마는 화가 나서 달의 얼굴을 한 대 후려갈겼다. 이 때문에 달의 얼굴에는 검은 반점이 남게 되었다.

그러고 나서 마쿠나이마는 새벽 별인 카이우아노기의 집 문을 두드렸다. 창문에 나타난 카이우아노기는 밖이 캄캄한 데다 방문자가 다리를 절고 있어서 사씨로 착각했다.

"무슨 일이야, 사씨?"

하지만 이내 영웅 마쿠나이마인 줄 깨달았고, 대답을 듣기도 전에 그의 악취를 기억해 냈다.

"가서 목욕이나 해!" 창문을 닫으면서 말했다.

마쿠나이마는 다시 화를 내며 소리쳤다.

"밖으로 나와, 이 나쁜 놈아!"

깜짝 놀란 카이우아노기는 겁에 질려 열쇠 구멍으로 밖을 내다보았다. 이렇게 해서 이 아름다운 별은 콩알만 한 크기로 부들부들 떠는 신세가 되었다.

그다음에 마쿠나이마는 무툼 아버지인 파우이-포돌리의 집으로 가서 문을 두드렸다. 파우이-포돌리는 마쿠나이마가 남부 십자가의 축제날, 한 물라토의 허풍에 맞서 자신을 변호해 주었기 때문에 그에게 고마운 마음을 가지고 있었다. 하지만 무툼 아버지는 이렇게 소리쳤다.

"오! 영웅, 너무 늦게 찾아왔소. 나의 이 허름한 거처에 가장 오래된 종족인 거북이의 후손을 맞게 되어 큰 영광이오…… 태초에는 큰 거북이가 유일한 생물이었거든……. 어느 날 거북이가 캄캄한 밤에 나가더니 자신의 배에서 남자 한 명과 여자 한 명을 꺼냈소. 이들이 땅에 나타난 첫 번째 인간이고 당신 종족의 첫 번째 사람인 셈이오……. 그 후 다른 사람들이 온 거요. 당신은 너무 늦게 왔소, 영웅! 이미 우린 열두 명인데 당신까지 받아들이면 한 자리에 열세 명이 앉아야 하오. 정말로 미안합니다만, 눈물을 머금고 당신을 받아 줄 수 없소!"

"무척 실망스럽군요!" 영웅은 빈정대는 투로 말했다.

파우이-포돌리는 마쿠나이마에게 진정으로 안타까움을 드러냈다. 그리고 마법을 걸었다. 그가 세 개의 막대기를 하늘 높이 던져 올리자 막대기는 십자가를 이뤘고 마쿠나이마는 그의 모든 소지품들인 수탉, 암탉, 닭장, 시계, 권총과 함께 새로운 별이 되었다. 이렇게 큰곰자리가 된 것이다.

어떤 교수는 — 당연히 독일 사람이다* — 다리가 하나밖에 없다는 이유로 큰곰자리가 외다리 흑인 소년 사씨라고 말한다……. 하지만 절대 그렇지 않다! 사씨는 아직 이 땅에서 있으면서 축제에 불을 전파하거나 말갈기를 그리고 다닌다……. 큰곰자리는 마쿠나이마이다. 불개미는 많고 건강은 없는 이 땅에서 숱한 고생을 겪은 끝에 다리 하나를 잃고 모든 것에 회의를 느낀 나머지 홀연히 떠나와 하늘의 광대한 평원에서 향수에 시달리는 별이 된 것이다.

에필로그

이야기는 끝났고 승리도 사라졌다.

이제 거기엔 아무도 남지 않았다. 무언가 마법 같은 일이 타팡뉴마스 부족에게 일어나 모두를 멸종시킨 것이다. 거기엔 아무것도 남아 있지 않게 되었다. 부족이 있던 마을, 평원, 나무가 빽빽했던 산, 오솔길, 바위산, 신비한 숲, 모두가 버려져 고독에 휩싸였다. 육중한 정적만 우라이코에라 강 주변을 지배했다.

땅 위에 남은 어느 누구도 이 부족의 언어를 기억하지 못했고 그들의 파란만장한 모험을 이야기할 수 없었다. 영웅을 기억할 사람이 있을까? 형제들은 문둥병 걸린 독수리 아비의 두 번째 머리가 되었고 마쿠나이마는 큰곰자리가 되었다. 그 누구도 멸종된 부족의 말을 알지 못할 것이고 즐거운 모험담들은 그대로 묻힐 것이었다. 육중한 정적만 우라이코에라 강 주변을 지배했다.

어느 날 한 사람이 거기에 도착했다. 때는 새벽녘이었는데, 태양 베이는 자신의 딸들을 시켜 별들을 들여보냈다. 물고기와 새들마저 멸종된 황폐한 땅에서 자연은 힘없이 길게 늘어진 채 기절해 있었다. 정적은 광활한 숲의 나무들처럼 빽빽하게 들어차 있었다. 갑자기 나뭇가지에서 들려오는 소리가 그 남자의 가슴을 아프게 했다.

"쿠르-팍, 파팍! 쿠르-팍, 파팍!"

남자는 엄마를 잃은 아이처럼 놀라서 그 자리에 얼어붙었다. 그 순간 콜리브리* 새의 가느다란 노랫소리가 남자의 입술 주변에 느껴졌다.

"휘릭, 휘릭, 휘릭!"

새는 재빨리 나무 위로 올라갔다. 콜리브리 새가 날아가는 방향을 따라 남자의 시선도 위를 향했다.

"이 멍청아! 가지를 봐!" 이렇게 비웃고는 홀연 사라져 버렸다.

가지를 본 남자는 금색 부리의 푸른 앵무새 한 마리가 그를 쳐다보고 있는 것을 보았다. 남자는 말했다.

"앵무새야, 이리 오렴."

앵무새는 남자의 머리에 앉았고 둘은 동행하게 되었다. 그리고 앵무새는 감미로운 목소리로 이야기를 시작했는데 그것은 정말로, 정말로 새로운 이야기였다! 그것은 노래 같기도 하고, 벌꿀을 넣은 카시리* 같기도 하고, 숲의 이름 없는 과일처럼 요상한 맛이 났다.

부족은 멸종했고 가족은 유령이 되었으며 불개미 떼에 파 먹힌 오두막은 폐허가 되었고 마쿠나이마는 하늘로 승천했다. 오로지 마쿠나이마가 황제였던 그 옛날, 그를 수행했던 앵무새만 남았다.

앵무새만이 우라리코에라의 정적 속에서 사라진 언어와 그 옛날의 이야기를 기억하고 있었다. 오직 앵무새만이 정적 속에서 영웅의 말과 모험담을 간직하고 있었다.

남자에게 모든 이야기를 들려준 앵무새는 날개를 펴고 리스본 방향으로 날아갔다. 그 남자가 바로 나이고, 독자 여러분에게 이 이야기를 들려주기 위해 남았다. 그래서 여기에 내가 온 것이다. 나는 잎들을 쳐내고 은신처를 마련했고 벼룩을 잡은 후에 작은 현악기를 튕겼다. 그리고 세상을 향해 우리 민족의 영웅 마쿠나이마가 했던 말들과 겪었던 일들을 저속한 언어로 노래 불렀다.

이게 끝이다.

10 **만디오카** mandioca. 라틴 아메리카 원산의 식물로 뿌리를 잘라 먹는다. 맛과 생김새가 고구마와 유사하지만 나무로 자라는 것이 다르다. 뿌리줄기를 쪄 먹거나, 가루로 갈아 전병을 만들기도 한다. 지역에 따라 카사바(casaba)라고도 부른다.

12 **맥(貘)** 돼지나 곰을 닮은 야생 포유류.

14 **코파이바** copaiba. 남아메리카산 열대 나무.

피라녜이라 piranheira. 남아메리카산 열대 나무. 카누를 만들 때 쓴다.

15 **아르마딜로** 아메리카 원산의 포유류. 크기는 12~15센티미터 정도이다.

17 **피아바, 제주, 마트린샹, 제타우라나** 아마존 원산의 물고기들.

19 **레구아** légua. 1레구아는 4킬로미터쯤 되므로 한 레구아 반은 6킬로미터쯤 된다. 여기에선 정확한 거리라기보다 적당히 먼 거리를 말한다.

캐슈 아메리카 원산의 나무. 캐슈너트(cashew nut)가 그 열매이다.

21 **카칭가** caatinga. 브라질 북동부의 반건조 지역으로 관목, 선인장, 용설란 등이 섞여 있다.

남가새 남가샛과에 속하는 일년생 초본 식물.

기니피그 guinea pig. 남미산의 작은 설치류.

23 **우루쿵** urucum. 아마존 밀림의 나무. 원주민들은 이 나무 열매의 색소로 얼굴을 칠하곤 한다.

24 **페르남부쿠** Pernambuco. 브라질 북동부의 주(州).

27 **제니파푸** genipapo. 제니파페이로 나무 열매로 원주민들이 몸에 그림을 그릴 때 검은색 염료로 쓴다.

30 **의만(擬娩)** 아내가 분만할 때 남편도 자리에 누워 산고(産苦)를 흉내 내거나 음식을 먹지 않는 풍습.

31 **투투 마랑바** Tutu Marambá. 브라질의 민속 자장가에 등장하는, 잠자지 않는 아이에게 해를 끼친다는 뚱뚱한 요괴.

32 **베타켄타우루스** 하다르(Hadar)라고 부르기도 하는 별로서 켄타우루스 남쪽 성운에 위치해 있으며, 밤하늘에서 11번째로 밝다.

과라나 guaraná. 아마존 유역에서 태생한 반연(攀緣) 식물로서 이 식물의 열매에서 흥분제가 되는 음료를 제조한다.

35 **아타개미** 잎을 갉아 먹는 적갈색의 큰 개미로 지하에 산다.

36 **아라구아네이** araguaney. 베네수엘라 원산의 능소화과 나무.

38 **카나네이아 학사** 본명은 코스미 페르난데스(Cosme Fernandes). 1501년 상파울루 남쪽 연안에 처음 도착한 포르투갈의 유배자.

41 **파이체** paiche. 아마존 강에 서식하는 거대한 물고기. 하류에서는 피라루쿠라고도 불리며 길이가 2~3미터에 달한다.

42 **검둥이 목동의 정령** 아프리카와 기독교가 혼합된 전설에 등장하는 정령으로, 노예 제도의 종식을 상징하는 캐릭터이다. 전설에 의하면 말 떼를 돌보는 임무를 맡은 흑인 목동이 말 한 마리를 잃어버린 것 때문에 주인으로부터 채찍 세례를 받고 개미집에 던져져 죽임을 당했다. 죽어서 정령이 된 그는 말을 잃어버려 성모에게 기도하는 목동들이 말을 찾을 수 있도록 도와준다고 한다.

44 **네그루 강** Negro. 아마존 강의 본류를 이루는 중요한 지류로 아마

존 밀림의 한복판에 있는 마나우스(Manaos)에서 다른 지류들과 만난다.

아라구아이아 강 Araguaia. 브라질 중부에서 북동쪽을 향해 흐르는 강.

45 **피라냐** piranha. 아마존 강에 서식하는 식인 물고기.

46 **미모사** mimosa. 브라질 원산의 쌍떡잎식물 장미목 콩과의 식물. 잎을 건드리면 움직이기 때문에 신경초라고도 불린다.

팔손이나무 아메리카 원산의 쐐기풀목 뽕나뭇과에 속하는 상록 교목.

마모셋 marmoset. 남미산 작은 원숭이.

47 **콘투** conto. 브라질의 옛 화폐 단위. 1천 크루제이루(cruzeiros)에 해당한다.

52 **암바렐라** ambarella. '황금 사과'라고도 불리는 열대 원산의 과일.

사포딜라 sapodilla. 남미 원산의 열대 교목. 그 수액에서 껌의 원료인 치클(chicle)을 채취한다.

두리안 durian. 열대 지방에서 서식하는 쌍떡잎식물 아욱목 봄바카과의 상록 교목.

부시파울 bushfowl. 몸집이 크고 갈색과 흰색의 깃털을 가진 새.

54 **티크** teak. 동인도 등 열대 지방에서 자라는 나무.

55 **키안티** Chianti. 이탈리아 토스카나 지역에서 생산되는 이탈리아의 대표적 와인 브랜드.

56 **아카라** Acará. 브라질 북중부 아마존 하구에 자리 잡은 파라(Pará) 주의 도시.

62 **인도수자목** 인도산 단향과의 교목.

브레비스 Breves. 브라질 북동부 파라 주의 작은 도시.

벨렝 Belém. 브라질 북동부 아마존 강 하구의 도시.

63 **카이수마** caiçuma. 만디오카 원료의 발효주.

64 **엠비라** embira. 브라질산 섬유 식물.

71 **페로바** peroba. 브라질산의 단단한 나무. 건축 자재로 쓴다.

72 **마쿰바** macumba. 부두교.

80 **방취목(防臭木)** 잎에서 레몬 향이 나는 유라시아 토종 식물.

88 **만두 사라라** Mandu sarará. '금발의 포르투갈 사람'이라는 의미의 투피-과라니족 말로, 부족의 노래에 자주 등장하는 후렴구이다.

89 **브라질 나무** Pau Brasil. 동부 해안 지역의 밀림에 분포하는 수종. 이 나무에서 붉은 염료를 얻을 수 있기에 초기 브라질에 도착한 포르투갈인들이 집중적으로 채취했다.

90 **바이아** Bahia. 살바도르를 주도로 둔 브라질의 동북부 지방.

건강은 없고 불개미는 많도다! 이것이 브라질의 문제로다! 이 작품에 여러 번 등장하는 마쿠나이마의 선언과도 같은 말. 포르투갈어에서 건강(saúde)과 불개미(saúva)가 음성학적으로 유사하기 때문에 대구를 이루며 재미있게 들린다.

96 **큰 몽둥이** 남자의 성기를 말함.

세브르 Sèvres. 프랑스 파리의 센 강 가에 있는 도시.

99 **안티누스** Antinous. 부티니아 출신 고대 그리스의 청년. 로마 황제 하드리아누스의 총애를 받았지만 이집트의 나일 강에서 익사한 것으로 알려진다.

갸르송 garçon. 소년이라는 뜻의 프랑스어로 급사, 하인, 보이 등을 부르는 말이다.

100 **밤에만 활동하는 그들은~구애하는 데만 관심이 있지** 전투에서 화살을 잘 쏘기 위해 오른쪽 유방을 잘라 버리는 아마존 여전사와 달리 남자들을 유혹하는 데만 관심이 있다는 뜻이다.

101 **타피리** tapires. 밀림에 사는 돼지의 일종.

칸지루 candirú. 아마존 강에 사는 흡혈 메기.

102 **아헨** Aachen. 독일 서부의 도시.

안트베르펜 Antwerpen. 벨기에의 도시.

103 **달의 친절한 침묵 속에서** 아일랜드의 시인이자 극작가인 윌리엄 버

틀러 예이츠(William Butler Yeats)의 산문집 제목.

104 **질서와 진보** 브라질 국기에 새겨져 있는 국가적 표어.

107 **카몽이스** Luiíz Vaz de Camões(1524~1580). 르네상스기 포르투갈의 국민 시인.

109 **베이주** beiju. 타피오카 또는 만디오카로 만든 빵. 케이크의 일종.

110 **미우헤이스** milréis. 브라질의 옛 화폐 단위.

112 **물라토** mulato. 백인과 흑인의 혼혈.

114 **아카푸** acapu. 아메리카 원산의 속이 붉고 단단한 나무. 지팡이를 만들 때 쓰인다.

130 **만다과리** Mandaguari. 브라질의 중북부 도시.

아이마라 aimará. 남아메리카에 서식하는 대형 물고기. 울프피쉬(wolffish)라고도 불린다.

132 **페제레이** 아마존에 서식하는 물고기.

137 **피아우이** Piaui. 브라질 동북부 지방.

아페르타두스 두 이냐뭉 Apertados do Inhamum. 브라질 동북부의 내륙 지방.

138 **수루쿠쿠** surucucu. 브라질 원산의 독사.

파레시스 Parecis. 브라질 동북부 아마존 지역의 한 지방.

나타우 Natal. 브라질 북부 히우그란지두노르치의 주도(州都).

139 **슈이 강** Chuí. 브라질 북중부의 강.

투이우이우 tuiuiú. 황샛과에 속하는 판타나우 지방의 상징인 새.

140 **바르톨로메우 로렌수 지 구스망** Bartolomeu Lourenço de Gusmão. 18세기 초반 브라질 최초로 하늘을 나는 기구를 만든 가톨릭 사제.

빌카노타 강 Vilcanota. 아마존 강의 시원이 되는 가장 상류의 강. 페루에 위치해 있다.

144 **에사 지 케이로스** Eça de Queiroz(1845~1900). 19세기 말 포르투갈의 소설가.

147 **안디로바** andiroba. 상처 및 염증에 바르는 아마존의 약용 식물.

157 **팔꿈치에 통증을 느끼고** 포르투갈어에서 팔꿈치가 아프다는 것은 배우자가 외도했다는 뜻이다.

폭스트롯 fox-trot. 20세기 초에 미국에서 유행한 사교 댄스 음악.

158 **타우바테** Taubaté. 상파울루 주에 위치한 도시.

160 **아구티** agouti. 남미 원산의 설치류.

161 **폰타 두 망기** Ponta do Mangue. 브라질 북동부의 해안 도시.

세아라-미링 Ceará-Mirim. 브라질 북동부의 도시.

무리우 Muriú. 브라질 북동부의 작은 해안 도시.

166 **퍼스딕** 황색 염료를 산출하는 멕시코 원산의 나무.

탕비우스 tambiús. 브라질의 담수어. 붕어와 닮았다.

168 **티나무** tinamu. 남아메리카 원산의 메추리 비슷한 새.

트라이라 traíra. 브라질 원산의 이빨 달린 식인 물고기.

170 **보이페바** Boipeba. 브라질 동북부의 해안 도시.

173 **사르사** sarça. 중앙 및 남아메리카에 야생하는 조목 청미래덩굴속 식물.

178 **자라구아** Jaraguá. 상파울루를 둘러싼 가장 높은 봉우리. 1,135미터에 달한다.

179 **고이아스 주** Goiás. 브라질 중서부에 위치한 주. 수도인 브라질리아를 포함하고 있다.

185 **참마** 외떡잎식물 백합목 맛과의 덩굴성 여러해살이풀.

사사프라스 sassafras. 아메리카 원산의 나무. 휘발성 강한 껍질을 가졌고 강한 향기를 풍긴다.

188 **굉음의 언덕** Morro do Estrondo. 브라질 중부 아라구아수 근처의 구릉 지대.

세르지피 주 Sergipe. 브라질 북동부 대성양 연안에 위치한 주.

나는 멩동사 마르라는 화가요~사람들을 용서하면서 내 스스로 고독한 프란시스쿠 사제가 되었다오 이것이 바이아 주에 실제로 존재하는 봉

제수스 다 라파(Bon Jesus da Lapa) 마을의 유래가 된 전설이다.

에르쿨리스 플로렌시 Hercules Florence. 프랑스 출신의 브라질 발명가이자 화가. 다게르보다 먼저 사진을 발명했다고 알려져 있다.

189 **1927년의 오늘을 기억할지어다! 나는 사진을 발명했다!** 실제로 에르쿨리스 플로렌시가 사진을 발명한 해는 1832년이었다.

190 **카람볼라** carambola. 브라질과 동남아시아에서 자라는 열대 과일나무.

195 **위대한 후작** 주제 1세 때 포르투갈의 실질적 통치자로, 리스본 재건에 힘쓴 폼발 후작(Marquês de Pombal)을 말한다.

197 **파쿠** pacu. 피라냐처럼 이빨을 가진 아마존 담수어.

카스쿠두 cascudo. 남아메리카에 서식하는 메깃과의 얼룩무늬 담수어.

준디아 Jundiá. 히우그란지두노르치(Rio Grande do Norte) 지역.

바그리 bagre. 카스쿠두를 포함한 메깃과의 물고기.

투쿠나레 tucunaré. 남아메리카 브라질에 주로 서식하는 붕엇과의 담수어.

198 **아카라** acará. 아메리카에 주로 서식하는 키클라과에 속하는 담수어. 다양하고 아름다운 색깔의 관상어.

피라칸주바 piracanjuba. 브라질에 주로 서식하는 담수어. 평균 6킬로그램의 무게와 80센티미터의 길이를 가졌다.

구리-주바 guri-juba. 브라질에 주로 서식하는 평균 길이 1.2미터의 담수어.

피라무타바 piramutaba. 아마존에 서식하는 담수어로 길이 1미터, 무게 10킬로그램에 이르며 다른 물고기를 먹고 산다.

수루빙 surubim. 아마존에 서식하는 담수어로, 몸이 길고 화려한 무늬를 가진 것이 특징이다.

199 **코안두** coandu. 브라질 북동부 대서양 연안의 숲에 서식하는 설치류 동물.

쿠아티 cuati. 아메리카 지역에 서식하는 긴코너구리.

200 **파카리** pacari. 돼지아목에 속하는 포유류.

파카 아메리카 원산의 토낏과에 속하는 동물.

아구아차라이 아메리카 원산의 여우처럼 생긴 동물.

뉴트리아 nutria. 남미에 서식하는 수달처럼 생긴 설치류.

케이샤다 사바쿠(Sabacu)라고도 부르는 멧돼지를 닮은 동물.

옹사 재규어를 닮은 동물.

무수라나 muçurana. 중앙아메리카와 남아메리카에 서식하는 거대한 방울뱀.

오셀롯 ocelot. 고양잇과에 속하는 육식 동물.

204 **잠파리나 병** zamparina. 1780년경 리우데자네이루에서 유행한 전염병.

205 **망가리투** mangarito. 아메리카 원주민이 즐겨 먹던, 고구마와 유사한 뿌리 식물.

체리모야 cherimoya. 슈거애플(sugar apple)이라고도 불리는 아메리카 원산의 열대 과일.

마메이 사포테 mamey sapote. 중앙아메리카의 열대 지방 과일. 스페인어로 사포테라고 불린다.

스타애플 star apple. 석류와 비슷한 열대 과일. 반으로 잘랐을 때 씨가 별 모양으로 박혀 있어 스타애플이라 불린다.

구아나바나 guanabana. 우리말로 가시여지라고 불리는 열대 과일.

기아나 주 브라질 북쪽 끝에 위치한 주.

조르지 벨유 Jorge Velho. 17세기에 반란을 일으킨 아프리카 출신 흑인 노예들의 은신처였던 킬롬부(Quilombo)를 파괴한 포르투갈의 관리.

206 **줌비** Zumbi. 강가 줌바(Ganga Zaumba)에 이어 킬롬부를 이끌었던 지도자.

파라이바 주 Paraíba. 브라질 중동부 해안에 위치한 주.

호코테 red mombin. 아마존 열대 우림에서 자라는 즙이 많은 열대 과일(Spondias pupurea).

피아우이 주 Piauí. 브라질 북동부 대서양 연안에 자리 잡은 지역.

207 **구아라라피스** Guararapes. 헤시피(Recife) 근처에 위치한 동부 해안 지방.

208 **히우그란지두술 주** Rio Grande do sul. 브라질 최남단에 위치한, 우루과이와의 국경에 있는 주.

211 **보이-붐바** Boi-Bumbá. 브라질의 전통적인 민속 축제. 황소의 죽음과 부활이라는 주제로 사람 역할을 맡은 배우와 황소로 분장한 배우가 뒤엉켜 환상적인 춤과 공연을 벌인다.

214 **카라자 부족** carajá. 브라질 아마존 강 유역 20여 개의 마을에 거주하는 원주민 부족. 전체 인구는 3천 명 정도에 이른다.

221 **사페** sapé. 말려서 지붕이나 담을 잇는 데 쓰는 식물.

224 **사씨** Saci. 브라질의 전통 민속에서 잘 알려진 캐릭터. 절름발이 흑인 또는 물라토 젊은이로서 붉은색 모자를 쓰고 담배 파이프를 물고 있다. 이 장면에선 달 카페이가 다리가 하나밖에 남지 않은 마쿠나이마를 사씨로 착각한 것이다.

225 **독일 사람이다** 민속학자 테오도어 코흐-그륀베르크(Theodor Koch-Grünberg)를 말한다.

228 **콜리브리** colibri. 아메리카 원산의 몸이 매우 작고 부리가 긴 새.

카시리 cachiri. 아마존 원주민들이 마시던 만디오카 식물로 만든 음료.

브라질 민족의 탄생과 정체성에 대한 우화

임호준(서울대 서어서문학과 교수)

1. 마리우 지 안드라지와 『마쿠나이마』

시, 음악, 수필, 소설, 비평, 민속, 사진, 교육 등 다방면에서 활동하며 브라질 문화 정체성의 초석을 놓은 '국민 작가' 마리우 지 안드라지는 1893년 상파울루에서 태어났다. 인종적으로 혼혈의 피를 물려받았지만 부유한 가정에서 자란 그는 어릴 적부터 피아노에 재능을 나타냈고 열 살 때부터 이미 시와 콩트를 쓸 정도로 예술에 남다른 끼를 보였다. 상파울루 인문 대학에서 1년 동안 인문학을 공부한 후 피아니스트가 되기 위해 상파울루 예술원에 입학했다. 그는 음악을 전공하는 것 외에도 문학 작품을 읽고 시를 쓰는 일을 계속했다. 예술원을 졸업하던 1917년 첫 시집 『시 한 편마다 피 한 방울이 있다네(*Há uma Gota de Sanque em Cada Poema*)』를 출간하는데 이 시집은 유럽 모더니즘의 영향을 받은 것이지만 브라질 정체성에 대한 모색이기도 했다.

그는 졸업한 뒤 상파울루를 떠나 브라질 북동부와 내륙 지방을 여행하는데 대도시에서 백인들에 둘러싸여 살던 그에게 아마존 원주민과 흑인들의 삶은 큰 충격이자 신선한 자극으로 다가왔다. 이때 이후로 그는 종종 브라질 전역을 여행하며 민속자료들을 수집하고 이에 대해 글을 쓰게 되는데 이런 지식과 견문이 『마쿠나이마』를 쓰는 데 중요한 자산이 된 것은 물론이다.

1917년 아니타 마우파치(Anita Malfatti)의 전시회에 갔다가 모더니스트 작가들과 교분을 맺은 마리우 지 안드라지는 그들과 함께 '오인회(五人會)'를 결성하고 모더니즘 운동을 시작한다. 오인회의 작가로는 그와 마우파치 외에 오스바우지 지 안드라지(Oswald de Andrade),[1] 타르실라 두 아마라우(Tarsila do Amaral), 메노치 데우 피치아(Menotti del Picchia)가 있었다. 유럽에 거주하거나 여행한 경험을 가지고 있던 이들은 당시 유럽에 유행하던 모더니즘 예술에 깊이 동화되어 있었고 브라질에서도 모더니즘 운동을 일으키고자 했다. 물론 유럽의 모더니즘을 그대로 수입하는 것이 아닌 브라질적인 정체성이 바탕이 된 모더니즘을 모색했다.

오인회 멤버들은 브라질 독립 1백 주년 기념 행사의 일환으로 1922년 2월 13일부터 17일까지 상파울루에서 '현대 예술 주간(Semana de arte moderna)'을 기획했다. 일주일 동안 콘서트, 전시회, 낭독회, 강연회, 각종 공연 등이 잇달아 열린 이 행사에서 마리

1 「식인종 선언」을 발표한 오스바우지 지 안드라지와 『마쿠나이마』를 쓴 마리우 지 안드라지는 성만 같을 뿐 인척 관계는 아니다. 1969년 『마쿠나이마』를 영화화한 조아킹 페드루 지 안드라지(Joaquim Pedro de Andrade) 감독 역시 인척이 아니다.

우 지 안드라지는 자신이 쓴 시를 낭독하고 모더니즘과 브라질 민속 음악 등에 대해 강연했다. 구어체의 자유로운 운율을 사용한 이 시들은 같은 해 시집 『환각의 도시(*Paulicéia Desvairada*)』에 실려 출판되었다. '현대 예술 주간'은 떠들썩하게 진행되며 다양한 문화적 이슈를 만듦으로써 낙후된 브라질 문화에 경종을 울렸다. 오늘날 이 행사는 브라질 모더니즘 운동의 시작을 알린 신화적인 사건으로 평가받는다.

'현대 예술 주간'의 성공에도 불구하고 모더니스트들은 브라질적인 문화 정체성을 어떻게 담아낼 것인지를 계속 고민했다. 마리우 지 안드라지는 브라질의 민속에 해답이 있다고 보았고 1926년 집안 농장이 있는 아라라쿠아라로 가서 『마쿠나이마』를 쓰기 시작한다. 이 작품의 집필에는 2년이 걸려 1928년에 출판된다. 한편 오스바우지 지 안드라지를 비롯한 모더니스트들은 독특한 역사적, 지리적 상황에 기인한 브라질 특유의 문화 정체성을 담아낼 수 있는 이상적인 개념으로서 '식인주의(食人主義)'를 주창하게 되었다. 짧게 말해서 식인주의란, 브라질의 문화 정체성은 다양한 인종, 언어, 문화가 혼합된 브라질의 역사가 말해 주듯 다른 지역의 문화를 마구 먹어 치워서 자신의 것으로 소화시킨 결과라는 것이다. 1928년, 오스바우지 지 안드라지가 『식인 잡지(*Revista de Antropofage*)』를 창간하고 「식인종 선언(Manifesto antropófago)」을 발표함으로써 식인주의는 널리 알려지게 되었다.

「식인종 선언」과 같은 해에 출판된 『마쿠나이마』는 「식인종 선언」의 문학적 표현이라 할 수 있다. 마리우 지 안드라지 역시 모더니즘 작가들과 교류하며 『식인 잡지』에도 깊이 관여하고 있었기 때문에 『마쿠나이마』에는 식인주의 개념이 깊이 침윤해 있는 것이 당연했다. 하지만 시간이 흐르면서 이 작품은 식인주의의 실천을 넘어 브라질 민족의 탄생에 대한 알레고리로 읽히게 되었다. 즉 가장 브라질적인 문학 작품으로서 브라질의 정체성이 무엇인지를 말해 주는 국가적 기반 서사(foundational fiction)로 여겨지게 된 것이다. 『마쿠나이마』는 '시네마 노부(Cinema novo)' 운동이 한창이던 1969년 조아킹 페드루 지 안드라지 감독에 의해 영화화되어 주요 영화제에서 상영되고 많은 상을 수상하였다. 영화 덕분에 원작 소설은 세계적으로 널리 알려지게 되었다. 이렇게 브라질 민족 정체성의 문화적 토대를 세운 공로를 인정받아 마리우 지 안드라지는 사후 '국민 작가'로 추앙받으며 브라질의 구화폐 크루제이루에 초상화가 새겨지는 영예를 안았다.

2. 브라질 정체성의 알레고리, 『마쿠나이마』

1920년대 브라질 모더니즘 운동의 주역이었던 마리우 지 안드라지의 대표작 『마쿠나이마』는 브라질 문학의 걸작일 뿐 아니라 브라질 문화 정체성의 이정표를 세운 작품으로 평가받고 있다. 그는 1928년에 출판된 『마쿠나이마』의 초판본 서문에서 이 작품의 창작이 브라질의 국가적 정체성을 정립하려는 의도라고 말한다.

『마쿠나이마』에서 내가 흥미를 느꼈던 작업은, 가능한 한 브라질의 민족적 삶을 만들고 발견해 내고자 하는 것이었다. 여기에 엄청난 노력을 기울였지만 끝내 나는 진실처럼 보이는 것을 깨달았다. 그것은 브라질인들은 특징이 없다는 것이다.

'특징이 없다'는 뜻은 정형화된 면모가 없어 규정하기 불가능하다는 의미이다. 그래서 『마쿠나이마』의 주인공은 원주민 엄마로부터 흑인으로 태어나지만 다시 백인으로 재탄생하는데 이로써 브라질의 대표적인 인종을 모두 거치게 된다. 마쿠나이마라는 이름에서 '마쿠'는 '악(惡)'이라는 뜻이고, '이마'는 '위대한'이라는 뜻이다. 결국 마쿠나이마라는 이름은 '위대한 악'이라는 모순적인 의미를 내포하고 있다. 모순적 의미의 이름처럼 마쿠나이마는 세상의 선과 악을 가르는 기준으로는 규정이 불가능한 기상천외한 인물이다.

마쿠나이마는 여러 나라의 국민적인 서사 문학에 등장하는 고전적인 영웅과는 거리가 멀다. 그는 온갖 모험을 겪지만 용감하거나 현명하지 못하고 대부분의 경우 어리석고 겁이 많다. 그를 움직이는 것은 일차원적인 충동이기 때문에 그는 늘 이기적으로 행동하고 성적인 욕망만 밝히며 형들을 배신하기를 밥 먹듯이 한다. 그가 습관처럼 내뱉는 말, "아, 귀찮아(Ai, que preguiça)!"는 그의 게으름과 무기력함을 나타낸다.

어릴 때부터 여자를 좋아한 마쿠나이마는 가는 곳마다 여러 여자들과 사랑을 나누는데 과장된 표현이긴 하지만 성에 대해 자유

분방한 브라질인들의 기질을 보여 주는 것이라 할 수 있다. 하지만 마쿠나이마는 자신의 아이를 낳은 아마존의 여전사 씨에 대해선 예외적인 모습을 보인다. 독뱀이 남긴 독을 먹고 아이가 죽자 하늘로 승천한 씨를 잊지 못해 그녀가 남기고 간 무이라키탕을 필사적으로 찾아다니는 순정을 보이기도 한다.

한편 이 작품 곳곳에서 발견되는 유머와 풍자 또한 브라질인들 특유의 낙천적인 기질과 관련이 있다. 천성이 게으른 마쿠나이마는 능청스러움으로 위기를 모면하고 문제를 해결한다. 물론 마쿠나이마는 위험에 처할 때마다 토속 신앙의 무당이나 수많은 종류의 새, 동물, 식물로부터 도움을 받는데 이들은 브라질의 전통과 자연을 상징한다. 즉 마쿠나이마는 브라질의 민속과 자연의 보호를 받는 민족적 영웅인 것이다.

『마쿠나이마』를 브라질의 국가적인 우화로 볼 때 아마존 정글에 살던 형제가 도시에 입성한다는 것은 브라질 역사에서 근대화를 의미하는 것이다. 아마존 강을 건너던 형제들은 작은 물웅덩이에서 목욕을 하는데 마쿠나이마는 푸른 눈의 금발 미남이 되고, 남은 물로 목욕을 한 지게는 구릿빛으로 변한다. 마나피가 들어갔을 때는 물이 거의 남아 있지 않아 그의 검은 피부는 변하지 않는다. 이처럼 세 종류의 다른 피부색을 가지게 된 형제는 다양한 피부색의 인종이 뒤섞여 있는 브라질 국민을 상징한다. 그들은 커피를 좋아하고, 잠자기를 즐기고, 축구를 발명한다. 한편 상파울루에 사는 거부(巨富)이자 식인 거인 벵시스라우 피에트루 피에트라는 근대화를 통해 밀고 들어온 외세의 힘을 의미한다. 결국 마쿠나이마가 거인을 물리치고 무이라키탕을 되찾는 서사는 외세에 대한 브라질의 상징적 승리를 의미한다.

다시 고향으로 돌아온 세 형제는 폐허가 된 채 황무지로 변한 고향 마을을 보게 된다. 먹을 것이 없어 허덕이던 형제들은 서로 반목하여 싸우다 문둥병이 옮아서 죽게 된다. 모험과 사랑과 속임수와 고행과 영웅주의로 점철된 마쿠나이마의 삶 역시 지속될 수 없는데 그는 결국 하늘로 올라가 큰곰자리가 된다. 이로써 마쿠나이마는 브라질인들의 삶과 영원히 함께하는 존재가 된 것이다.

3. 식인주의와 『마쿠나이마』

이 소설은 타팡뉴마스 밀림 출신의 반영웅(反英雄) 마쿠나이마가 정글을 떠나 도시로 와서 브라질의 국가적 정체성을 상징하는 물건을 빼앗기 위해 식인 거인과 싸워 이긴 후 다시 고향으로 돌아와 하늘로 올라가 별이 되는 이야기를 담고 있다. 이 작품은 식인주의의 문학화로 볼 수 있기에 마리우는 소설을 쓰기 시작했을 때 이미 오스바우지에 의해 「식인종 선언」이 발표된 것을 아쉬워하며 "내가 그것(식인주의)에 동화된 바로 그 시점에 〔「식인종 선언」이〕 나왔다"고 말했다. 『마쿠나이마』는 오스바우지 지 안드라지의 「식인종 선언」이 나온 직후에 출판되었고 마리우는 독자들이 자신의 작품을 「식인종 선언」에 대한 복사물로 보지 않을까 우려했기 때문에 『마쿠나이마』가 먼저 창작된 것이라고 주장했다.[2] 어찌 됐든 훗날 독자들은 「식인종 선언」과 『마쿠나이마』를 하나의 세트로 받아들이게 된다.

『마쿠나이마』는 이미 형식에서부터 '식인주의'를 실천하고 있다. 작자가 이 작품을 '랩소디'라고 밝혔듯이 『마쿠나이마』는 원주민, 아프리카, 포르투갈, 브라질의 다양한 신화, 노래, 제의, 텍스트 들을 왕성하게 흡수한다. 게다가 중심 서사의 많은 부분이 독일의 민속학자 테오도어 코흐-그륀베르크(Theodor Koch-Grünberg)가 브라질의 전통 설화를 모아 출판한 책 『오리노쿠 강 유역의 호라이마 지역에 대하여(*Von Roraima zum Orinoco*)』에서 차용되었다. 코흐-그륀베르크는 1911년에서 1913년 사이에 브라질을 여행했는데 특히 타울리팡(Taulipang)족과 아레쿠나(Arekuna)족의 신화와 전설을 소개한 그의 책 두 권이 『마쿠나이마』에 차용되었다. 마쿠나이마라는 주인공의 이름도 이 책에 이미 소개되고 있는데 코흐-그륀베르크에 의하면 그는 타울리팡족의 영웅이자 창조자이다. 마리우 지 안드라지는 코흐-그륀베르크의 책을 식인주의 개념으로 '먹어 치워' 『마쿠나이마』를 재창조했다고 볼 수 있다. 그는 『마쿠나이마』의 창작 동기에 대해 다음과 같이 말한다.

> 코흐-그륀베르크를 읽으면서, 도덕적이든 심리적이든 마쿠나이마가 아무런 특징 없는 영웅이라는 것을 지각했을 때 서정적인 충격에 휩싸였고 〔이 소설을〕 쓰기로 결정했다. 나는 〔마쿠

2 마리우 지 안드라지가 『마쿠나이마』의 집필을 시작한 해는 1926년이고, 오스바우지 지 안드라지가 「식인종 선언」을 발표한 것은 1928년이다.

나이마의 이야기가) 대단히 감동적이라고 생각했는데 왜냐하면 이것은 매우 특별하기도 했고 우리 시대와 상당한 관계가 있다고 생각했기 때문이었다.

언어적으로 보았을 때도, 이 작품은 브라질 민중들 사이에서 흔히 쓰이는 다양한 원주민 방언을 포르투갈어에 합병시킴으로써 식인주의를 실천하고 있다. 마리우 지 안드라지는 이 작품을 쓰기 위해 브라질 원주민의 언어, 문화, 민속, 음악에 대한 방대한 자료를 모았고 이를 토대로 브라질 문화의 혼종성을 모두 포괄할 수 있는 작품을 쓰고자 했다. 또한 장르적으로 보았을 때 설화, 편지글, 노래, 기도문 등 다양한 종류의 텍스트가 뒤섞여 있어 마리우 지 안드라지도 자신의 작품을 '랩소디'라고 부르며 어느 장르에도 속하지 않은 잡식성의 작품임을 말하고 있다.

외형적인 형식뿐만 아니라 작품의 서사에서도 식인은 중요한 모티프가 된다. 이 작품에 빈번하게 등장하는 식인의 에피소드와 인체에 관한 묘사는 러시아의 비평가 미하일 바흐친(Mikhail Bakhtin)이 『프랑수아 라블레의 작품과 중세 및 르네상스의 민중 문화』에서 설명한 그로테스크한 육체와 놀랍도록 일치한다. 라블레(François Rabelais)의 『가르강튀아와 팡타그뤼엘』과 안드라지의 『마쿠나이마』는 4백 년의 시차에도 불구하고 시리즈라 해도 좋을 만큼 인체의 묘사와 세계에 대한 시각에서 연관성을 보인다. 『프랑수아 라블레의 작품과 중세 및 르네상스의 민중 문화』에서 설명된 유럽 중세의 카니발(Carnival) 문학은 많은 부분 '그로테스크한 육체', 즉 '물질적인 신체의 저급한 층위'의 표현에 의존하고 있다. 바흐친에 의하면, 중세 카니발 문학의 전형이라 할 수 있는 프랑수아 라블레의 작품에 있어 육체의 가장 중요한 요소는 스스로 자라서 그 자신의 한계를 넘어서는 것이다. 그리하여 서로 분리된 육체들 사이의 경계를 허물고 육체와 세상 사이의 한계를 초월한다.

바흐친이 설명한 그로테스크한 육체의 전형을 보이는 『마쿠나이마』의 등장인물들은 시종일관 먹고, 마시고, 성교하고, 출산하고, 배설한다. 라블레의 초점, 즉 끝없는 대식(大食)의 기쁨, 창조적인 외설성, 지치지 않는 성욕 등은 전복적인 메시지를 함축하고 있다. 이런 맥락에서 보자면 『마쿠나이마』의 등장인물들은 그로테스크한 육체의 삶을 충실하게 살아가고 있다. 우선 못생긴 물라토 아이에서 잘생긴 백인 왕자로 변모하는 것은 전형적인 그로테스크한 육체의 상상력이다. 마쿠나이마는 형수가 되었든, 누가 되었든 신경 쓰지 않고 만나는 여자마다 즐거운 성행위에 몰두하는데 이런 잡식성 성행위에 대해 아무런 죄의식을 갖지 않는 것은 물론이다. 지저분함(scatology) 역시 이 작품에 중요한 이미지가 되는데 마쿠나이마는 한번 배설물 속에 덮이는 벌을 받았다가 간신히 빠져나온다. 마쿠나이마를 위시한 등장인물들은 수시로 토하고 배설한다.

사실 라블레, 셰익스피어, 세르반테스 등 바흐친이 지목한 중세 유럽 카니발 문학의 대가들의 작품에선 등장하지 않지만, 『마쿠나이마』에서 빈번하게 등장하는 식인이야말로 '그로테스크한 육체'의 문화적 메타포를 가장 극적으로 보여 주는 것이다. 그로테스크한 육체의 행동들이 "그 자신의 경계를 넘어서고 또 다른 신체를 껴안는" 행위로서 의미를 부여받고 칭송된다면 다른 신체를 먹어 버리고 흡수하는 식인주의는 그로테스크한 육체의 의의에 적실하게 부합한다. 굶주린 채 숲을 헤매던 마쿠나이마는 숲 속의 식인 요괴 쿠루피라를 만나 그의 넓적다리 살을 얻어먹는다. 그러다 쿠루피라가 마쿠나이마를 잡아먹기 위해 따라오자 마쿠나이마의 배 속에 있던 고기들이 무슨 일이냐며 소리친다. 한번은 원숭이에게 속아 마쿠나이마는 자신의 고환을 까먹기 위해 돌로 내리쳤고 그 바람에 영웅은 죽게 된다. 하지만 카니발의 '즐거운 죽음'처럼 마나피의 마법에 의해 그는 다시 살아난다.

물론 이 작품에서 가장 대표적인 식인 에피소드는 식인 거인 벵시스라우 피에트루 피에트라가 등장하는 대목이다. 그의 식인 기호는 그의 괴기스러움을 표현하는 것이기도 하지만 이 작품의 다른 식인 에피소드에서도 그렇듯, 식인은 코믹하고 즐겁게 그려진다. 거인은 마쿠나이마를 거대한 마카로니 솥에 넣으려다 되레 자신이 빠져 죽어 가게 되지만, 죽는 순간에도 "치즈가 모자라!"라고 불평한다.

또한 이 작품에서 성행위 역시 식인과 관련되어 있는 대목이 많다. 예를 들어 고향에 있던 시절, 지게의 부인인 소파라가 어린 마쿠나이마를 데리고 숲으로 가자 마쿠나이마는 일순간 잘생긴 왕자로 변한다. 그들은 매번 격렬한 성행위를 벌이는데 한번은 소파라가 마쿠나이마의 발가락을 물어뜯고 이를 삼킨다. 이렇게 『마쿠나이마』에서 식인은 음식을 먹고, 배설하고, 성행위하는 그로테스크한 육체의 활동으로 묘사된다. 식인은 죽음을 동반하지만 『마쿠나이마』는 폭력, 사지 절단, 심지어 죽음까지도 웃음의 대상으로 삼는다. 마쿠나이마는 자신의 불알을 깨거나, 식인 거인에게 붙잡혀 조각 난 채 스튜 요리가 되지만, 마법사인 마나피 형 덕분에 번번이 되살아난다. 이렇게 죽음은 부활과 갱생이라는 자연적 순환 개념과 연관됨으로써 범우주적인 생명력을 부여받는다.

결국 『마쿠나이마』는 창작 방법과 형식 면에서 브라질 모더니스트들이 주창한 '식인주의'를 실천하고 있을 뿐만 아니라, 내용 면에서 이 작품의 식인 모티프는 카니발의 그로테스크한 육체와 긴밀하게 연관되어 있다. 이런 면에서 『마쿠나이마』는 20세기의 『가르강튀아와 팡타그뤼엘』이라고 해도 좋을 만큼 카니발 문학의 정수를 보여 주는 작품이다. 작가는 이런 『마쿠나이마』를 브라질적인 정체성을 집대성한 작품으로 만듦으로써 결과적으로 브라질의 문화적 정체성이 식인주의와 카니발리즘(Carnivalism)에 있음을 말하고 있다.

판본 소개

『마쿠나이마』는 1928년 7월 26일 상파울루의 에우제니우 쿠폴루 출판사(Oficinas Gráficas de Eugenio Cupolo)에 의해 '마쿠나이마: 아무 특징 없는 영웅(Macunaíma: o herói sem nenhum caráter)'이라는 제목으로 8백 부만 출간되었다. 마리우 지 안드라지 자신이 비용을 부담하여 출판된 이 판본은 18개의 챕터와 서문, 에필로그로 이루어져 있었다. 이 책이 비평가와 독자들로부터 많은 호응을 얻자 1939년 코작 나이피(Cosac Naify) 출판사에서 재판(再版)이 나왔는데 초판에 있던 서문이 빠지고 한 챕터가 줄어 있었다. 대신 약간의 주석과 오딜롱 모라에스(Odilon Moraes)가 그린 삽화가 첨가되었다. 초판에서 빠진 챕터는 제11장으로, 마쿠나이마가 세 자매를 유혹하는 내용이었는데 반도덕주의 논란에 휘말릴 것을 우려하여 작가 스스로 제외한 것이다. 따라서 이후에 출판된 모든 판본은 17개의 챕터와 에필로그로 이루어지게 되었고 1944년에 나온, 마리우 지 안드라지의 모든 저술을 모은 총서(Obras completas)에도 17개의 챕터가 수록되었다.

많은 방언과 토착 동식물이 나열된 『마쿠나이마』는 브라질의 도시 독자들이 읽기에 난해했다. 따라서 광범위한 편집이 필요했는데 1978년 텔레 안코나 로페스(Telê Ancona Lopez)가 리우데자네이루의 리브루스 테크니쿠스 에 시엔치피쿠스(Livros Técnicos e Científicos) 출판사에서 출간한 것이 현재까지 가장 표준적인 판본으로 꼽힌다. 번역에는 2013년 리우데자네이루의 노바 프론테아(Nova Frontera) 출판사에서 출판된 판본을 사용했는데 이 판본은 텔레 안코나 로페스와 타티아나 롱구 피게이레두(Tatiana Longo Figueiredo)가 편집한 것이다.

마리우 지 안드라지 연보

1893 상파울루에서 출생.

1904 처음으로 시를 창작하여 잡지에 투고.

1910 상파울루 인문 대학에 입학하여 1년 동안 수학.

1911 상파울루 예술원에 입학.

1913 자신보다 열네 살 많았던 형 레나투가 축구 경기 중 사망하자 충격을 받고 집안의 농장이 있는 아라라쿠아라에 가서 지내다 옴.

1916 군대에 자원하여 병역을 마침.

1917 예술원 졸업. 아버지의 사망. 마리우 소브라우라는 필명으로 첫 시집 『시 한 편마다 피 한 방울이 있다네(*Há uma Gota de Sanque em Cada Poema*)』를 출간. 아니타 마우파치의 전시회에서 모더니스트 예술가들을 알게 됨. 북쪽 지방을 여행.

1918 예술원 교수로 임용. 짧은 산문과 시를 쓰고 신문과 잡지에 글을 게재함.

1920 모더니스트 그룹 오인회의 멤버가 됨. 그들과 함께 잡지를 편집.

1922 상파울루에서 오인회 멤버들과 '현대 예술 주간' 개최. 예술원 정교수가 됨. 시집 『환각의 도시(*Paulicéia Desvarada*)』 출간.

1923 캐테 마이헨-보젠(Kaethe Meichen-Bosen)으로부터 독일어를 배

우다 그녀와 사랑에 빠짐.

1924 친구들과 함께 브라질 북동부 도시들을 여행하며 기행문 「브라질을 발견하는 여행」을 씀.

1926 아라라쿠아라의 농장에 기거하며 『마쿠나이마』를 집필하기 시작. 『식인 잡지』에 시와 글을 게재.

1927 파격적인 사랑 이야기를 담은 소설 『사랑하다라는 자동사(*Amar, verbo intransitivo*)』를 출판하여 논란을 일으킴. '민속 여행'이라는 이름으로 아마존과 페루 지역을 여행.

1928 『브라질 음악에 대한 수필』, 『마쿠나이마』 출판.

1929 두 번째 '민속 여행'으로서 브라질 북동부 지역을 여행하며 음악, 춤, 신화, 방언 등을 수집. 오스바우지 지 안드라지와 절교. 『간략한 음악사』 출간.

1934 바이아 음악원에서 명예교수직 수여.

1935 브라질 문화부의 문화전파국장으로 임명.

1936 예술원 교수직을 그만둠.

1938 리우데자네이루로 이사. 문화전파국장 사직. 리우 연방 대학 예술사학 정교수로 임용.

1939 '브라질 민속, 민족지 협회'를 창설하고 초대 회장에 피선.

1941 다시 상파울루로 거처를 옮김.

1942 브라질 작가 협회 창설.

1943 『브라질 문학의 모습들(*Aspectos da Literatura Brasileira*)』, 『네 가지 예술의 춤(*Baile das Quatro Artes*)』 출간.

1944 시집 『상파울루 서정시』 출간.

1945 2월 25일. 상파울루의 집에서 급성 심근 경색으로 사망.

1955 그의 작품 전부를 수록한 『총서(*Obras completas*)』 출판.

새롭게 을유세계문학전집을 펴내며

을유문화사는 이미 지난 1959년부터 국내 최초로 세계문학전집을 출간한 바 있습니다. 이번에 을유세계문학전집을 완전히 새롭게 마련하게 된 것은 우리가 직면한 문화적 상황에 적극적으로 대응하기 위해서입니다. 새로운 을유세계문학전집은 세계문학의 역할이 그 어느 때보다 중요해졌다는 인식에서 출발했습니다. 오늘날 세계에서 타자에 대한 이해는 우리의 안전과 행복에 직결되고 있습니다. 세계문학은 지구상의 다양한 문화들이 평등하게 소통하고, 이질적인 구성원들이 평화롭게 공존할 수 있는 문화적인 힘을 길러 줍니다.

을유세계문학전집은 세계문학을 통해 우리가 이런 힘을 길러 나가야 한다는 믿음으로 만들어졌습니다. 지난 5년간 이를 준비하기 위해 많은 노력을 기울였습니다. 세계 각국의 다양한 삶의 방식과 문화적 성취가 살아 있는 작품들, 새로운 번역이 필요한 고전들과 새롭게 소개해야 할 우리 시대의 작품들을 선정했습니다. 우리나라 최고의 역자들이 이들 작품 속 한 문장 한 문장의 숨결을 생생히 전하기 위해 심혈을 기울였습니다. 또한 역자들은 단순히 번역만 한 것이 아니라 다른 작품의 번역을 꼼꼼히 검토해 주었습니다. 을유세계문학전집은 번역된 작품 하나하나가 정본(定本)으로 인정받고 대우받을 수 있도록 최선을 다했습니다. 세계문학이 여러 경계를 넘어 우리 사회 안에서 주어진 소임을 하게 되기를 바라며 을유세계문학전집을 내놓습니다.

을유세계문학전집

1844 **러시아의 밤**
블라지미르 오도예프스키 | 김희숙 옮김 |75|

1847 **워더링 하이츠**
에밀리 브론테 | 유명숙 옮김 |38|
서머싯 몸 선정 세계 10대 소설
서울대 선정 동서 고전 200선
미국대학위원회 SAT 권장 도서

제인 에어
샬럿 브론테 | 조애리 옮김 |64|
연세 필독 도서 200선
미국대학위원회 SAT 권장 도서
BBC 선정 영국인들이 가장 사랑하는 소설 100선
「가디언」 선정 가장 위대한 소설 100선

1850 **주홍 글자**
너새니얼 호손 | 양석원 옮김 |40|

1855 **죽은 혼**
니콜라이 고골 | 이경완 옮김 |37|
국내 최초 원전 완역

1866 **죄와 벌**
표도르 도스토예프스키 | 김희숙 옮김 |55, 56|
미국대학위원회 SAT 권장 도서
하버드 대학교 권장 도서

1880 **워싱턴 스퀘어**
헨리 제임스 | 유명숙 옮김 |21|

1886 **지킬 박사와 하이드 씨·존 니컬슨**
로버트 루이스 스티븐슨 | 윤혜준 옮김 |81|

1888 **꿈**
에밀 졸라 | 최애영 옮김 |13|
국내 초역

1889 **쾌락**
가브리엘레 단눈치오 | 이현경 옮김 |80|
국내 초역

1896 **키 재기 외**
히구치 이치요 | 임경화 옮김 |33|
수록 작품: 섣달그믐, 키 재기, 탁류, 십삼야, 갈림길, 나 때문에

체호프 희곡선
안톤 파블로비치 체호프 | 박현섭 옮김 |53|
수록 작품: 갈매기, 바냐 삼촌, 세 자매, 벚나무 동산

1899 **어둠의 심연**
조지프 콘래드 | 이석구 옮김 |9|
수록 작품: 어둠의 심연, 진보의 전초기지, 『청춘과 다른 두 이야기』 작가 노트, 『나르시서스호의 검둥이』 서문
미국대학위원회 SAT 권장 도서
연세 필독 도서 200선

1900 **라이겐**
아르투어 슈니츨러 | 홍진호 옮김 |14|
수록 작품: 라이겐, 아나톨, 구스틀 소위

1903 **문명소사**
이보가 | 백승도 옮김 |68|

1908 **무사시노 외**
구니키다 돗포 | 김영식 옮김 |46|
수록 작품: 겐 노인, 무사시노, 잊을 수 없는 사람들, 쇠고기와 감자, 소년의 비애, 그림의 슬픔, 가마쿠라 부인, 비범한 범인, 운명론자, 정직자, 여난, 봄 새, 궁사, 대나무 쪽문, 거짓 없는 기록
국내 초역 다수

1909 **좁은 문 · 전원 교향곡**
앙드레 지드 | 이동렬 옮김 |24|
1947년 노벨문학상 수상

1914 **플라테로와 나**
후안 라몬 히메네스 | 박채연 옮김 |59|
1956년 노벨문학상 수상

1915 **변신 · 선고 외**
프란츠 카프카 | 김태환 옮김 |72|
수록 작품: 선고, 변신, 유형지에서, 신임 변호사, 시골 의사, 관람석에서, 낡은 책장, 법 앞에서, 자칼과 아랍인, 광산의 방문, 이웃 마을, 황제의 전갈, 가장의 근심, 열한 명의 아들, 형제 살해, 어떤 꿈, 학술원 보고, 최초의 고뇌, 단식술사
서울대 권장 도서 100선
연세 필독 도서 200선
미국대학위원회 SAT 권장 도서

1919 **데미안**
헤르만 헤세 | 이영임 옮김 |65|

1920 **사랑에 빠진 여인들**
데이비드 허버트 로렌스 | 손영주 옮김 |70|

1924 **마의 산**
토마스 만 | 홍성광 옮김 |1, 2|
1929년 노벨문학상 수상
서울대 권장 도서 100선
연세 필독 도서 200선
「뉴욕타임스」 선정 '20세기 최고의 책 100선'
미국대학위원회 SAT 권장 도서

1924 **송사삼백수**
주조모 엮음 | 김지현 옮김 |62|

1925 **소송**
프란츠 카프카 | 이재황 옮김 |16|

요양객
헤르만 헤세 | 김현진 옮김 |20|
수록 작품: 방랑, 요양객, 뉘른베르크 여행
1946년 노벨문학상 수상
국내 초역 「뉘른베르크 여행」 수록

위대한 개츠비
프랜시스 스콧 피츠제럴드 | 김태우 옮김 |47|
미 대학생 선정 '20세기 100대 영문 소설' 1위
모던 라이브러리 선정 '20세기 100대 영문학' 중 2위
미국대학위원회 추천 '서양 고전 100선'
「르몽드」 선정 '20세기의 책 100선'
「타임」 선정 '20세기 100대 영문 소설'

서푼짜리 오페라 · 남자는 남자다
베르톨트 브레히트 | 김길웅 옮김 |54|

1927 **젊은 의사의 수기 · 모르핀**
미하일 불가코프 | 이병훈 옮김 |41|
국내 초역

1928 **체벤구르**
안드레이 플라토노프 | 윤영순 옮김 |57|
국내 초역

마쿠나이마
마리우 지 안드라지 | 임호준 옮김 |83|
국내 초역

1929 **베를린 알렉산더 광장**
알프레트 되블린 | 권혁준 옮김 |52|

1930 **식(蝕) 3부작**
마오둔 | 심혜영 옮김 |44|
국내 초역

1930 **안전 통행증 · 사람들과 상황**
보리스 파스테르나크 | 임혜영 옮김 |79|
원전 국내 초역

1934 **브루노 슐츠 작품집**
브루노 슐츠 | 정보라 옮김 |61|

1935 **루쉰 소설 전집**
루쉰 | 김시준 옮김 |12|
서울대 권장 도서 100선
연세 필독 도서 200선

1936 **로르카 시 선집**
페데리코 가르시아 로르카 | 민용태 옮김 |15|
국내 초역 시 다수 수록

1938 **사형장으로의 초대**
블라디미르 나보코프 | 박혜경 옮김 |23|
국내 초역

1946 **대통령 각하**
미겔 앙헬 아스투리아스 | 송상기 옮김 | 50 |
1967년 노벨문학상 수상 작가

1949 **1984년**
조지 오웰 | 권진아 옮김 |48|
1999년 모던 라이브러리 선정 '20세기 100대 영문학'
2005년 「타임」 선정 '20세기 100대 영문 소설'
2009년 「뉴스위크」 선정 '역대 세계 최고의 명저' 2위

1954 **이즈의 무희 · 천 마리 학 · 호수**
가와바타 야스나리 | 신인섭 옮김 |39|
1952년 일본 예술원상 수상
1968년 노벨문학상 수상

1955 **엿보는 자**
알랭 로브그리예 | 최애영 옮김 |45|
1955년 비평가상 수상

저주받은 안뜰 외
이보 안드리치 | 김지향 옮김 |49|
수록 작품: 저주받은 안뜰, 몸통, 술잔, 물방앗간에서, 올루야크 마을, 삼사라 여인숙에서 일어난 우스운 이야기
세르비아어 원전 번역
1961년 노벨문학상 수상 작가

1962 **이력서들**
알렉산더 클루게 | 이호성 옮김 |58|

1964 **개인적인 체험**
오에 겐자부로 | 서은혜 옮김 |22|
1994년 노벨문학상 수상

1967 **콜리마 이야기**
바를람 샬라모프 | 이종진 옮김 |76|
국내 초역

1970 **모스크바발 페투슈키행 열차**
베네딕트 예로페예프 | 박종소 옮김 |36|
국내 초역

1979 **천사의 음부**
마누엘 푸익 | 송병선 옮김 |8|

1981 **커플들, 행인들**
보토 슈트라우스 | 정항균 옮김 |7|
국내 초역

1982 **시인의 죽음**
다이허우잉 | 임우경 옮김 |6|

1991 **폴란드 기병**
안토니오 무뇨스 몰리나 | 권미선 옮김 |29, 30|
국내 초역
1991년 플라네타상 수상
1992년 스페인 국민상 소설 부문 수상

1996 **아메리카의 나치 문학**
로베르토 볼라뇨 | 김현균 옮김 |17|
국내 초역

2001 **아우스터리츠**
W. G. 제발트 | 안미현 옮김 |19|
국내 초역
전미 비평가 협회상
브레멘상
「인디펜던트」 외국 소설상 수상
「LA타임스」, 「뉴욕」, 「엔터테인먼트 위클리」 선정 2001년 최고의 책

2002 **야쿠비얀 빌딩**
알라 알아스와니 | 김능우 옮김 |43|
국내 초역
바쉬라힐 아랍 소설상
프랑스 툴롱 축전 소설 대상
이탈리아 토리노 그린차네 카부르 번역 문학상
그리스 카바피스상

2005 **우리 짜르의 사람들**
류드밀라 울리츠카야 | 박종소 옮김 |69|
국내 초역

2007 **시카고**
알라 알아스와니 | 김능우 옮김 |71|
국내 초역